瑞蘭國際

 必考！

新日檢N4
文字・語彙

本間岐理　著

作者からの言葉

　N5のシリーズ（文字・語彙、文法＆読解、模擬）に続き、N4の語彙の本を書かせていただきました。N5の「文字・語彙」では皆様のお役に立てるようにと、単語、例文、練習問題などあまりにも盛りだくさんに内容を詰め過ぎ、本が厚くなってしまいましたが、一部の読者の方から「N5に出題される単語が全て網羅されているので、この本があればN5の単語はマスターできる」とのお褒めの言葉をいただけました。その言葉を受け、N4ではページ数に気を付けつつ、N4に必要な単語が漏れることなく、学習者の方がどれだけ効率よく新しい単語を数多く頭に入れられるかを考えながら、書き上げました。品詞毎はもちろん、更にその中でもテーマ毎に分けられ、関連した単語がまとまって、覚えやすく提出されているのが特徴です。さらに例文はN4の検定試験に必要な文法を用いて作られておりますので、例文を読むことで、単語の使い方だけではなく、文法も確認できるようになっております。

　単語を覚えるのは大変なことです。似たような発音や単語が多くあり、覚えるのに苦労していることでしょう。暗記が苦手な人もいるでしょう。私も外国語を勉強する時には皆様と同じように苦労しています。しかし、外国語の勉強には単語を覚えることは必要不可欠なのであり、単語力こそ外国語を上達させる重要なものなのです。

　この本を通じて、多くの学習者が効果的に学習でき、一人でも検定試験受験者がN4に合格できることを願っています。また、この本の出版にあたり、忙しい中翻訳を助けてくださった方々、多くのアドバイスや支持をしてくださった瑞蘭出版社の皆様に感謝いたします。

本間岐理

作者的話

　　我延續 N5 系列（文字 · 語彙、文法和讀解、模擬試題），撰寫了 N4 語彙本書。在 N5 的「文字 · 語彙」中，為了對大家有所幫助，放入過多的單字、例句、練習問題等內容，以致於書變得很厚，但是也有部分讀者卻誇讚「因為網羅了 N5 所有會出題的單字，所以有了這本書就可以精通 N5 單字。」因為有了這樣的建議和鼓勵，所以我在 N4 上特別注意頁數，不只是不漏掉 N4 必備的單字，還一邊思考如何有效提升學習者的效率記住為數眾多的新單字，一邊完成了這本書。本書的特色是，不光只是分詞性，更在其中分主題，將有關聯的單字集合在一起，因此而更容易記住。並且，由於例句都是用 N4 語言能力測驗中必備的文法所造，所以看了例句，不只可以確認單字的用法，連文法也可以確認。

　　背單字是件苦差事。有很多相似的發音或單字，大家在背誦時想必吃了不少苦頭吧。不擅長記憶的人也有吧。我自己在學外語時也和大家一樣吃了不少苦頭。然而，學好外語，背單字是不可或缺的事，提升外語能力最重要的條件正是單字實力。

　　期望透過這本書，眾多學習者能有效學習，以及更多的應考者能通過新日檢 N4。最後，這本書得以出版，要感謝百忙之中幫忙翻譯的好友們，以及給予許多建議與支持的瑞蘭國際出版社同仁。

本間岐理

（葉仲芸　譯）

如何使用本書

第一章　語彙

詞性＋主題分類

以詞性分成「名詞」、「動詞」、「形容詞」、「副詞」……等，又以主題細分，例如名詞有「交通」、「建築物」、「學校生活」……等主題，讓您有系統地背誦！

MP3 序號

背誦語彙及例句的同時，聽聽老師怎麼唸，學習最正確的發音。多聽、多唸，記得更快！

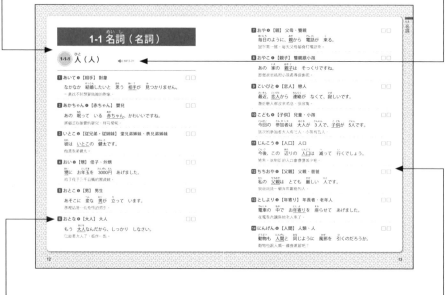

語彙與例句

每個語彙除了讀音、中譯外，還標示重音、漢字及例句，讓您輕鬆掌握用法！

背誦 check ！

每背誦語彙一次就在 check 框裡打勾，反覆背誦，記憶最深刻！

同義、反義字

形容詞補充同義、反義字，
舉一反三記憶更迅速！

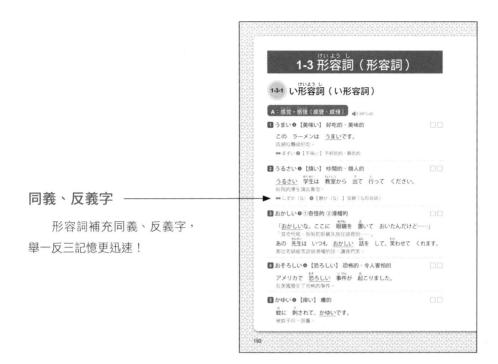

練習問題

記完語彙，寫一寫練習問題，
立即驗收讀書成效！

解答、問題解析

做完習題記得對解答、原文
與中譯，確認是否都了解透徹。

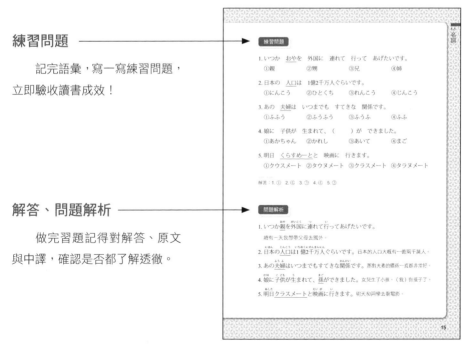

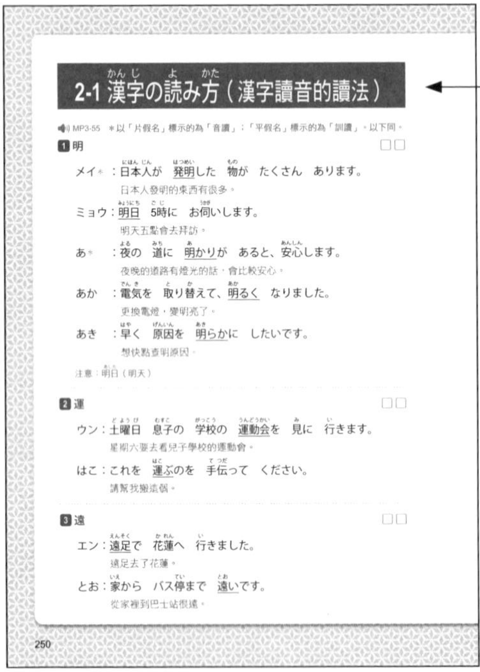

2-1 漢字の読み方（漢字讀音的讀法）

MP3-55 ＊以「片假名」標示的為「音讀」；「平假名」標示的為「訓讀」。以下同。

1 明

メイ：日本人が　発明した　物が　たくさん　あります。
日本人發明的東西有很多。

ミョウ：明日　5時に　お伺いします。
明天五點會去拜訪。

あ：夜の　道に　明かりが　あると、安心します。
夜晚的道路有燈光的話，會比較安心。

あか：電気を　取り替えて、明るく　なりました。
更換電燈，變明亮了。

あき：早く　原因を　明らかに　したいです。
想快點查明原因。

注意：明日（明天）

2 運

ウン：土曜日　息子の　学校の　運動会を　見に　行きます。
星期六要去看兒子學校的運動會。

はこ：これを　運ぶのを　手伝って　ください。
請幫我搬這個。

3 遠

エン：遠足で　花蓮へ　行きました。
遠足去了花蓮。

とお：家から　バス停まで　遠いです。
從家裡到巴士站很遠。

250

第二章　漢字

長得太像的、容易用錯的漢字大統整！詳盡的漢字比較、說明，有效助您釐清盲點，建立最正確的觀念！

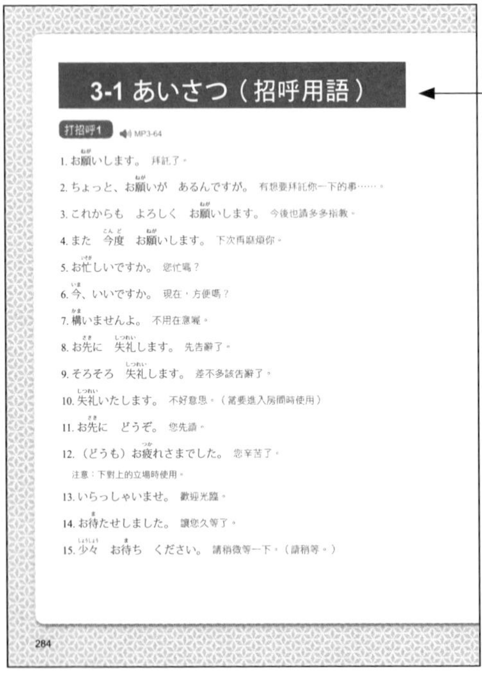

3-1 あいさつ（招呼用語）

打招呼1　MP3-64

1. お願いします。　拜託了。
2. ちょっと、お願いが　あるんですが。　有想要拜託你一下的事……。
3. これからも　よろしく　お願いします。　今後也請多多指教。
4. また　今度　お願いします。　下次再麻煩你。
5. お忙しいですか。　您忙嗎？
6. 今、いいですか。　現在，方便嗎？
7. 構いませんよ。　不用在意喔。
8. お先に　失礼します。　先告辭了。
9. そろそろ　失礼します。　差不多該告辭了。
10. 失礼いたします。　不好意思。（常要進入房間時使用）
11. お先に　どうぞ。　您先請。
12. （どうも）お疲れさまでした。　您辛苦了。
注意：下對上的立場時使用。
13. いらっしゃいませ。　歡迎光臨。
14. お待たせしました。　讓您久等了。
15. 少々　お待ち　ください。　請稍微等一下。（請稍等。）

284

第三章　招呼用語

不論是與人交往還是拜託他人，此章節彙整各種情境下與人問候的用語，並清楚說明用語之間的使用時機、用法差異，讓您應考時馬上能找出正確答句！

第四章 模擬試題＋解析

本書最後一章節，完整模擬新日檢 N4 文字・語彙題型並附上解析，讓您上考場前實際演練，測試熟讀成效。

もんだい1 つぎの ぶんの ＿＿＿＿ の ことばは どう よみますか。1・2・3・4から いちばん いい ものを えらんで ください。

1 家の 外で 猫の 声が します。
　1. こえ　　2. におい　　3. あじ　　4. おと

2 この かばんは 向こうの へやに 運んで ください。
　1. えらんで　2. ならんで　3. ころんで　4. はこんで

3 これは 大事な 手紙ですから、忘れないで 出して ください。
　1. たいせつ　2. だいごと　3. だいじ　　4. おおごと

4 飛行機は 夜 11時に 出発する 予定です。
　1. しゅばつ　2. しゅばつ　3. しはつ　　4. しゅっぱつ

5 去年 はじめて 日本へ 行きました。
　1. きょうねん　2. きょねん　3. きゅうねん　4. ぎゅねん

6 この アパートは 安いですが、駅から すこし 遠いです。
　1. ちかい　　2. とおい　　3. ふかい　　4. ふとい

7 明日 都合が よかったら、いっしょに ハイキングに 行きませんか。
　1. とあい　　2. つあい　　3. つごう　　4. とごう

解答

問題1
1 1　2 4　3 3　4 4　5 2　6 2　7 3　8 4　9 1

問題2
10 1　11 1　12 4　13 3　14 4　15 3

問題3
16 4　17 2　18 3　19 2　20 1　21 4　22 1　23 2　24 3　25 4

問題4
26 2　27 4　28 2　29 3　30 2

問題5
31 2　32 3　33 3　34 1　35 2

問題解析

問題1 次の 文の ＿＿＿＿ の 言葉は どう 読みますか。1・2・3・4から 一番 いい ものを 選んで ください。

測試1 以下句子畫＿＿＿＿的詞彙怎麼唸？請從1.2.3.4中選出最佳答案。

1 家の 外で 猫の 声がします。 在屋子的外面有貓的聲音。

2 このかばんは向こうの部屋に運んでください。
　請把這個包包搬運到前面的房間。

3 これは大事な手紙ですから、忘れないで出してください。
　因為這個是重要的信件，請不要忘記寄出去。

4 飛行機は夜11時に出発する予定です。 飛機預定晚上十一點出發。

5 去年始めて日本へ行きました。 去年第一次去了日本。

6 このアパートは安いですが、駅から少し遠いです。
　雖然這間公寓很便宜，但是離車站很有點遠。

7 明日都合がよかったら、一緒にハイキングに行きませんか。
　明天如果有空，要不要一起去健行呢？

8 弟はまだ小学生です。 弟弟還是小學生。

9 子供はお金がかかりませんが、大人は400円かかります。
　雖然小孩不指收錢，但是大人要花四百日圓。

目　次

第一章　語彙　11

1-1　名詞　12

第一章

ごい
語彙（語彙）

　　本章語彙以詞性分成「名詞」、「動詞」、「形容詞」、「副詞」、「接續詞」、「接頭語・接尾語」等，再以主題細分，例如名詞有「交通」、「建築物」、「學校生活」、「飲食」⋯⋯等主題。另外也做了同義、反義之比較，讓您必考語彙輕鬆記牢！

1-1 名詞（名詞）

1-1-1 人（人）　🔊 MP3-01

1 あいて ❸【相手】 對象 ☐ ☐

なかなか 結婚したいと 思う 相手が 見つかりません。

一直找不到想要結婚的對象。

2 あかちゃん ❶【赤ちゃん】 嬰兒 ☐ ☐

あの 眠って いる 赤ちゃん、かわいいですね。

那個正在睡覺的嬰兒，好可愛呢。

3 いとこ ❷【従兄弟・従姉妹】 堂兄弟姊妹、表兄弟姊妹 ☐ ☐

彼は いとこの 健太です。

他是表弟健太。

4 おい ⓪【甥】 侄子、外甥 ☐ ☐

甥に お年玉を 3000円 あげました。

給了侄子三千日圓的壓歲錢。

5 おとこ ❸【男】 男生 ☐ ☐

あそこに 変な 男が 立って います。

那裡站著一位奇怪的男生。

6 おとな ⓪【大人】 大人 ☐ ☐

もう 大人なんだから、しっかり しなさい。

已經是大人了，振作一點。

7 おや ❷【親】 父母、雙親

毎日のように、親から 電話が 来る。

跟平常一樣，每天父母都會打電話來。

8 おやこ ❶【親子】 雙親跟小孩

あの 家の 親子は そっくりですね。

那個家爸媽和小孩長得很像呢。

9 こいびと ⓪【恋人】 戀人

最近、恋人から 連絡が なくて、寂しいです。

最近戀人都沒來消息，很寂寞。

10 こども ⓪【子供】 兒童、小孩

今回の 参加者は 大人が 3人で、子供が 5人です。

這次的參加者大人有三人，小孩有五人。

11 じんこう ⓪【人口】 人口

今後、この 辺りの 人口は 減って 行くでしょう。

將來，這附近的人口會慢慢減少吧。

12 ちちおや ⓪【父親】 父親、爸爸

私の 父親は とても 厳しい 人です。

我爸爸是一個非常嚴格的人。

13 としより ❸【年寄り】 年長者、老年人

電車の 中で お年寄りを 座らせて あげました。

在電車內讓座給老人家了。

14 にんげん ⓪【人間】 人類、人

動物も 人間と 同じように 風邪を 引くのだろうか。

動物也跟人類一樣會感冒吧？

15 ははおや ⓪【母親】 母親、媽媽 ☐ ☐

今、母親が 入院して いて、とても 心配です。

現在，媽媽正在住院，非常擔心。

---

16 ひとびと ❷【人々】 人們、人群 ☐ ☐

この 計画には 多くの 人々が 参加して くれました。

這個計畫很多人來參加了。

---

17 ふうふ ❶【夫婦】 夫妻、夫婦 ☐ ☐

夫婦だけで、旅行に 行きます。

只有夫妻倆去旅行。

---

18 ぼく ❶【僕】 我（男生用法） ☐ ☐

今日は 僕の 大切な 物を 紹介します。

今天要介紹我的重要東西。

---

19 まご ❷【孫】 孫子、孫女 ☐ ☐

毎日 孫を 連れて 散歩して います。

每天帶著孫子散步。

---

20 めい ⓪【姪】 姪女、外甥女 ☐ ☐

私の 姪は 日本人と 結婚して、今 日本に 住んで います。

我的姪女和日本人結婚，現在住在日本。

---

21 わかもの ⓪【若者】 年輕人 ☐ ☐

若者の 日本語は 片仮名が 多くて、分かりにくいです。

年輕人的日文片假名比較多，很難懂。

---

22 クラスメート ❹ 同學 ☐ ☐

彼は 私の 高校時代の クラスメートです。

他是我高中時期的同學。

練習問題

1. いつか　おやを　外国に　連れて　行って　あげたいです。
   ①親　　　　　②甥　　　　　③兄　　　　　④姉

2. 日本の　人口は　1億2千万人ぐらいです。
   ①にんこう　　②ひとくち　　③れんこう　　④じんこう

3. あの　夫婦は　いつまでも　すてきな　関係です。
   ①ふふう　　　②ふうふう　　③ふうふ　　　④ふふ

4. 娘に　子供が　生まれて、（　　　　）が　できました。
   ①あかちゃん　②かれし　　　③あいて　　　④まご

5. 明日　くらすめーとと　映画に　行きます。
   ①クウスメート　②タウヌメート　③クラスメート　④タラヌメート

....
解答：1.①　2.④　3.③　4.④　5.③

問題解析

1. いつか親を外国に連れて行ってあげたいです。

   總有一天我想帶父母去國外。

2. 日本の人口は1億2千万人ぐらいです。日本的人口大概有一億兩千萬人。

3. あの夫婦はいつまでもすてきな関係です。那對夫妻的關係一直都非常好。

4. 娘に子供が生まれて、孫ができました。女兒生了小孩，（我）有孫子了。

5. 明日クラスメートと映画に行きます。明天和同學去看電影。

1-1-2 身分・職業（身分・職業）

A 🔊 MP3-02

1 うんてんしゅ❸【運転手】 司機

父は タクシーの 運転手を して います。
父親是計程車司機。

2 おに❷【鬼】 鬼

小さい 子供は 鬼を 怖がります。
小孩子會害怕鬼。

3 おまわりさん❷【お巡りさん】 警察

交番に お巡りさんが います。
在派出所有警察。

4 がか❶【画家】 畫家

私の 家にも あの 画家の 絵が 飾って あります。
我家也有那個畫家的畫裝飾著。

5 かちょう❶【課長】 課長

今晩 課長と 飲みに 行く 予定です。
今晚預定跟課長去喝酒。

6 けいかん❶【警官】 警察

父は 警官です。
我父親是警察。

7 こうこうせい❸【高校生】 高中生

高校生が たばこを 吸っては いけません。
高中生不可以抽菸。

8 こうちょう ⓪【校長】 校長 ☐☐

校長先生の 話は いつも 長くて、少し つまらないと 思います。

校長的話總是很長，覺得有點無聊。

9 こくせき ⓪【国籍】 國籍 ☐☐

日本では 国籍は 一つしか 持てません。

在日本只能擁有一個國籍。

10 こくみん ⓪【国民】 國民 ☐☐

もっと 国民の 意見を 聞いて ください。

請多聽國民的意見。

11 こじん ❶【個人】 個人、自己 ☐☐

初めて 個人で 旅行するのは 少し 心配です。

第一次自己旅行有點擔心。

12 しゃちょう ⓪【社長】 社長 ☐☐

彼は まだ 若いのに、社長だそうです。

他還那麼年輕，卻聽説是社長。

13 しょうがくせい ❹❸【小学生】 小學生 ☐☐

小学生の 時から、日本語を 勉強して います。

從小學生的時候，就開始學習日語。

14 じょゆう ⓪【女優】 女演員 ☐☐

あの 女優の ドラマは 全部 面白いです。

那個女演員的連續劇全部都很有趣。

15 せいと ❶【生徒】 學生 ☐☐

うちの 学校の 生徒は 皆 いい子です。

我們學校的學生大家都是好孩子。

16 せんしゅ❶【選手】 選手 ☐☐

バスケット<ruby>選手<rt>せんしゅ</rt></ruby>は とても 背が 高いです。

籃球選手的身高非常高。

17 だいとうりょう❸【大統領】 總統 ☐☐

アメリカの <ruby>大統領<rt>だいとうりょう</rt></ruby>が <ruby>来月<rt>らいげつ</rt></ruby> <ruby>日本<rt>にほん</rt></ruby>へ <ruby>来<rt>く</rt></ruby>る <ruby>予定<rt>よてい</rt></ruby>です。

美國的總統預計下個月要來日本。

18 ちゅうがくせい❹❸【中学生】 國中生 ☐☐

<ruby>中学生<rt>ちゅうがくせい</rt></ruby>の <ruby>男<rt>おとこ</rt></ruby>の <ruby>子<rt>こ</rt></ruby>に <ruby>荷物<rt>にもつ</rt></ruby>を <ruby>持<rt>も</rt></ruby>って もらいました。

國中生的男孩子幫我拿了行李。

19 どくしん❶【独身】 單身 ☐☐

<ruby>姉<rt>あね</rt></ruby>は もう ４０<ruby>歳<rt>よんじゅっさい</rt></ruby>なのに、まだ <ruby>独身<rt>どくしん</rt></ruby>です。

姊姊明明已經四十歲了,卻還單身。

20 どろぼう❶【泥棒】 小偷 ☐☐

<ruby>泥棒<rt>どろぼう</rt></ruby>に <ruby>財布<rt>さいふ</rt></ruby>を <ruby>盗<rt>ぬす</rt></ruby>まれました。

錢包被小偷偷走了。

21 はいしゃ❶【歯医者】 牙醫 ☐☐

<ruby>将来<rt>しょうらい</rt></ruby>は <ruby>父<rt>ちち</rt></ruby>と <ruby>同<rt>おな</rt></ruby>じ、<ruby>歯医者<rt>はいしゃ</rt></ruby>に なりたいです。

將來想跟父親一樣,當牙醫。

22 はんにん❶【犯人】 犯人 ☐☐

<ruby>交番<rt>こうばん</rt></ruby>の <ruby>前<rt>まえ</rt></ruby>に <ruby>犯人<rt>はんにん</rt></ruby>の <ruby>写真<rt>しゃしん</rt></ruby>が <ruby>貼<rt>は</rt></ruby>って あります。

派出所前面有貼犯人的照片。

23 びんぼう❶【貧乏】 貧窮 ☐☐

<ruby>子供<rt>こども</rt></ruby>の <ruby>時<rt>とき</rt></ruby>は <ruby>貧乏<rt>びんぼう</rt></ruby>でした。

小時候很貧窮。

24 ぶちょう ❶【部長】 部長 ☐☐

デパートで 部長に 会って、びっくりしました。

在百貨公司遇到部長，嚇了一跳。

25 ほしょうにん ❶【保証人】 保證人 ☐☐

私の 保証人に なって くれませんか。

可以當我的保證人嗎？

26 りゅうがくせい ❸ ❹【留学生】 留學生 ☐☐

私の 大学には 留学生が たくさん います。

在我的大學有很多留學生。

練習問題

1. 新しい 校長先生が 私の 学校に 来ました。
　①こうちょう　②こおちょう　③こちょう　④こおちょお

2. アメリカから 来た 留学生と 友達に なりました。
　①りゅがくせい　②りょうがくせい③りょおがくせい④りゅうがくせい

3. 部長は 今 会議中です。
　①しゃちょう　②じちょう　③かちょう　④ぶちょう

4. 息子が マラソンせんしゅに 選ばれました。
　①撰手　②選手　③選挙　④撰修

5. 外国人が 日本へ 留学するには ほしょうにんが 必要です。
　①保証人　②保障人　③補償人　④保修人

6. 私は 2つ （　　　）を 持って います。
　①泥棒　②国籍　③鬼　④生徒

7. ガラスを　割った　（　　　）は　誰ですか。
　　①個人　　　　　　②犯人　　　　　　③お巡りさん　　　④警官

8. お年玉を　使いすぎて、（　　　）に　なって　しまいました。
　　①鬼　　　　　　　②犯人　　　　　　③泥棒　　　　　　④貧乏

解答：1. ①　2. ④　3. ④　4. ②　5. ①　6. ②　7. ②　8. ④

問題解析

1. 新しい校長先生が私の学校に来ました。　新的校長來到我的學校。

2. アメリカから来た留学生と友達になりました。

　　跟從美國來的留學生變成了朋友。

3. 部長は今会議中です。　部長現在在會議中。

4. 息子がマラソン選手に選ばれました。　兒子被選為馬拉松的選手。

5. 外国人が日本へ留学するには保証人が必要です。

　　外國人要來日本留學的話需要保證人。

6. 私は2つ国籍を持っています。　我持有兩個國籍。

7. ガラスを割った犯人は誰ですか。　誰是打破玻璃的犯人？

8. お年玉を使いすぎて、貧乏になってしまいました。

　　使用太多壓歲錢，變成了窮人。

B 🔊 MP3-03

1 アナウンサー ❸ 播音員

<u>アナウンサー</u>の 話す 日本語は 聞きやすいです。

播音員的日語很清晰。

---

2 ウエートレス ❷ 女服務員

この レストランでは <u>ウエートレス</u>を 3人 探して います。

這個餐廳正在招募三個女服務員。

---

3 ガイド ❶ 導遊

来週 ガイドの 試験が あります。

下週有導遊的考試。

---

4 グループ ❷ 組

<u>グループ</u>で 考えて、アイディアを 出して ください。

群組之間思考後，請把想法説出來。

---

5 サラリーマン ❸ 上班族

主人は <u>サラリーマン</u>を 辞めて、レストランを 開きました。

我的丈夫辭了上班族的工作，開了餐廳。

---

6 サンタクロース ❺ 聖誕老公公

<u>サンタクロース</u>から プレゼントを もらった ことが ありますか。

從聖誕老公公那裡拿過禮物嗎？

---

7 チーム ❶ 隊

<u>Aチーム</u>と Bチームと どちらが 勝つと 思いますか。

你覺得A隊跟B隊哪隊會贏呢？

8 ファン ❶ 粉絲、〜迷

兄(あに)は　サッカーの　<u>ファン</u>です。

哥哥是足球迷。

9 メンバー ❶ 會員

<u>メンバー</u>が　一人(ひとり)　足(た)りないので、入(はい)りませんか。

因為會員不足一人，你要不要參加呢？

10 フリーター ❶ 自由職業者

最近(さいきん)の　若者(わかもの)は　<u>フリーター</u>が　多(おお)いです。

最近的年輕人很多是自由職業者。

練習問題

1. この　レストランは　<u>うえーとれす</u>の　態度が　悪いです。
   ①ウエートレス　②ワエーテレス　③ラエートワス　④ウエートネス

2. 父は　<u>さらりーまん</u>で、毎日　電車で　会社に　通って　います。
   ①チラリーマソ　②チルリーマソ　③サラリーマン　④サラリーメン

3. 母は　（　　　　）の　仕事を　して　いるので、よく　日本へ
   行きます。
   ①グループ　　　②ファン　　　③メンバー　　　④ガイド

4. 今は　（　　　）なので、自由に　生活して　います。
   ①フリーター　　②チーム　　　③メンバー　　　④グループ

5. <u>さんたくろーす</u>は　本当に　いると　思いますか。
   ①サンタクロース　②センタクルース　③サソタワルース　④セソタクロース

解答：1.①　2.③　3.④　4.①　5.①

問題解析

1. このレストランは<u>ウエートレス</u>の態度が悪いです。

   這個餐廳的女服務員態度不好。

2. 父は<u>サラリーマン</u>で、毎日電車で会社に通っています。

   父親是上班族，每天都搭電車去公司。

3. 母は<u>ガイド</u>の仕事をしているので、よく日本へ行きます。

   因為母親在做導遊的工作，經常去日本。

4. 今は<u>フリーター</u>なので、自由に生活しています。

   因為現在是自由職業者，所以生活很自由。

5. <u>サンタクロース</u>は本当にいると思いますか。

   你覺得聖誕老公公是真的存在的嗎？

動物・虫（動物・昆蟲）

🔊 MP3-04

---

1 うし **0**【牛】 牛 ☐☐
北海道には 牛が たくさん います。
在北海道有很多牛。

2 うま **2**【馬】 馬 ☐☐
日本人は 馬の 肉も 食べます。
日本人也吃馬肉。

3 か **0**【蚊】 蚊子 ☐☐
昨日の 夜 部屋に 蚊が いて、寝られませんでした。
昨晚房間有蚊子，沒睡好。

4 きりん **0**【麒麟】 長頸鹿 ☐☐
動物園で 初めて きりんを 見ました。
在動物園第一次看到長頸鹿。

5 くま **1 2**【熊】 熊 ☐☐
山で 熊に 会ったら 大変です。
在山上遇到熊的話就麻煩了。

6 さる **1**【猿】 猴子 ☐☐
動物の 中で 一番 猿が 好きです。
在動物裡最喜歡猴子了。

7 とら **0**【虎】 老虎 ☐☐
虎は 子供の 時は 猫のようで とても かわいいです。
老虎小時候跟貓很像，非常可愛。

8 にわとり **⓪**【鶏】 雞 ☐☐

庭に 鶏を 飼って います。

在庭院養著雞。

9 はえ **⓪**【蠅】 蒼蠅 ☐☐

夏は 蠅が 多く なります。

夏天蒼蠅會變多。

10 ねずみ **⓪**【鼠】 老鼠 ☐☐

ねずみは とても 頭が いい 動物です。

老鼠是非常聰明的動物。

11 ライオン **⓪** 獅子 ☐☐

ライオンと 虎と どちらが 強いですか。

獅子跟老虎哪個比較強呢？

> **練習問題**

1. 牛乳は うしの ミルクです。
   ①牛   ②牟   ③洋   ④羊

2. 馬に 乗った ことが ありますか。
   ①ぬま   ②うば   ③むま   ④うま

3. チキンは （   ）の 肉です。
   ①うし   ②にわとり   ③ねずみ   ④きりん

4. （   ）は 首が 長いです。
   ①きつね   ②ねずみ   ③うさぎ   ④きりん

5. らいおんは　肉を　食べる　動物です。

　　①ワイアソ　　　　②ヲイアン　　　　③ルイオソ　　　　④ライオン

解答：1.①　2.④　3.②　4.④　5.④

問題解析

1. 牛乳は牛のミルクです。　牛奶是牛的奶。

2. 馬に乗ったことがありますか。　有騎過馬嗎？

3. チキンは鶏の肉です。　雞肉是雞的肉。

4. きりんは首が長いです。　長頸鹿的脖子很長。

5. ライオンは肉を食べる動物です。　獅子是吃肉的動物。

1-1-4 交通（交通）

こうつう

🔊 MP3-05

1 おうだんほどう❺【横断歩道】 行人穿越道 □□

横断歩道を 渡る 時は 手を あげましょう。
おうだん ほどう　わた　とき　て

穿越行人穿越道的時候把手舉起來吧。

2 おうふく❶【往復】 往返、來回 □□

台北から 台中までの 往復チケットを 買いました。
たいぺい　たいちゅう　おうふく　か

買了從台北到台中的來回車票。

3 こうさてん❶【交差点】 十字路口 □□

すみません、一つ目の 交差点を 右へ 曲がって ください。
ひと め　こう さ てん　みぎ　ま

不好意思，請在第一個十字路口右轉。

4 かいさつぐち❹【改札口】 剪（檢）票口 □□

地下鉄の 駅の 改札口の ところで 会いましょう。
ち か てつ　えき　かいさつぐち　あ

在地鐵車站的剪票口處見面吧。

5 かたみち❶【片道】 單程 □□

東京から 大阪まで 新幹線で 片道 3時間 かかります。
とうきょう　おおさか　しんかんせん　かたみち　さんじ かん

從東京到大阪搭新幹線單程要花三小時。

6 きゅうきゅうしゃ❸【救急車】 救護車 □□

救急車が 家の 近くで 止まりました。
きゅうきゅうしゃ　いえ　ちか　と

救護車停在了家的附近。

7 くうこう❶【空港】 機場 □□

松山空港は 市内に 近くて、便利です。
まつやまくうこう　し ない　ちか　べん り

松山機場離市區很近，很方便。

8 しんごう⓪【信号】 交通號誌、紅綠燈 ☐☐

信号が 赤に 変わりました。

交通號誌變紅燈了。

9 ていりゅうじょ❺【停留所】 停靠站、公車站 ☐☐

家から 一番 近い バスの 停留所まで 歩いて 10分 かかります。

到離家最近的公車站走路要花十分鐘。

10 とおり❸【通り】 街道 ☐☐

向こう側の 通りに コンビニが たくさん あります。

對側的街道有很多便利商店。

11 どうろ❶【道路】 馬路 ☐☐

子供たちが 道路で 遊んで いるので、危ないです。

因為小孩們正在馬路上玩，很危險。

12 とっきゅう⓪【特急】 特快車 ☐☐

函館から 札幌まで 特急だと 3時間ぐらいで 行けます。

從函館到札幌搭特快車的話，大概三小時左右就會到。

13 ふみきり⓪【踏切】 平交道 ☐☐

電車が 通って いるので、踏切が 閉まって います。

因為電車正經過，所以平交道是關起來的。

14 みち⓪【道】 道路 ☐☐

この 道を まっすぐ 行くと、海が 見えて 来ますよ。

從這條道路直走，就可以看到海喔。

15 シートベルト❹ 安全帶 ☐☐

車に 乗ったら、シートベルトは 必ず して ください。

如果搭車的話，請務必繫上安全帶。

16 トラック ❷ 卡車 □ □

大きい トラックが 家の 前を 通ると、家が 揺れます。

大卡車一從家前經過，家就會搖。

- -

17 ボート ❶ 小船 □ □

港に たくさん ボートが 並んで います。

在港口有很多小船並排著。

練習問題

1. 夜 遅く 救急車が 鳴って います。
   ①きょうきょうしゅ　　　　　②きょきょうしゅ
   ③きゅうきゅしょ　　　　　　④きゅうきゅうしゃ

2. あそこの 信号を 左へ 曲がって ください。
   ①しごう　　　②しこお　　　③しんごう　　　④しんごお

3. 今日は 忘れ物を したり、用事が あったり して、何度も 会社と
   家を おうふくしました。
   ①往複　　　②往復　　　③住腹　　　④住複

4. この （　　　）は 夜 危ないので、気を つけて ください。
   ①通り　　　②片道　　　③交通　　　④特急

5. 電車が 来て、（　　　）で 5分も 待たされました。
   ①空港　　　②横断歩道　　　③踏切　　　④停留所

6. 兄は 大きい とらっくが 運転できます。
   ①テルッチ　　　②トロッコ　　　③テラッチ　　　④トラック

- -

解答：1.④　2.③　3.②　4.①　5.③　6.④

1. 夜遅く救急車が鳴っています。　晩上很晚的時候救護車在響著。

2. あそこの信号を左へ曲がってください。　請在那邊的紅綠燈左轉。

3. 今日は忘れ物をしたり、用事があったりして、何度も会社と家を往復

   しました。

   今天不是忘東西，不然就是有事情，來回了公司跟家裡好幾次。

4. この通りは夜危ないので、気をつけてください。

   由於這街道在晚上很危險，所以請小心。

5. 電車が来て、踏切で5分も待たされました。

   電車來了，被平交道耽誤了有五分鐘。

6. 兄は大きいトラックが運転できます。　哥哥會駕駛大卡車。

1-1-5 場所：地点・位置（場所：地點・位置） 🔊 MP3-06

1 あな ❷【穴】洞 ☐☐

<ruby>穴<rt>あな</rt></ruby>の <ruby>中<rt>なか</rt></ruby>から <ruby>虫<rt>むし</rt></ruby>が <ruby>出<rt>で</rt></ruby>て <ruby>来<rt>き</rt></ruby>ました。

蟲子從洞穴裡面跑了出來。

2 かいがん ❀【海岸】海邊 ☐☐

<ruby>海岸<rt>かいがん</rt></ruby>を ドライブ すると、<ruby>気持<rt>きも</rt></ruby>ちが いいです。

在海邊兜風的話，會很舒服。

3 かど ❶【角】轉角 ☐☐

2つ<ruby>目<rt>ふため</rt></ruby>の <ruby>角<rt>かど</rt></ruby>を <ruby>右<rt>みぎ</rt></ruby>へ <ruby>曲<rt>ま</rt></ruby>がると、コンビニが あります。

在第二個轉角右轉的話，就有便利商店了。

4 こくない ❷【国内】國內 ☐☐

<ruby>国内<rt>こくない</rt></ruby>でも いいから、<ruby>旅行<rt>りょこう</rt></ruby>したいです。

即使在國內也很好，就是想去旅行。

5 しま ❷【島】島嶼 ☐☐

<ruby>日本<rt>にほん</rt></ruby>は <ruby>海<rt>うみ</rt></ruby>に <ruby>囲<rt>かこ</rt></ruby>まれた <ruby>島<rt>しま</rt></ruby>の <ruby>国<rt>くに</rt></ruby>です。

日本是個四面環海的島國。

6 しゅと ❶【首都】首都 ☐☐

<ruby>日本<rt>にほん</rt></ruby>の <ruby>首都<rt>しゅと</rt></ruby>は <ruby>東京<rt>とうきょう</rt></ruby>です。

日本的首都是東京。

7 せかい ❶【世界】世界 ☐☐

<ruby>世界<rt>せかい</rt></ruby>で <ruby>一番<rt>いちばん</rt></ruby> <ruby>大<rt>おお</rt></ruby>きい <ruby>国<rt>くに</rt></ruby>は ロシアです。

世界上最大的國家是俄羅斯。

8 はたけ **⓪** 【畑】 田地

祖母は 畑で 野菜を 作って います。
そぼ　　はたけ　　やさい　　つく

奶奶在田裡種著菜。

9 ばしょ **⓪** 【場所】 地方、場所

ここは 外国人が よく 観光に 来る 場所です。
　　　　がいこくじん　　　　かんこう　く　　ばしょ

這裡是外國人經常來觀光的地方。

10 ひかげ **⓪** 【日陰】 背陽（陰涼）處、見不得人

ここは 日陰なので、植物が 育ちにくいです。
ひかげ　　ひかげ　　　しょくぶつ　そだ

這裡因為太陽照不到，所以植物很難生長。

11 みなと **⓪** 【港】 港口

実家は 港に 近いので、新鮮な 魚が 安く 食べられます。
じっか　みなと　ちか　　しんせん　さかな　やす　た

因為老家離港口很近，所以可以很便宜地吃到新鮮的魚。

12 カナダ **①** 加拿大

私の 英語の 先生は カナダの 人です。
わたし　えいご　　せんせい　　　　　ひと

我的英語老師是加拿大人。

13 スイス **①** 瑞士

スイスは 物価が 高いです。
　　　　ぶっか　たか

瑞士的物價很高。

14 スペイン **②** 西班牙

スペイン料理の レストランは 珍しいです。
りょうり　　　　　　　めずら

西班牙料理的餐廳很罕見。

15 ディズニーランド **⑤** 迪士尼樂園

いつか 子供を ディズニーランドへ 連れて 行って あげたいです。
こども　　　　　　　　　　　つ　　い

總有一天想帶小孩去迪士尼樂園玩。

16 フィリピン❶　菲律賓　　　　　　　　　　　□□

　<u>フィリピン</u>には　英語学校が　たくさん　あります。
えい ご がっこう

在菲律賓有很多英語學校。

17 ヨーロッパ❸　歐洲　　　　　　　　　　　　□□

　<u>ヨーロッパ</u>へ　行った　時、泥棒に　パスポートを　盗まれました。
　　　　　　　い　　　とき　どろぼう　　　　　　　　　　ぬす

去歐洲時，護照被扒手偷走了。

18 ガソリンスタンド❻　加油站　　　　　　　　□□

　息子は　<u>ガソリンスタンド</u>で　アルバイトを　して　います。
むすこ

我兒子正在加油站打工。

練習問題

1. <u>首都</u>なので、人口が　多いです。
　　①じゅと　　　　②しゅど　　　　③しゅと　　　　④しょっと

2. 裏の　<u>畑</u>に　野菜や　花を　植えて　います。
　　①はたけ　　　　②たんぼ　　　　③ひかげ　　　　④みなと

3. ここから　<u>みなと</u>が　見えますよ。
　　①港　　　　　　②海　　　　　　③湖　　　　　　④町

4. ちょっと　途中で　（　　　）に　寄っても　いいですか。
　　①ばしょ　　　　②ひあたり　　　③フィリピン　　④ガソリンスタンド

5. <u>よーろっぱ</u>へ　行って　みたいです。
　　①ユールップ　　②ヨーロッパ　　③ヨールップ　　④ヲーロップ

解答：1. ③　2. ①　3. ①　4. ④　5. ②

1. <ruby>首<rt>しゅ</rt></ruby><ruby>都<rt>と</rt></ruby>なので、<ruby>人口<rt>じんこう</rt></ruby>が<ruby>多<rt>おお</rt></ruby>いです。　因為是首都，所以人口很多。

2. <ruby>裏<rt>うら</rt></ruby>の<ruby>畑<rt>はたけ</rt></ruby>に<ruby>野菜<rt>やさい</rt></ruby>や<ruby>花<rt>はな</rt></ruby>を<ruby>植<rt>う</rt></ruby>えています。　在後面的田種著蔬菜跟花。

3. ここから<ruby>港<rt>みなと</rt></ruby>が<ruby>見<rt>み</rt></ruby>えますよ。　從這裡看得到港口喔。

4. ちょっと<ruby>途中<rt>とちゅう</rt></ruby>でガソリンスタンドに<ruby>寄<rt>よ</rt></ruby>ってもいいですか。

　途中可以去加油站一下嗎？

5. ヨーロッパへ<ruby>行<rt>い</rt></ruby>ってみたいです。　想去歐洲看看。

1-1-6 建物（建築物） たてもの　🔊 MP3-07

1 けいさつしょ⓪【警察署】警察局　☐☐
病院は　警察署の　隣に　あります。
醫院在警察局的旁邊。

2 こうこう⓪【高校】高中　☐☐
私の　高校には　ゴルフ場が　あります。
在我的高中有高爾夫球場。

3 しょうがっこう❸【小学校】國小　☐☐
久しぶりに　小学校の　友達と　会いました。
跟好久不見的小學同學見面了。

4 しょうぼうしょ⓪【消防署】消防局　☐☐
どこかで　火事が　あったようで、消防署から　車が　たくさん
出て　来ました。
好像哪裡發生火災了，好多車從消防局開出去了。

5 じんじゃ❶【神社】神社　☐☐
毎年　お正月には　神社へ　行きます。
每年新年都會去神社。

6 だいがくいん❹【大学院】研究所　☐☐
日本の　大学院で　勉強できるように　頑張って　います。
為了能在日本的研究所唸書正努力著。

7 ちゅうがっこう❸【中学校】國中　☐☐
来週の　月曜日は　中学校の　入学式です。
下星期一是國中的開學典禮。

8 てら **⓪** 【寺】 廟宇、寺廟 ☐☐

京都_{きょうと}には 有名_{ゆうめい}な お寺_{てら}が たくさん あります。

在京都有很多有名的寺廟。

---

9 とこや **⓪** 【床屋】 理髪店 ☐☐

父_{ちち}は 床屋_{とこや}で 髪_{かみ}を 切_きりすぎて しまいました。

爸爸在理髮店不小心把頭髮剪太短了。

---

10 ばいてん **⓪** 【売店】 小賣店 ☐☐

駅_{えき}の 売店_{ばいてん}で お弁当_{べんとう}を 買_かいます。

在車站的小賣店買便當。

---

11 はくぶつかん **❹** 【博物館】 博物館 ☐☐

週末_{しゅうまつ} 子供_{こども}を 連_つれて、博物館_{はくぶつかん}へ 行_いきました。

週末帶小孩去了博物館。

---

12 ひこうじょう **⓪** 【飛行場】 機場 ☐☐

私_{わたし}の 家_{うち}は 飛行場_{ひこうじょう}が 近_{ちか}くなので、とても うるさいです。

因為我家離機場很近，所以非常吵。

---

13 びよういん **❷** 【美容院】 美容院、美髮廳 ☐☐

家_{いえ}の 近_{ちか}くに おしゃれな 美容院_{びよういん}が できました。

家裡附近開了很時尚的美容院。

---

14 ようちえん **❸** 【幼稚園】 幼稚園 ☐☐

幼稚園_{ようちえん}へ 娘_{むすめ}を 迎_{むか}えに 行_いきます。

去幼稚園接女兒。

---

15 りょかん **⓪** 【旅館】 旅館 ☐☐

旅館_{りょかん}に 泊_とまると、浴衣_{ゆかた}が 着_きられますよ。

住在旅館的話，就可以穿浴衣喔。

1. <u>高校</u>の　時、A先生には　大変　お世話に　なりました。
　　①こうこう　　　　②こおこお　　　　③ここお　　　　④ごおごお

2. この　お<u>てら</u>は　入場料が　かかります。
　　①特　　　　　　　②待　　　　　　　③侍　　　　　　　④寺

3. 髪を　切りに　<u>とこや</u>へ　行って　来ます。
　　①髭屋　　　　　　②髪屋　　　　　　③床屋　　　　　　④髪店

4. インターネットで　お風呂が　ついて　いる　（　　　　）を
　　予約しました。
　　①ばいてん　　　　②じんじゃ　　　　③りょかん　　　　④はくぶつかん

5. 事故に　あって、（　　　　）で　話を　聞かれました。
　　①ぜいむしょ　　　②しょうぼうしょ③けいさつしょ　　④じむしょ

解答：1.①　2.④　3.③　4.③　5.③

1. <u>高校</u>の時、A先生には大変お世話になりました。　高中時，很受A老師照顧。

2. このお<u>寺</u>は入場料がかかります。　這座寺廟要入場費。

3. 髪を切りに<u>床屋</u>へ行って来ます。　去理髮店剪頭髮就回來。

4. インターネットでお風呂がついている<u>旅館</u>を予約しました。

　　在網路上預約了附有溫泉的旅館。

5. 事故にあって、<u>警察署</u>で話を聞かれました。

　　發生事故，所以被叫去警察局問話。

家（家）
（いえ）

🔊 MP3-08

---

1 おしいれ ⓪【押入れ】 壁櫥　　　　　　　□□

ドラえもんは　押入れで　寝て　います。
　　　　　　　おし い

哆啦A夢睡在壁櫥裡。

---

2 かべ ⓪【壁】 牆壁　　　　　　　　　　□□

壁に　好きな　歌手の　ポスターが　たくさん　貼って　あります。
かべ　　す　　　か しゅ　　　　　　　　　　　　　　　　　は

在牆壁上貼有很多喜歡的歌手的海報。

---

3 せんめんじょ ❺【洗面所】 洗手間、洗臉台　　□□

洗面所に　ある　石鹸で　手を　洗って　ください。
せんめんじょ　　　　せっけん　　て　　あら

請用在洗手間裡的肥皂洗手。

---

4 てんじょう ❸【天井】 天花板　　　　　　　□□

この　家は　ずいぶん　天井が　高いですね。
　　　いえ　　　　　　てんじょう　たか

這個房子的天花板真高呢。

---

5 ふろば ⓪【風呂場】 浴室　　　　　　　　　□□

この　アパートは　風呂場が　ありません。
　　　　　　　　　ふ ろ ば

這棟公寓沒有浴室。

---

6 べんじょ ❶【便所】 廁所　　　　　　　　　□□

公園の　便所に　虫が　たくさん　いて、気持ちが　悪いです。
こうえん　べんじょ　むし　　　　　　　　き も　　　　　わる

公園的廁所裡有很多蟲，很噁心。

---

7 やね ❶【屋根】 屋頂　　　　　　　　　　　□□

屋根の　上に　鳥が　たくさん　止まって　います。
や ね　　うえ　とり

屋頂上停著很多隻鳥。

---

8 ゆか ⓪ 【床】 地板 ☐☐

家の 床には 暖房が あって、温かいです。

家裡的地板有暖氣，好溫暖。

9 ろうか ⓪ 【廊下】 走廊 ☐☐

学校の 廊下は 走っては いけません。

學校的走廊不可以奔跑。

> 練習問題

1. かべの 色を 白に 変えました。
   ①避 　　　②壁 　　　③壁 　　　④癖

2. どの 家の 屋根の 上にも 雪が たくさん あって、白くて
   きれいです。
   ①かど 　　　②へや 　　　③うち 　　　④やね

3. (　　)から 蜘蛛が 下りて 来て、びっくりしました。
   ①てんじょ 　②じかん 　　③こうばん 　　④げんかん

4. 学校で 先生に 怒られて、(　　)に 立たされました。
   ①せんめんじょ ②ふろば 　　③ろうか 　　④ゆか

解答：1. ② 　2. ④ 　3. ① 　4. ③

1. 壁の色を白に変えました。牆壁的顏色改成白色了。

2. どの家の屋根の上にも雪がたくさんあって、白くてきれいです。

  不管哪戶人家的屋頂上都有很多雪，白而美麗。

3. 天井から蜘蛛が下りて来て、びっくりしました。

  蜘蛛從天花板掉了下來，嚇了一跳。

4. 学校で先生に怒られて、廊下に立たされました。

  在學校惹老師生氣，被罰站在走廊上。

1-1-8 方向（方向）

^{ほうこう}

🔊 MP3-09

---

1 あちこち ❷ ❸ 到處 ☐ ☐

最近は　コンビニが　あちこちに　あります。
^{さいきん}

最近到處都有便利商店。

---

2 うち ❶【内】裡面 ☐ ☐

日本語は　内と　外の　関係を　考えて　話さなければ　ならない
^{にほん ご}　^{うち}　^{そと}　^{かんけい}　^{かんが}　^{はな}
時も　あるので、難しいです。
^{とき}　^{むずか}

日語因為有非考慮到裡、外關係來說話不可的時候，所以很難。

---

3 うちがわ ❶【内側】内側 ☐ ☐

電車が　きますので、線の　内側で　お待ち　ください。
^{でんしゃ}　^{せん}　^{うちがわ}　^ま

因為電車要來了，請在線內候車。

---

4 うら ❷【裏】背面、裡子、後面 ☐ ☐

大学の　寮は　学校の　すぐ　裏に　あるので、近いです。
^{だいがく}　^{りょう}　^{がっこう}　^{うら}　^{ちか}

由於大學宿舍就在大學的正後方，所以很近。

---

5 おく ❶【奥】裡面 ☐ ☐

新しい　消しゴムは　引き出しの　奥に　ある　はずです。
^{あたら}　^け　^{ひ だ}　^{おく}

新的橡皮擦應該在抽屜的深處。

---

6 おもて ❸【表】正面、表面 ☐ ☐

ノートの　表に　名前と　学生番号を　書いて　ください。
^{おもて}　^{な まえ}　^{がくせいばんごう}　^か

請在筆記本的正面寫上姓名跟學號。

---

7 きたぐち ❶【北口】北邊出口 ☐ ☐

駅の　北口に　有名な　パン屋が　あります。
^{えき}　^{きたぐち}　^{ゆうめい}　^や

車站的北邊出口有很有名的麵包店。

---

8 そとがわ **◎**【外側】 外側 □ □

かばんの 外側(そとがわ)に ポケットが 2つ(ふた) ついて います。

包包的外側附有兩個口袋。

9 つきあたり **◎**【突き当り】 盡頭 □ □

まっすぐ 行(い)くと、突き当(つ あた)りに なるので、そこを 左(ひだり)に 曲(ま)がって ください。

因為直走的話，就會到盡頭，請在那裡左轉。

10 とおく **❸**【遠く】 遠方 □ □

遠(とお)くに 見(み)えるのは、富士山(ふ じ さん)ですよ。

在遠方看得到的，是富士山喔。

11 にしぐち **◎**【西口】 西邊出口 □ □

電車(でんしゃ)を 降(お)りたら、西口(にしぐち)の 方(ほう)に 行(い)って ください。

下電車後，請往西邊出口的方向走。

12 ひがしぐち **◎**【東口】 東邊出口 □ □

東口(ひがしぐち)の 改札口(かいさつぐち)から 出(で)ると、新宿行(しんじゅく ゆ)きの バス停(てい)が あります。

從東邊出口的剪票口出去的話，有往新宿方向的公車站。

13 ひだりがわ **◎**【左側】 左邊 □ □

テレビの 左側(ひだりがわ)に 本棚(ほんだな)を 置(お)きたいです。

我想在電視的左邊放書架。

14 まんなか **◎**【真ん中】 正中間 □ □

道路(どう ろ)の 真ん中(ま なか)に 犬(いぬ)が 寝(ね)て いて、危(あぶ)ないですね。

在路的正中央有狗在睡覺，很危險吧。

15 みぎがわ⓪【右側】 右邊 　□□

せんせいの　右側に　座って　いる　男の　人は　先生の　お父さんですか。

在老師的右邊坐著的男人是老師的爸爸嗎？

16 みなみぐち⓪【南口】 南邊出口 　□□

南口で　待って　いるので、今すぐ　来て　ください。

因為正在南邊出口等，請現在馬上過來。

17 むこうがわ⓪【向こう側】 另一邊、對面 　□□

この　橋の　向こう側まで　歩いて　渡って　みましょうか。

過橋走到這座橋的另一邊看看吧。

練習問題

1. 家の　うらに　大きな　桃の　木が　植えて　あります。
　　①褒　　　　　　②裏　　　　　　③懐　　　　　　④衷

2. 山の　おくに　入ると、熊が　出て　くるかも　しれませんよ。
　　①上　　　　　　②奥　　　　　　③内　　　　　　④外

3. あの　ビルの　（　　　）に　海が　見えます。
　　①向こう側　　　②外側　　　　　③南口　　　　　④内側

4. まずは　プリントの　（　　）を　見て　ください。
　　①外　　　　　　②内　　　　　　③北口　　　　　④表

5. どこか　（　　）の　国へでも　行って、ゆっくり　したいなあ。
　　①むこう側　　　②真ん中　　　　③遠く　　　　　④突き当り

解答：1.②　2.②　3.①　4.④　5.③

1. 家の裏に大きな桃の木が植えてあります。

   家的後院有種著大棵的水蜜桃樹。

2. 山の奥に入ると、熊が出てくるかもしれませんよ。

   進入深山裡的話，可能會有熊出沒喔。

3. あのビルの向こう側に海が見えます。　那棟大樓的另一側可以看到海。

4. まずはプリントの表を見てください。　首先請看印刷品的正面。

5. どこか遠くの国へでも行って、ゆっくりしたいなあ。

   好想去哪個遙遠的國家，好好休息啊。

1-1-9 家具（家具）_{かぐ}

🔊 MP3-10

1 たたみ **0** 【畳】 榻榻米 ☐☐

日本_{にほん}では 床_{ゆか}に 畳_{たたみ}を 使_{つか}って いる 家_{いえ}が 多_{おお}いです。

在日本地板鋪有榻榻米的房子很多。

2 たな **0** 【棚】 架子 ☐☐

棚_{たな}の 上_{うえ}に 花_{はな}や 写真_{しゃしん}が 飾_{かざ}って あります。

架子上裝飾著花跟照片。

3 と **0** 【戸】 門、窗 ☐☐

寒_{さむ}いので、そこの 戸_とを 閉_しめて ください。

因為很冷，所以請關那邊的門窗。

4 カウンター **0** 櫃檯 ☐☐

まず、カウンターで 受付_{うけつけ}を して ください。

首先，請在櫃檯受理。

5 カーテン **1** 窗簾 ☐☐

引_ひっ越_こしを するので、新_{あたら}しい カーテンを 買_かいに 行_いきました。

因為要搬家，所以去買了新的窗簾。

6 ソファー **1** 沙發 ☐☐

ソファーの 上_{うえ}で 猫_{ねこ}が 気持_{きも}ち良_よさそうに 寝_ねて います。

沙發上的貓很舒服似地睡著覺。

7 テーブル **0** 桌子 ☐☐

お皿_{さら}が テーブルの 上_{うえ}に 並_{なら}べて あります。

桌子上盤子並排著。

8 ライト ❶ 燈 □ □

この 道^{みち}は **ライト**が 少^{すく}なくて、暗^{くら}いです。

這條路燈很少，所以很暗。

- -

9 ランプ ❶ 電燈 □ □

ベッドの 横^{よこ}に ある **ランプ**を つけて、本^{ほん}を 読^よみます。

打開在床邊的電燈，看書。

練習問題

1. （　　　　）に 布団を しまって おきます。
　①ベッド 　　　②押し入れ 　　　③テーブル 　　　④棚

2. （　　　）を 叩く 音が しました。誰か 来たようです。
　①屋 　　　　②床 　　　　③壁 　　　　④戸

3. たたみの 部屋では スリッパを はいては いけません。
　①畳 　　　　②宜 　　　　③畏 　　　　④量

4. トンネルの 中では 車の （　　　）を つけて ください。
　①ソファー 　　　②ライト 　　　③ランプ 　　　④テーブル

- - - - - - - - - - - - -
解答：1.② 　2.④ 　3.① 　4.②

問題解析

1. 押し入れに布団をしまっておきます。　先把棉被收到壁櫥裡面。

2. 戸を叩く音がしました。誰か来たようです。　有敲門聲。好像有誰來了。

3. 畳の部屋ではスリッパをはいてはいけません。

   在有榻榻米的房間不能穿拖鞋。

4. トンネルの中では車のライトをつけてください。在隧道裡面請開車燈。

1 おしゃれ❷【お洒落】 打扮 ☐☐

高校生（こうこうせい）の 娘（むすめ）は 今（いま） おしゃれに 興味（きょうみ）を 持（も）って います。

高中生的女兒現在對打扮很有興趣。

2 うわぎ❶【上着】 外套、上衣 ☐☐

寒（さむ）そうなので、上着（うわぎ）を 持（も）って 行（い）きましょう。

好像會很冷，所以帶著外套去吧。

3 けしょう❷【化粧】 化妝 ☐☐

姉（あね）から 化粧（けしょう）の 仕方（しかた）を 教（おし）えて もらいました。

請姊姊教我化妝的方法了。

4 したぎ❶【下着】 內衣褲 ☐☐

下着（したぎ）は 脱（ぬ）がなくても いいですよ。

不脫內衣褲也沒關係喔。

5 わふく❶【和服】 和服 ☐☐

和服（わふく）は 日本（にほん）の 伝統的（でんとうてき）な 服（ふく）の 一（ひと）つです。

和服是日本傳統服飾中的一種。

6 きもの❶【着物】 和服 ☐☐

着物（きもの）を 着（き）る 機会（きかい）は あまり ありません。

不太有機會穿到和服。

7 せびろ❶【背広】 西裝 ☐☐

新（あたら）しい 背広（せびろ）を 一着（いっちゃく） 買（か）いました。

買了一套新的西裝。

8 そで ❶ 【袖】 袖子 □□

夏は 袖が ある 服は 暑いです。

夏天穿有袖子的衣服很熱。

9 ながそで ❶ ❹ 【長袖】 長袖 □□

山に 行く 時は 虫が 多いので、長袖の 服を 着て 行った
ほうが いいですよ。

去山上時蟲很多,所以穿長袖的衣服去比較好喔。

10 はんそで ❶ ❹ 【半袖】 短袖 □□

上着の 中に 半袖の 服を 着て 行こうと 思います。

我想在外套裡面穿短袖衣服去。

11 うでどけい ❸ 【腕時計】 手錶 □□

就職の お祝いに 腕時計を 買って もらいました。

為了慶祝就職,請人幫忙買了手錶。

12 ゆびわ ❶ 【指輪】 戒指 □□

誕生日に 彼から 指輪を もらいました。

生日時收到了男朋友給的戒指。

13 てぶくろ ❷ 【手袋】 手套 □□

道に 片方だけ 手袋が 落ちて いました。

在路上掉了單邊手套。

14 アクセサリー ❶ 飾品 □□

きれいな アクセサリーを つけて、パーティーに 行きます。

戴著漂亮的飾品,去派對。

15 コンタクト ❶ 隱形眼鏡

運動する 時は、いつも コンタクトを 使って います。

運動時，總是戴著隱形眼鏡。

16 ジーパン ❶ 牛仔褲

ジーパンは 破れにくい ズボンです。

牛仔褲是不容易破的褲子。

17 スリッパ ❷ 拖鞋

トイレでは トイレ用の スリッパに 履き替えて ください。

在廁所請換上廁所專用的拖鞋。

18 スーツケース ❹ 行李箱

スーツケースを ホテルの フロントに 預けました。

行李箱寄放在飯店的櫃檯了。

19 ハイヒール ❸ 高跟鞋

ハイヒールを 履いて 歩くのに 慣れて いないので、足が 痛いです。

不習慣穿著高跟鞋走路，所以腳很痛。

20 ベルト ❶ 皮帶

この ズボンは 大きいので、ベルトを しなければ はけません。

這條褲子很大，所以不繫皮帶的話穿不住。

21 ヘルメット ❸ 安全帽

バイクに 乗る 時は 必ず ヘルメットを かぶって ください。

騎摩托車時請務必戴安全帽。

22 ポケット ❷ 口袋 ☐☐

<u>ポケット</u>に 入^{はい}って いた お金^{かね}を 見^みつけて、嬉^{うれ}しかったです。

發現了放在口袋裡的錢，好高興。

23 ボタン ⓪ 按鈕 ☐☐

そこの <u>ボタン</u>を 押^おすと、電気^{でんき}が つきます。

一按那邊的按鈕，燈就開了。

24 リボン ❶ 緞帶 ☐☐

これは プレゼントなので、<u>リボン</u>を つけて くれませんか。

因為這個是禮物，所以可不可以幫我綁個緞帶呢？

25 リュック ❶ 後背包 ☐☐

山登^{やまのぼ}りに 行^いくので、大^{おお}きい <u>リュック</u>が ほしいです。

因為要去爬山，所以想要大的後背包。

練習問題

1. Lサイズなので、少し <u>そで</u>が 長いです。
　①柚　　　　②袖　　　　③軸　　　　④抽

2. 暑いので、<u>上着</u>を 脱いでも いいですか。
　①うわき　　②うえき　　③うえぎ　　④うわぎ

3.（　　）を して、きれいな 服を 着て、デートに 行きます。
　①けしょう　②スカート　③ながそで　④リュック

4. この （　　）は 自分の サイズより 少し 大きかったです。
　①ポケット　　　　　②ゆびわ
　③スーツケース　　　④ボタン

5. ずっと 探して いた 物が （　　　）の 中に 入って い ました。

①リュック　　　②スリッパ　　　③コンタクト　　　④ズボン

6. その （　　　）、外れそうですよ。

①ポケット　　　②ベルト　　　　③スリッパ　　　④ボタン

7. 運動する 時は いつも （　　　）を します。

①アクセサリー　②ジーパン　　　③ハイヒール　　④コンタクト

8. （　　　）が ついて いる 上着は 便利です。

①ベルト　　　　②ポケット　　　③ボタン　　　　④ズボン

9. 安全の ために、へるめっとを かぶらなければ なりません。

①ヘラヌット　　②ヘロメット　　③ヘルメット　　④ヘルヌット

解答：1.②　2.④　3.①　4.②　5.①　6.④　7.④　8.②　9.③

【問題解析】

1. Lサイズなので、少し袖が長いです。　因為是L尺寸，所以袖子有點長。

2. 暑いので、上着を脱いでもいいですか。　因為很熱，所以可以脫外套嗎？

3. 化粧をして、きれいな服を着て、デートに行きます。

畫著妝，穿著漂亮衣服，去約會。

4. この指輪は自分のサイズより少し大きかったです。

這個戒指比自己的尺寸大了一些。

5. ずっと探していた物がリュックの中に入っていました。

一直在找的東西就放在後背包裡面。

6. その<u>ボタン</u>、外^{はず}れそうですよ。　那鈕扣，看起來快掉了喔。

7. 運動^{うんどう}する時^{とき}はいつも<u>コンタクト</u>をします。　運動時總是戴著隱形眼鏡。

8. <u>ポケット</u>がついている上着^{うわぎ}は便利^{べんり}です。　有口袋的外套很方便。

9. 安全^{あんぜん}のために、<u>ヘルメット</u>をかぶらなければなりません。

為了安全，必須戴安全帽。

1-1-11 電気製品（電器用品）

でんき せいひん

🔊 MP3-12

1 めざましどけい❺【目覚まし時計】 鬧鐘 ☐☐

目覚まし時計が　なければ、起きられません。
め ざ　　どけい　　　　　　　　　お

沒鬧鐘的話，起不來。

2 せんたくき❹❸【洗濯機】 洗衣機 ☐☐

洗濯機が　壊れて　しまって、洗濯が　できないです。
せんたく き　　こわ　　　　　　　　　せんたく

洗衣機壞了，不能洗衣服。

3 せんぷうき❸【扇風機】 電風扇 ☐☐

冷房は　電気代が　高いので、扇風機を　使って　います。
れいぼう　　でん き だい　　たか　　　　　　せんぷう き　　つか

因為冷氣的電費很貴，所以使用電風扇。

4 そうじき❸【掃除機】 吸塵器 ☐☐

家の　掃除機は　パナソニックのです。
うち　　そう じ き

家裡的吸塵器是Panasonic的。

5 だんぼう❶【暖房】 暖氣 ☐☐

寒い　日は　暖房を　つけて　います。
さむ　　ひ　　だんぼう

很冷的天會開著暖氣。

6 れいぼう❶【冷房】 冷氣 ☐☐

デパートの　中は　冷房が　ついて　いて、気持ちが　いいです。
なか　　れいぼう　　　　　　　　き も

百貨公司裡開著冷氣，很舒服。

7 デジカメ❶ 數位相機 ☐☐

最近、携帯で　写真を　撮るので、デジカメを　使わなく　なりました。
さいきん　けいたい　　しゃしん　　と　　　　　　　　　　つか

最近，因為都用手機拍照，變得不使用數位相機了。

練習問題

1. 暑いので、扇風機を　つけましょうか。
   ①せぷき　　　②せんぶき　　　③せんぶうき　　④せんぷうき

2. れいぼうが　壊れて　います。
   ①寒房　　　　②冷房　　　　③令房　　　　④氷房

3. 家の　中が　汚いですから、（　　　）で　きれいに　しましょう。
   ①ひこうき　　②そうじき　　③だんぼう　　　④せんたくき

4. でじかめで、子供の　写真を　撮りたいです。
   ①ヲヅカメ　　②デジカヌ　　③ヂヅカネ　　④デジカメ

解答：1.④　2.②　3.②　4.④

問題解析

1. 暑いので、扇風機をつけましょうか。　因為很熱，開個電風扇吧？

2. 冷房が壊れています。　冷氣壞掉了。

3. 家の中が汚いですから、掃除機できれいにしましょう。

   因為家裡很髒，用吸塵器打掃乾淨吧。

4. デジカメで、子供の写真を撮りたいです。想用數位相機，拍小孩的照片。

1 あぶら ⓪ 【油】 油 　　☐☐

油が 多い 食べ物は 体に 良くないです。

含油量多的食物對身體不好。

2 あめ ⓪ 【飴】 糖果 　　☐☐

あめを 一つ ください。

請給我一顆糖果。

3 うどん ⓪ 【饂飩】 烏龍麵 　　☐☐

うどんと そばと どちらが 好きですか。

烏龍麵跟蕎麥麵比較喜歡哪個呢？

4 おかず ⓪ 菜餚 　　☐☐

日本の 米は おいしいので、おかずが なくても 食べられます。

因為日本的米很好吃，所以就算沒有菜也吃得下去。

5 かんづめ ③ 【缶詰】 罐頭 　　☐☐

料理が できないので、いつも 缶詰ばかり 食べて います。

因為不會做飯，所以總是只吃罐頭。

6 ちゅうもん ⓪ 【注文】 點餐 　　☐☐

すみません、注文を お願いします。

不好意思，請幫我點餐。

7 とりにく ⓪ 【鶏肉】 雞肉 　　☐☐

肉の 中で 鶏肉が 一番 安いです。

肉類中雞肉是最便宜的。

8 こおり ❶ 【氷】 冰塊 ☐☐

ジューズに 氷<small>こおり</small>を 入<small>い</small>れないで ください。

果汁裡請不要加冰塊。

9 ごちそう ❶ 【ご馳走】 豪華的料理 ☐☐

今日<small>きょう</small>は 息子<small>むすこ</small>の 誕生日<small>たんじょうび</small>なので、ご馳走<small>ちそう</small>を 用意<small>ようい</small>しました。

今天是兒子的生日，所以我準備了大餐。

10 こめ ❷ 【米】 米 ☐☐

アジアでは 米<small>こめ</small>が 食<small>た</small>べられて います。

在亞洲地區米是主食。

11 さとう ❷ 【砂糖】 砂糖 ☐☐

コーヒーに 砂糖<small>さとう</small>を 入<small>い</small>れて、飲<small>の</small>みます。

把糖放入咖啡後飲用。

12 しお ❷ 【塩】 鹽 ☐☐

塩<small>しお</small>を 入<small>い</small>れすぎて しまいました。

放了太多鹽了。

13 しょうゆ ❸ 【醤油】 醬油 ☐☐

すみません、しょうゆを 取<small>と</small>って ください。

不好意思，請幫我拿一下醬油。

14 じゃがいも ❶ 【じゃが芋】 馬鈴薯 ☐☐

北海道<small>ほっかいどう</small>の じゃがいもは 甘<small>あま</small>くて、おいしいです。

北海道的馬鈴薯很甜，很好吃。

15 すいか ❶ 【西瓜】 西瓜 ☐☐

夏<small>なつ</small>は よく すいかを 食<small>た</small>べます。

夏天經常吃西瓜。

16 てんぷら **0** 【天ぷら】 天婦羅

天<u>ぷら</u>は 日本の 有名な 料理です。

天婦羅是日本有名的料理。

17 とうふ **3** 【豆腐】 豆腐

中国では <u>豆腐</u>を 使った 食べ物が 多いです。

在中國使用豆腐做的食物很多。

18 なす **1** 【茄子】 茄子

<u>なす</u>は いろいろな 形が あります。

茄子有各式各樣的形狀。

19 なっとう **3** 【納豆】 納豆

日本人でも <u>納豆</u>を 食べられない 人が います。

即使是日本人也有不敢吃納豆的人。

20 なべ **1** 【鍋】 鍋子

まず <u>鍋</u>の 中に 水を 入れて ください。

首先請把水倒入鍋中。

21 にんじん **0** 【人参】 紅蘿蔔

うさぎは <u>人参</u>が 大好きです。

兔子最喜歡紅蘿蔔。

22 のり **2** 【海苔】 海苔

韓国人と 日本人は よく <u>のり</u>を 食べます。

韓國人跟日本人經常吃海苔。

23 ぶどう **2** 【葡萄】 葡萄

ワインは <u>ぶどう</u>から 作られます。

紅酒是用葡萄做成的。

24 みそしる ❸ 【味噌汁】 味噌湯

朝_{あさ}ごはんは　いつも　ごはんに　味噌汁_{みそしる}です。

早飯總是吃飯和味噌湯。

25 もも ⓿ 【桃】 桃子

日本_{にほん}の　桃_{もも}は　高_{たか}いですが、甘_{あま}くて、とても　おいしいです。

日本的桃子很貴，但是很甜，非常好吃。

26 やかん ⓿ 水壺

新_{あたら}しい　やかんを　買_かいました。

買了新的水壺。

27 ゆ ❶ 【湯】 熱水

カップラーメンを　食_たべるのに、お湯_ゆが　必要_{ひつよう}です。

吃杯麵，一定要有熱水。

28 アルコール ❸ 酒精

この　ビールは　アルコールが　あまり　高_{たか}くないです。

這個啤酒的酒精濃度不太高。

29 ウイスキー ❷ ❸ ❹ 威士忌

日本酒_{にほんしゅ}は　飲_のめますが、ウイスキーは　飲_のめません。

日本酒有辦法喝，但威士忌沒辦法喝。

30 クッキー ❶ 餅乾

昨日_{きのう}　クッキーを　焼_やきました。

昨天烤了餅乾。

31 コップ ⓿ 杯子

コップと　お皿_{さら}を　片_{かた}づけて　ください。

請把杯子跟盤子整理好。

32 サラダ ❶ 沙拉

健康の ために、毎日 サラダを 食べて います。
<small>けんこう</small> <small>まいにち</small> <small>た</small>

為了健康，每天都吃沙拉。

33 ジャム ❶ 果醬

トーストに ジャムを つけて 食べます。
<small>た</small>

在吐司上塗果醬吃。

34 デザート ❷ 甜點

ごはんの 後で デザートを 食べましょう。
<small>あと</small> <small>た</small>

吃完飯後來吃甜點吧。

35 メニュー ❶ 菜單、內容

すみません、メニューを いただけますか。

不好意思，可以給我菜單嗎？

練習問題

1. 台湾人は 時々 ビールに こおりを 入れて 飲みます。
　①永　　　　　②氷　　　　　③泳　　　　　④冰

2. 母の 日に 新しい なべを 買って あげました。
　①杯　　　　　②釜　　　　　③鍋　　　　　④皿

3. 砂糖を 少し 入れると、おいしく なりますよ。
　①さどお　　　②さとお　　　③さとう　　　④さと

4. 寿司を 食べたいのに、醤油が ありません。
　①しょゆ　　　②しょおゆ　　③しゅうゆ　　④しょうゆ

5. （　　　）の　中に　まだ　お湯が　残って　いますよ。
　　①ごちそう　　　②みそしる　　　③かんづめ　　　④やかん

6. 今日の　晩ごはんは、肉や　魚など　たくさんの　（　　　）が
　　用意されて　いました。
　　①おかず　　　　②ちゅうもん　　③デザート　　　④あぶら

7. パンに　甘い　（　　　）を　たくさん　つけて　食べるのが
　　好きです。
　　①サラダ　　　　②デザート　　　③ジャム　　　　④クッキー

8. これは　（　　　）が　入って　いないので、子供でも　飲めますよ。
　　①アルコール　　②ビール　　　　③ワイン　　　　④ウイスキー

9. 今日の　晩ごはんの　めにゅーは　とても　豪華です。
　　①アニュー　　　②メニュー　　　③ヌニョー　　　④メニャー

………………

解答：1.②　2.③　3.③　4.④　5.④　6.①　7.③　8.①　9.②

問題解析

1. 台湾人は時々ビールに氷を入れて飲みます。
　　台灣人有時候會在啤酒裡加冰塊喝。

2. 母の日に新しい鍋を買ってあげました。　母親節買了新鍋子給媽媽。

3. 砂糖を少し入れると、おいしくなりますよ。放點糖，就會變得很好吃喔。

4. 寿司を食べたいのに、醤油がありません。　想吃壽司，卻沒醬油。

5. やかんの中にまだお湯が残っていますよ。　水壺裡面還有剩一點熱水喔。

6. 今日の晩御飯は、肉や魚などたくさんのおかずが用意されていました。
　　今天的晚餐，準備了肉和魚等許多菜餚。

7. パンに甘いジャムをたくさんつけて食べるのが好きです。

我喜歡在麵包上塗很多甜的果醬來吃。

8. これはアルコールが入っていないので、子供でも飲めますよ。

這個沒有加酒精，所以即使是小孩子也可以喝喔。

9. 今日の晩御飯のメニューはとても豪華です。今天晚餐的內容非常豪華。

1-1-13 自然（自然） 🔊 MP3-14

1 あじ ⓪【味】 味道、口味 ☐☐
関西の 人は 味が 薄いです。
關西人的口味比較清淡。

2 おんど ①【温度】 温度 ☐☐
朝と 夜の 温度の 差が 大きいので、体に 気を つけて
ください。
因為早上跟晚上的溫差很大，所以請注意身體。

3 かみ ①【神】 神明 ☐☐
神様が 本当に いると 思いますか。
你覺得神明真的存在嗎？

4 かみなり ③ ④【雷】 雷 ☐☐
外は 大きな 雷が 鳴って いて、怖いです。
外面在打很大的雷，好恐怖。

5 きおん ⓪【気温】 氣溫 ☐☐
明日は 気温が 低く なるので、上着を 持って 行った
ほうが いいでしょう。
由於明天氣溫變低，所以帶件外套比較好吧。

6 くさ ②【草】 草 ☐☐
庭に たくさん 草が 生えて います。
院子長了很多草。

7 くも ①【雲】 雲 ☐☐
雲が 多いですね。明日は 雨かも しれませんね。
雲很多呢。明天可能會下雨呢。

8 くもり ❸ 【曇り】 陰天

今日は 午前は 曇りですが、午後は 晴れるでしょう。
きょう ごぜん くも ごご は

今天上午是陰天，但下午會放晴吧。

9 じしん ⓿ 【地震】 地震

日本は 地震が 多い 国です。
にほん じしん おお くに

日本是個地震很多的國家。

10 しぜん ⓿ 【自然】 自然

人間に 多くの 自然が 壊されて います。
にんげん おお しぜん こわ

很多自然生態正被人類破壞著。

11 そら ❶ 【空】 天空

空が 暗くて、雨が 降りそうです。
そら くら あめ ふ

天空很暗，好像會下雨。

12 たいふう ❸ 【台風】 颱風

台風が 来て、会社や 学校が 休みに なりました。
たいふう き かいしゃ がっこう やす

因為颱風來了，所以公司行號跟學校都放假了。

13 たいよう ❶ 【太陽】 太陽

今日は 太陽が 出て、暑く なりそうです。
きょう たいよう で あつ

今天太陽出來了，好像會變熱。

14 つき ❷ 【月】 月亮

今晩は 大きい 月が 出て いますよ。
こんばん おお つき で

今晚會有很大的月亮喔。

15 つゆ ❷ 【梅雨】 梅雨

梅雨に なると、雨の 日が 多くて、気分が 悪いです。
つゆ あめ ひ おお きぶん わる

一到梅雨季節，下雨的日子多，心情就很差。

16 てんきよほう❹【天気予報】 天氣預報 ☐ ☐

天気予報に よると、明日は 天気が 良く なるそうです。

根據天氣預報，據説明天天氣會變好。

17 におい❷【匂い】 味道 ☐ ☐

この 肉、変な 匂いが しますね。

這個肉，有奇怪的味道呢。

18 はれ❶【晴れ】 晴天 ☐ ☐

明日、晴れで なければ、運動会は 中止に なります。

明天，如果不放晴的話，運動會就會中止。

19 ほし❶【星】 星星 ☐ ☐

オーストラリアで 星が きれいに 見えます。

在澳洲可以清楚地看見星星。

20 もり❶【森】 森林 ☐ ☐

北海道では 森の 中で 熊に 会う ことも あるので、
危ないです。

由於在北海道的森林裡面也會遇見熊，所以很危險。

練習問題

1. ほしが たくさん 出て います。
   ①雷 ②台風 ③曇り ④星

2. 久しぶりの はれで、温かいですね。
   ①海岸 ②太陽 ③晴 ④気温

3. もりには 危険な 動物が たくさん いるので、気を つけて
   ください。
   ①森 ②林 ③山 ④河

4. 畑には　くさが　たくさん　生えて　います。
　　①菫　　　　　　②芋　　　　　　③草　　　　　　④早

5. きょうから　梅雨の　時期に　入りました。
　　①うめゆ　　　　②つゆ　　　　　③うめあめ　　　④うき

6. ちょっと　（　　　）が　薄いですね。
　　①島　　　　　　②味　　　　　　③神　　　　　　④空

7. いい　（　　　）が　して　来ました。
　　①匂い　　　　　②温度　　　　　③気温　　　　　④地震

解答：1.④　2.③　3.①　4.③　5.②　6.②　7.①

問題解析

1. 星がたくさん出ています。　有很多星星。

2. 久しぶりの晴で、温かいですね。　好久不見的晴天，很溫暖呢。

3. 森には危険な動物がたくさんいるので、気をつけてください。

　　在森林裡有很多危險的動物，所以請小心。

4. 畑には草がたくさん生えています。　在田裡長了很多草。

5. 今日から梅雨の時期に入りました。　從今天開始進入梅雨季節了。

6. ちょっと味が薄いですね。　味道有點淡呢。

7. いい匂いがして来ました。　飄來好香的味道。

1-1-14 体（身體）　🔊 MP3-15

1 あご ❷【顎】 下巴 □□

弟の　頭に　顎が　ぶつかって、痛いです。

下巴撞到了弟弟的頭，好痛。

2 い ❶【胃】 胃 □□

食べすぎて、胃が　痛いです。

吃太多了，胃好痛。

3 ち ❶【血】 血 □□

怪我を　して、血が　出て　来ました。

受了傷，血流了出來。

4 つめ ❶【爪】 指甲 □□

爪が　長いので、きちんと　切って　ください。

指甲長長了，所以請好好地剪指甲。

5 なみだ ❶【涙】 眼淚 □□

笑い過ぎて、涙が　出て　来ました。

笑得太過頭，眼淚都流了出來。

6 ひげ ❶【髭】 鬍子 □□

父は　顎に　ひげが　生えて　います。

我爸爸的下巴上有長鬍子。

7 ひざ ❶【膝】 膝蓋 □□

転んで、膝に　怪我を　しました。

跌倒了，膝蓋受了傷。

8 ひじ ❷【肘】 手肘 ☐☐

野球を　して、肘を　痛く　しました。

打棒球之後，手肘好痛。

---

9 ほね ❷【骨】 骨頭 ☐☐

スキーを　して、骨を　折って　しまいました。

滑雪，不小心骨折了。

---

10 ゆび ❷【指】 手指 ☐☐

指が　細くて、長いのは　とても　羨ましいです。

手指又細又長，非常羨慕。

練習問題

1. 交通事故で、ほねが　折れました。
　　①背　　　　　②體　　　　　③骨　　　　　④滑

2. 料理を　する　時は　つめを　短く　した　ほうが　いいですよ。
　　①髪　　　　　②髭　　　　　③毛　　　　　④爪

3. 玉ねぎを　切ると、（　　　）が　出ます。
　　①なみだ　　　②ち　　　　　③い　　　　　④ほね

4. （　　　）を　見ると、怖くて、気持ちが　悪く　なります。
　　①に　　　　　②す　　　　　③ち　　　　　④つ

解答：1. ③　2. ④　3. ①　4. ③

問題解析

1. 交通事故で、骨が折れました。　因為車禍，骨折了。

2. 料理をする時は爪を短くしたほうがいいですよ。

做料理時把指甲剪短比較好喔。

3. 玉ねぎを切ると、涙が出ます。　一切洋蔥，就會流眼淚。

4. 血を見ると、怖くて、気持ちが悪くなります。

一看見血，就會覺得可怕，變得不舒服。

1-1-15 色（顔色）

🔊 MP3-16

1 はいいろ ⓪【灰色】灰色 ☐☐

私の 車は 灰色です。
わたし くるま はいいろ

我的車子是灰色的。

2 まっか ❸【真っ赤】鮮紅 ☐☐

お酒を 飲んで、顔が 真っ赤に なって しまいました。
さけ の かお ま か

喝了酒，臉變得通紅。

3 まっくら ❸【真っ暗】黑暗 ☐☐

誰も いないようです。電気が 消えて、真っ暗です。
だれ でんき き ま くら

好像誰都不在。燈是關的，非常暗。

4 まっくろ ❸【真っ黒】黝黑 ☐☐

海に 行って、肌が 真っ黒に なりました。
うみ い はだ ま くろ

去了海邊，皮膚變得黑黝黝。

5 まっさお ❸【真っ青】鐵青、失去血色、深藍 ☐☐

体の 調子が 良くないんですか。顔が 真っ青ですよ。
からだ ちょうし よ かお ま さお

身體不舒服嗎？臉色鐵青喔！

6 まっしろ ❸【真っ白】純白、雪白 ☐☐

夕べ 雪が 降って、外は 真っ白です。
ゆう ゆき ふ そと ま しろ

昨晚下了雪，外頭一片雪白。

7 みどり ❶【緑】綠色 ☐☐

緑の セーターを 着て いる 人は 弟です。
みどり き ひと おとうと

穿著綠色毛衣的人是我弟弟。

8 むらさき❷【紫】紫色

その 紫の ハンカチ、きれいですね。
_{むらさき}

那條紫色的手帕,很漂亮呢。

練習問題

1. 私の かばんは 紫です。
　①むろちき　　　②ぬろさき　　　③むろさき　　　④むらさき

2. グレーは 日本語で はいいろです。
　①恢色　　　　②灰色　　　　　③炭色　　　　　④灰色

3. （　　　）の 葉が 秋に なると、赤や 黄色に 変わるんです。
　①はいいろ　　②みどり　　　③あお　　　　④くろ

4. 「もう こんな 時間。外は （　　　）ですよ。早く 帰りましょう。」
　①まっしろ　　②さっまお　　③まっくら　　④まっくろ

解答：1. ④　2. ④　3. ②　4. ③

問題解析

1. 私のかばんは紫です。　我的包包是紫色的。
_{わたし} _{むらさき}

2. グレーは日本語で灰色です。　gray的日文是灰色。
_{にほん ご} _{はいいろ}

3. 緑の葉が秋になると、赤や黄色に変わるんです。
_{みどり} _は _{あき} _{あか} _{きいろ} _か

　綠色的葉子一到秋天,會變成紅或黃色。

4. 「もうこんな時間。外は真っ暗ですよ。早く帰りましょう。」
_{じ かん} _{そと} _{ま くら} _{はや かえ}

　「已經這個時間了。外頭一片漆黑哦。早點回家吧。」

1-1-16 イベント・アクティビティー関連（活動・行動相關）

A 🔊 MP3-17

1 いたずら（する）⓪【悪戯】惡作劇

兄は　いたずらが　大好きです。
哥哥很喜歡惡作劇。

2 おいわい（する）⓪【お祝い】慶祝

友達の　子供が　生まれた　お祝いに　子供の　服を　あげました。
為了慶祝朋友生小孩，送小孩的衣服給他了。

3 おもいで⓪【思い出】回憶

一人で　行った　アジア旅行は　とても　いい　思い出に　なりました。
一個人去的亞洲國家旅行，成為了非常美好的回憶。

4 かいぎ❶【会議】會議

今　会議を　して　いますから、静かに　して　ください。
現在在開會，所以請安靜。

5 がいしゅつ⓪【外出】出門

必要の　ない　外出は　やめて　ください。
請避免不必要的外出。

6 からて⓪【空手】空手道

日本の　空手の　選手は　世界でも　有名です。
日本的空手道選手在世界上也很有名。

7 かんぱい⓪【乾杯】乾杯

日本語の「乾杯」は　中国語の　意味と　違います。
日文的「乾杯」跟中文的意思不同。

8 けいけん ⓪ 【経験】 經驗

アルバイトは　大変ですが、いい　経験に　なると　思います。

雖然打工很辛苦，但我覺得能成為很好的經驗。

9 けっこん ⓪ 【結婚】 結婚

結婚の　準備は　とても　大変です。

結婚的準備非常辛苦。

10 けんか ⓪ 【喧嘩】 吵架

友達と　喧嘩を　して、先生に　怒られました。

和朋友吵架，讓老師生氣了。

11 けんがく ⓪ 【見学】 參訪

北海道で　ワインと　チーズの　工場へ　見学に　行きました。

在北海道去參訪了紅酒與起司的工廠。

12 けんぶつ（する）⓪ 【見物】 參觀

京都へ　行ったら、歴史的な　建物を　たくさん　見物したいです。

去了京都後，想參觀許多有歷史的建築物。

13 さんぽ ⓪ 【散歩】 散步

毎日　犬を　散歩に　連れて　行かなければ　なりません。

必須每天帶狗去散步。

14 しけん ❷ 【試験】 考試

試験まで　あと　1週間しか　ありません。

離考試只剩下一週。

15 しゅっぱつ ⓪ 【出発】 出發

あと　30分で　出発の　時間です。

還有三十分鐘就是出發的時間。

16 じゅうどう❶【柔道】 柔道 ☐☐

私の 学校では 男子は 柔道を 習います。

在我的學校，男生是學柔道。

---

17 しゅじゅつ❶【手術】 手術 ☐☐

明日は 祖父の 手術の 日です。

明天是爺爺手術的日子。

---

18 しょうたい（する）❶【招待】 請客、邀請 ☐☐

陳さんの 結婚式に 招待されました。

被邀請出席陳先生的婚禮。

---

19 たいいん❶【退院】 出院 ☐☐

退院が 決まって、うれしいです。

出院決定了，很開心。

---

20 てんらんかい❸【展覧会】 展覽會 ☐☐

来月 東京で コンピューターの 展覧会が あります。

下個月在東京有電腦的展覽會。

---

21 にゅういん❶【入院】 住院 ☐☐

入院の 手続きは 向こうの 受け付けで お願いします。

住院手續請到對面的櫃檯辦理。

---

22 はくしゅ（する）❶【拍手】 拍手 ☐☐

「皆さん、大きな 拍手を お願いします。」

「大家，請熱烈的掌聲。」

---

23 ぼうねんかい❸【忘年会】 尾牙 ☐☐

忘年会で 飲みすぎて しまいました。

在尾牙上喝過頭了。

24 みおくり **0** 【見送り】 送行 ☐☐

友達を 見送りに 空港まで 行って 来ます。
とも だち　　み おく　　　　　くうこう　　　　い　　　　　き

為了送朋友去了機場。

25 よてい **0** 【予定】 預定、預計、計劃、準備 ☐☐

今年の 忘年会は 桜レストランで 行われる 予定です。
ことし　　ぼうねんかい　　さくら　　　　　　　　　おこな　　　　　　よ てい

今年的尾牙預定在櫻花餐廳舉行。

26 よやく（する）**0** 【予約】 預約 ☐☐

連休に 日本へ 行くなら、早く 飛行機を 予約した ほうが
れんきゅう　にほん　　い　　　　　　はや　　　ひ こう き　　　よ やく

いいですよ。

如果連假要去日本的話，早點訂飛機比較好哦。

27 りこん（する）**0** 【離婚】 離婚 ☐☐

陳さん、去年 離婚されたそうですよ。
ちん　　　きょねん　り こん

陳先生，據說去年離婚了喔。

練習問題

1. 息子は 女の 子に （　　　　）ばかりして、いつも 怒られて
います。

　①ぼうねんかい　②いたずら　　　③おいわい　　　④おもいで

2. この 仕事は けいけんが なくても できます。

　①経験　　　　　②経齢　　　　　③経検　　　　　④経剣

3. あの 店は いつも 込んで いるので、（　　　　）して
おきましょう。

　①約束　　　　　②決定　　　　　③予約　　　　　④予定

4. 古い　建物が　好きなので、日本へ　行って、いろいろな　お城を
（　　　　）したいです。
　　①見解　　　　　　②見舞い　　　　　③見学　　　　　　④見物

5. この　バスは　あと　5分で　出発しますよ。
　　①しゅぱつ　　　②しゅっぱつ　　　③しょばつ　　　　④しゅっぱつ

6. 男の　子供が　いたら、じゅうどうを　習わせたいです。
　　①柔道　　　　　　②剣道　　　　　　③合気道　　　　　④空手道

解答：1.②　2.①　3.③　4.④　5.②　6.①

問題解析

1. 息子は女の子にいたずらばかりして、いつも怒られています。

　兒子一直對女生惡作劇，所以總是被罵。

2. この仕事は経験がなくてもできます。　這份工作就算沒有經驗也能做。

3. あの店はいつも込んでいるので、予約しておきましょう。

　那家店經常高朋滿座，所以先預約吧。

4. 古い建物が好きなので、日本へ行って、いろいろなお城を見物したい

です。

　因為喜歡古建築，所以想去日本，參觀各式古城。

5. このバスはあと5分で出発しますよ。這輛公車還有五分鐘就要出發了哦。

6. 男の子供がいたら、柔道を習わせたいです。

　如果有兒子的話，想讓他學柔道。

76

B 🔊 MP3-18

1 オリンピック❹　奥林匹克運動會、奥運　☐☐

　　１９６４年に　東京で　オリンピックが　開かれました。
（せんきゅうひゃくろくじゅうよねん）（とうきょう）（ひら）

　　1964年在東京舉辦了奧林匹克運動會。

2 キャンプ❶　露營　☐☐

　　夏休みに　家族と　キャンプに　行きます。
（なつやす）（かぞく）（い）

　　暑假時要和家人去露營。

3 ジョギング❶　慢跑　☐☐

　　健康の　ために、できるだけ　ジョギングを　して　います。
（けんこう）

　　為了健康，盡量慢跑。

4 スケート❶　溜冰、滑冰　☐☐

　　今まで　一度も　スケートを　した　ことが　ありません。
（いま）（いちど）

　　至今為止沒有溜過一次冰。

5 スケジュール❸　行程表　☐☐

　　今月の　スケジュールは　もう　いっぱいです。
（こんげつ）

　　這個月的行程表已經很滿了。

6 チャット❶　網路上聊天、閒聊　☐☐

　　知らない　人と　チャットが　楽しめる　サイトが　たくさん
（し）（ひと）（たの）
　　あります。

　　能夠和不認識的人開心地聊天的網站有很多。

7 ツアー❶　旅行團　☐☐

　　ツアーより、自分達で　旅行する　ほうが　自由で、楽だと　思います。
（じぶんたち）（りょこう）（じゆう）（らく）（おも）

　　比起跟團，我覺得自由行還比較自由且輕鬆。

8 デート ❶ 約會

<u>デート</u>で　遊園地へ　行きたいです。
ゆうえんち　　い

約會想要去遊樂園。

9 トランプ ❷ 撲克牌

<u>トランプ</u>を　使って、子供に　算数を　教えます。
つか　　こども　　さんすう　　おし

使用撲克牌，教小孩算數。

10 ハイキング ❶ 健行

週末、<u>ハイキング</u>にでも　行きませんか。
しゅうまつ　　　　　　　　　　い

週末，想去健行嗎？

11 ボーリング ❶ 保齡球

久しぶりに　友達と　<u>ボーリング</u>を　して、腕が　痛いです。
ひさ　　　　ともだち　　　　　　　　　　うで　いた

隔了很久才跟朋友打保齡球，所以手臂好痛。

12 マッサージ ❸ 按摩

子供に　<u>マッサージ</u>を　して　もらいました。
こども

請小孩幫我按摩。

13 マラソン ❶ 馬拉松

一度　海外の　<u>マラソン</u>大会に　出て　みたいです。
いちど　かいがい　　　　　　たいかい　　で

想參加一次海外的馬拉松大賽看看。

14 ミュージカル ❶ 音樂劇

たまには　<u>ミュージカル</u>でも　見に　行きませんか。
み　い

偶爾要不要也去看個音樂劇呢？

15 ヨガ ❶ 瑜珈

最近　<u>ヨガ</u>を　始める　人が　増えて　います。
さいきん　　　　はじ　　ひと　ふ

最近開始做瑜珈的人增加中。

練習問題

1. まらそん大会で　優勝した　ことが　あります。
　　①マラソン　　　②アウソン　　　③アランソ　　　④マランソ

2. 日本人の　友達と　日本語で　ちゃっとして　日本語を　勉強して
　　います。
　　①チャット　　　②チョット　　　③チェット　　　④チュット

3. 子供と　（　　　）して、負けて　しまいました。
　　①ヨガ　　　　　②ハイキング　　③トランプ　　　④デート

4. イギリスで　有名な　（　　　）を　見に　行きました。
　　①マッサージ　　②ジョギング　　③ミュージカル　④ボーリング

5. 来週　行けるか　どうか　（　　　）を　調べてから　お返事　します。
　　①ツアー　　　　②キャンプ　　　③スケジュール　④オリンピック

解答：1. ①　2. ①　3. ③　4. ③　5. ③

問題解析

1. マラソン大会で優勝したことがあります。曾在馬拉松大賽上得到優勝過。

2. 日本人の友達と日本語でチャットして日本語を勉強しています。
　　和日本籍的朋友用日語聊天學習著日語。

3. 子供とトランプして、負けてしまいました。和小孩玩撲克牌，結果輸了。

4. イギリスで有名なミュージカルを見に行きました。
　　在英國去看了很有名的音樂劇。

5. 来週行けるかどうかスケジュールを調べてからお返事します。
　　下週是否能去，先查過行程表後再回覆。

<ruby>学校生活<rt>がっこうせいかつ</rt></ruby>（學校生活）

A 🔊 MP3-19

1 いけん❶【意見】 意見 ☐☐

<ruby>何<rt>なに</rt></ruby>か <ruby>他<rt>ほか</rt></ruby>に <ruby>意見<rt>い けん</rt></ruby>が ありますか。

還有什麼其他的意見嗎？

2 おくりがな❶【送り仮名】 送假名（漢字訓讀時，標示在漢字後面的假名）☐☐

すみませんが、<ruby>送り仮名<rt>おく　が な</rt></ruby>を つけて いただけませんか。

不好意思，能幫忙標上送假名嗎？

3 かがく❶【科学】 科學 ☐☐

<ruby>科学<rt>か がく</rt></ruby>が <ruby>発展<rt>はってん</rt></ruby>して、<ruby>生活<rt>せいかつ</rt></ruby>が <ruby>便利<rt>べん り</rt></ruby>に なりました。

隨著科學的發展，生活變得便利了。

4 かんがえ❸【考え】 想法、思考 ☐☐

<ruby>私<rt>わたし</rt></ruby>は <ruby>彼<rt>かれ</rt></ruby>とは <ruby>違<rt>ちが</rt></ruby>う <ruby>考<rt>かんが</rt></ruby>えを <ruby>持<rt>も</rt></ruby>って います。

我和他抱持著不同的想法。

5 きゅうけい❶【休憩】 休息 ☐☐

<ruby>今日<rt>きょう</rt></ruby>は <ruby>忙<rt>いそが</rt></ruby>しかったので、<ruby>休憩<rt>きゅうけい</rt></ruby>の <ruby>時間<rt>じ かん</rt></ruby>が ありませんでした。

因為今天很忙，所以沒有休息的時間。

6 きそく❷❶【規則】 規則、規範 ☐☐

<ruby>私<rt>わたし</rt></ruby>の <ruby>高校<rt>こうこう</rt></ruby>は <ruby>規則<rt>き そく</rt></ruby>が とても <ruby>厳<rt>きび</rt></ruby>しいです。

我的高中規矩非常嚴格。

7 きょういく❶【教育】 教育 ☐☐

<ruby>文化<rt>ぶん か</rt></ruby>が <ruby>違<rt>ちが</rt></ruby>うと、<ruby>教育<rt>きょういく</rt></ruby>の <ruby>仕方<rt>し かた</rt></ruby>も <ruby>変<rt>か</rt></ruby>わります。

文化一旦不一樣，教育的方式也會改變。

8 きょうかしょ ❸【教科書】 教科書 ☐☐

では、テストを 始めるので、教科書を 閉まって ください。

那麼，因為要開始考試了，請把教科書闔起來。

---

9 きょうみ ❶【興味】 興趣 ☐☐

ファッションには 全然 興味が ありません。

對時尚完全沒有興趣。

---

10 けいさん ⓪【計算】 計算 ☐☐

計算が 苦手です。

不太會算數。

---

11 けいざい ❶【経済】 經濟 ☐☐

大学では 経済に ついて 勉強して います。

在大學讀關於經濟。

---

12 けいじばん ⓪【掲示板】 公布欄 ☐☐

掲示板を 見て、アルバイトを 探します。

看公布欄，找打工。

---

13 けが ❷【怪我】 受傷 ☐☐

最近 怪我や 病気が 多いので、気を つけるように して います。

因為最近很常受傷跟生病，所以多加注意著。

---

14 けっせき ⓪【欠席】 缺席 ☐☐

欠席が 多いと、期末試験は 受けられません。

如果常缺席的話，就不能參加期末考試。

---

15 けんか ⓪【喧嘩】 吵架 ☐☐

私たち 兄弟は いつも けんかを して います。

我們兄弟總是在吵架。

16 けんきゅう ⓪ 【研究】 研究 ☐ ☐

大学院では 若者の 言葉に ついて 研究を したいと 思って
います。

想在研究所研究有關年輕人的用語。

- -

17 ごうかく ⓪ 【合格】 合格 ☐ ☐

試験に 合格できるか どうか 心配です。

很擔心考試能否合格。

- -

18 こくばん ⓪ 【黒板】 黑板 ☐ ☐

皆さん、ちょっと 黒板を 見て ください。

各位，請看一下黑板。

- -

19 さんかく ❶ 【三角】 三角形 ☐ ☐

日本の おにぎりは 三角や 丸い 形が 多いです。

日本的飯糰大多是三角形或是圓形。

- -

20 しかく ❸ 【四角】 （正方形或長方形等）四角形 ☐ ☐

まず、紙の 真ん中に 大きい 四角を 1つ 書いて ください。

首先，請在紙的正中間畫一個大的四角形。

- -

21 しけん ❷ 【試験】 考試 ☐ ☐

あと 1か月で 試験なので、緊張して います。

因為還有一個月就要考試了，好緊張。

- -

22 しつもん ⓪ 【質問】 疑問、質問 ☐ ☐

何か 質問が ありますか。

有什麼疑問嗎？

23 じてん ⓪【辞典】字典

分からない 言葉が あったら、辞典で 調べた ほうが
いいですよ。

如果有不知道的話語，用字典查一下比較好哦。

24 しめい ❶【氏名】姓名

ここに 氏名と 住所を 書いて ください。

請在這裡寫上姓名和地址。

25 しゅうかん ⓪【習慣】習慣

家で 勉強を する 習慣が ないので、いつも 図書館や
喫茶店へ 行って、勉強します。

因為沒有在家裡讀書的習慣，所以總是去圖書館或是咖啡廳讀書。

26 しゅうしょく ⓪【就職】就業

なかなか 就職が 決まりません。

找工作的事情一直定不下來。

27 しゅっせき ⓪【出席】出席

来週の 授業に 出席が できない 学生は 水曜日までに
知らせて ください。

無法出席下週授課的學生，請在星期三之前告知。

28 しょうらい ❶【将来】將來

将来、父のような 立派な 医者に なりたいです。

將來，想成為像父親一樣偉大的醫生。

29 じしゅう ⓪【自習】自習

今日 先生は 病気で 休むので、静かに 教室で 自習を して
ください。

今天因為老師生病請假，所以請安靜地在教室自習。

30 じっしゅう⓪【実習】 實習 　　□□

大学３年生に　なったら、ホテルで　実習を　する　予定です。

預訂上了大三，要去飯店實習。

---

31 しっぱい⓪【失敗】 失敗 　　□□

先月の　テストで　失敗を　したので、今度は　絶対　頑張ろうと
思います。

因為上個月的考試沒過，所以打算這次一定要好好加油。

---

32 じゅぎょう①【授業】 課堂 　　□□

授業の　時は　ケータイを　使ったり、おしゃべりを　したり
しては　いけません。

在上課時不可以使用手機或是聊天。

---

33 しんがく⓪【進学】 升學 　　□□

どの　大学に　進学するか　まだ　決めて　いません。

還沒決定要上哪一所大學。

練習問題

1. 最近は　どんな　事に　（　　　）が　ありますか。
　　①習慣　　　　　②趣味　　　　　③興味　　　　　④研究

2. （　　　）では、いつも　真面目に　先生の　話を　聞いて　います。
　　①教育　　　　　②自習　　　　　③授業　　　　　④出席

3. この　学校は　きそくが　とても　厳しいです。
　　①規則　　　　　②規側　　　　　③規測　　　　　④規即

4. 1時から　Aホールで　しゅうしょく説明会が　開かれます。
　　①就幟　　　　　②就職　　　　　③就織　　　　　④就識

5. 4年生に　なったら、実習に　行かなければ　なりません。
　　①しじゅう　　　②じっしゅう　　③じしゅう　　　④じっしゅ

6. 今回の　実験に　失敗して　しまいました。
　　①しぱっい　　　②しばい　　　　③しっばい　　　④しっぱい

7. 掲示板に　試験の　成績が　貼られます。
　　①けいじぱん　　②けじぱん　　　③けいしばん　　④けいじばん

8. 兄は　日本の　経済に　ついて　勉強して　います。
　　①けいさん　　　②けいけん　　　③けいざい　　　④けえざい

解答：1.③　2.③　3.①　4.②　5.②　6.④　7.④　8.③

問題解析

1. 最近はどんな事に興味がありますか。　最近對什麼樣的事情有興趣呢？

2. 授業では、いつも真面目に先生の話を聞いています。

　　上課時，總是很認真地聽老師講課。

3. この学校は規則がとても厳しいです。　這所學校的規則非常嚴格。

4. 1時からAホールで就職説明会が開かれます。

　　一點開始在A大廳舉辦就職說明會。

5. 4年生になったら、実習に行かなければなりません。

　　上了四年級之後，不去實習不行。

6. 今回の実験に失敗してしまいました。　這次的實驗居然失敗了。

7. 掲示板に試験の成績が貼られます。　在公布欄上貼著測驗的成績。

8. 兄は日本の経済について勉強しています。　哥哥在學習關於日本經濟。

1 せいこう ⓪ 【成功】 成功 ☐☐

「失敗は 成功の 母」と 言われて います。

常言道「失敗為成功之母」。

2 せいせき ⓪ 【成績】 成績 ☐☐

試験の 成績が 悪くて、両親に 怒られました。

考試的成績很糟，被父母罵了。

3 せいじ ⓪ 【政治】 政治 ☐☐

最近の 若い 人は 政治に 興味が ないようです。

最近的年輕人似乎對政治都沒有興趣。

4 せつめい ⓪ 【説明】 說明 ☐☐

この 部分は、もう 少し 詳しい 説明が あったら いいと
思います。

我認為這個部分，如果有再多一點的詳細說明會更好。

5 せん ① 【線】 線 ☐☐

線の とおりに この 紙を 折って ください。

請按照線折這張紙。

6 そうだん ⓪ 【相談】 討論、商量 ☐☐

先生に 留学に ついて 相談を して みようと 思います。

有關留學，想跟老師商量看看。

7 そつぎょう ⓪ 【卒業】 畢業 ☐☐

この 成績では 卒業は 難しいかも しれません。

以這樣的成績，也許很難畢業。

8 たしざん ❷ 【足し算】 加法 ☐ ☐

まだ 3歳なのに、もう 足し算が できます。

明明才三歲，卻已經會加法。

9 ちこく ⓿ 【遅刻】 遲到 ☐ ☐

デートで 遅刻は いけませんよ。

不能在約會時遲到哦。

10 ちゅうい ❶ 【注意】 注意 ☐ ☐

出発する 前に いくつか 注意が あるので、聞いて ください。

在出發之前有幾點注意事項，所以請聽一下。

11 つうがく ⓿ 【通学】 上、下學 ☐ ☐

学校まで 遠いので、通学は バスを 使って います。

因為到學校很遠，所以上、下學都是搭公車。

12 どりょく ❶ 【努力】 努力 ☐ ☐

私が 今回 優勝できたのは 今までの 努力の 結果だと
思って います。

我覺得這次能獲得優勝，是努力至今的結果。

13 にゅうがく ⓿ 【入学】 入學 ☐ ☐

あと 1週間で 入学の 試験が あるので、緊張して います。

還有一個星期就是入學考試，所以很緊張。

14 にんき ⓿ 【人気】 受歡迎 ☐ ☐

今 韓国の 音楽は とても 人気が あります。

現在韓國的音樂非常受歡迎。

15 ねぼう ⓪ 【寝坊】 睡過頭

また 今日も 寝坊を して 学校に 遅れて しまいました。
今天又睡過頭上課遲到了。

16 ばか ① 【馬鹿】 笨蛋

いつも 兄から 馬鹿な 弟だと 言われて いじめられて います。
總是被哥哥欺負，說是個笨蛋弟弟。

17 はつおん ⓪ 【発音】 發音

いつも 日本の テレビを 見て 発音の 練習を して います。
總是看日本的電視練習著發音。

18 はつめい ⓪ 【発明】 發明

今まで 多くの 物が 日本人に よって 発明されました。
到現在為止，很多事物都是由日本人發明出來的。

19 はやおき ③ 【早起き】 早起

早起きは 苦手です。
我不擅長早起。

20 ひきざん ② 【引き算】 減法

足し算と 引き算は 小学校の 一年生で 習います。
加法和減法是在小學一年級學習。

21 ひるね ⓪ 【昼寝】 午睡

台湾の 学校では 昼休みに 昼寝の 習慣が あります。
台灣的學校有在午休時間睡午覺的習慣。

22 ぶんか ① 【文化】 文化

知らない 国の 文化を 知るのは 面白いです。
了解未知國家的文化很有趣。

23 へんじ ❸【返事】 回信、答覆

何度も　メールを　出したのに、全然　返事が　ありません。

明明寄了很多封郵件，卻完全沒有回信。

24 ふくしゅう ❶【復習】 複習

予習と　復習は　毎日　した　ほうが　いいですよ。

預習和複習每天都做比較好喔。

25 ほうそう ❶【放送】 播出

校長先生からの　大切な　放送が　ありますから、静かに　聞いて
ください。

有來自校長的重要的廣播，所以請安靜地聽。

26 ほうほう ❶【方法】 方法

早く　日本語が　上手に　なる　方法が　あったら、教えて　ください。

如果有快點使日文變得厲害的方法的話，請教我。

27 ほうりつ ❶【法律】 法律

日本の　法律では　お酒や　煙草は　20歳からです。

日本的法律是從二十歲開始才能喝酒抽菸。

28 ほんやく ❶【翻訳】 翻譯

ここの　翻訳、間違って　いるので、直して　ください。

這邊的翻譯，因為有錯誤，請修正。

29 まちがい ❸【間違い】 錯誤

この　作文は　文法の　間違いが　多くて、よく　分かりません。

這個作文的文法有很多錯誤，不太懂。

30 まんねんひつ ❸【万年筆】 鋼筆 □ □

万年筆で 書く 字は とても 美しいですね。

用鋼筆寫的字非常優美呢。

31 みらい ❶【未来】 未來 □ □

未来の 世界が どのように 変わるか 全然 予想できません。

完全無法想像未來的世界會變得怎麼樣。

32 もくてき ❶【目的】 目的 □ □

たまに 目的も なく、ぶらぶら 町を 散歩する ことも
あります。

偶爾也會沒有目的，在城市溜達散步。

33 りか ❶【理科】 自然課 □ □

小学校の 理科の 授業で 植物を 育てた ことが あります。

在小學的自然課有栽培過植物。

34 りゅうがく ❶【留学】 留學 □ □

留学の 経験が なくても 外国語が 上手に 話せるのは
すごいですね。

沒有留學的經驗也能把外文說得這麼好，真厲害呢。

35 れい ❶【例】 例子 □ □

まず 例を 見てから、問題を やって ください。

首先請看例子之後，再做問題。

36 れいぶん ❶【例文】 例句 □ □

この 本は 例文が 多くて、いいですね。

這本書有很多例句，很好呢。

37 れきし ⓪【歴史】歴史 ☐☐

歴史が 好きな 女の 人を 歴女と 呼ぶそうです。

聽説喜歡歷史的女生被稱為歷女。

38 ゆめ ❷【夢】夢、夢想 ☐☐

将来の 夢は 外国人と 結婚して、海外で 生活する ことです。

未來的夢想是跟外國人結婚，然後在國外生活。

39 よしゅう ⓪【予習】預習 ☐☐

復習は しますが、予習は しません。

會複習，但不預習。

40 わだい ⓪【話題】話題 ☐☐

韓国の 音楽や ファッションが 若者の 間で 話題に なって います。

韓國的音樂及時尚在年輕人間成為了話題。

練習問題

1. なかなか せいせきが 上がらなくて 困って います。
   ①成蹟　　　　②成積　　　　③成責　　　　④成績

2. 毎日 図書館で ふくしゅうして います。
   ①福習　　　　②復習　　　　③複習　　　　④腹習

3. 努力しても、できない ことも あります。
   ①どりゃぐ　　②どうりょく　　③どりゅく　　④どりょく

4. 留学から 帰って 来たら、父の 仕事を 手伝います。
   ①りゅうがく　　②りょうがく　　③りょがく　　④りゅうがぐ

5. 卒業したら、就職する　前に、海外へ　旅行に　行きたいです。
　　①そつぎょう　　②そっぎょう　　③そつぎゅう　　④そつぎょ

6. 授業の　前に　（　　　　）しなければ、授業の　内容が
　　分かりません。
　　①説明　　　　　　②予習　　　　　　③翻訳　　　　　　④例文

7. （　　　　）して、会議に　間に　合いませんでした。
　　①早起き　　　　②注意　　　　　　③寝坊　　　　　　④間違い

解答：1.④　2.②　3.④　4.①　5.①　6.②　7.③

問題解析

1. なかなか成績が上がらなくて困っています。　成績一直上不去很困擾。

2. 毎日図書館で復習しています。　每天都在圖書館複習。

3. 努力しても、できないこともあります。再怎麼努力，也有做不到的事情。

4. 留学から帰って来たら、父の仕事を手伝います。

　　留學回國後，要幫助父親的工作。

5. 卒業したら、就職する前に、海外へ旅行に行きたいです。

　　畢業後，在就職前，想去海外旅行。

6. 授業の前に予習しなければ、授業の内容が分かりません。

　　上課前如果不預習的話，上課的內容就會不懂。

7. 寝坊して、会議に間に合いませんでした。因為睡過頭，所以沒趕上會議。

C：片仮名（片假名） 🔊 MP3-21

1 アイディア ❶ 想法、主意 ☐☐

何か 他に いい **アイディア**でも ありますか。

有其他的好主意嗎？

---

2 アドバイス ❶ ❸ 建議 ☐☐

先生からの **アドバイス**は とても 役に 立ちました。

從老師那裡獲得的建議非常有用。

---

3 アドレス ❶ 地址 ☐☐

陳さんの イーメールの **アドレス**を 知って いますか。

你知道陳先生的電子郵件地址嗎？

---

4 イメージ ❶ 想像、印象 ☐☐

「皆さんは 日本に どんな **イメージ**を 持って いますか。」

「大家對日本抱有著什麼樣的印象呢？」

---

5 クラシック ❸ 古典 ☐☐

父は **クラシック**音楽しか 聞きません。

爸爸只聽古典音樂。

---

6 クラス ❶ 班級 ☐☐

この **クラス**は 男の 学生が 少ないです。

這個班級男學生很少。

---

7 クラブ ❶ 社團 ☐☐

私は テニスの **クラブ**に 入って います。

我參加網球社。

8 コミュニケーション❹ 溝通

人と コミュニケーションを 取る ことが 苦手です。

我不擅長與人溝通。

9 サークル⓪ 同好會

大学では 3つの サークルに 入って いるので、忙しいです。

在大學因為參加了三個同好會，所以很忙。

10 ダウンロード❹ 下載

ここから 申し込み用紙が ダウンロードできます。

從這裡可以下載報名表。

11 チェック❶ 確認

日本語で 作文を 書いた 後は、日本人か 先生の チェックが 必要です。

用日文寫了作文後，必須讓日本人或老師確認。

12 チャイム❶ 鐘聲

チャイムが 鳴ったら、すぐに 教室に 戻って ください。

鐘聲一響，請立即回到教室。

13 チャット⓪ 聊天

昨日は 遅くまで 友達と チャットを して いたので、今日は 寝不足です。

昨晚跟朋友聊到很晚，所以今天睡不飽。

14 データ❶⓪ 數據、資料

たくさんの データを 集めて、論文を 書きます。

收集大量的數據後，寫論文。

15 テープ ❶ 膠帶

ここを テープで 貼って ください。

這邊請用膠帶貼起來。

16 パスワード ❸ 密碼

まず ここに パスワードを 入れて ください。

首先請在這裡輸入密碼。

17 パーセント ❸ 百分比

バーゲンの 時期は ４０パーセントも 安く なりますよ。

大特賣的時候有便宜到百分之四十喔。

18 プロジェクト ❷ 計畫、項目

今 この プロジェクトに 参加したい 人を 集めて います。

現在聚集了想要參加這個計畫的人。

19 ページ ⓪ 頁數、頁

では、次の ページを 開いて ください。

那麼，請翻到下一頁。

20 ベル ❶ 鈴、鐘

子供たちは ベルが 鳴ると すぐ 教室から 出て 行きます。

小孩們鐘一響，就馬上衝出教室。

21 ポスター ❶ 海報

部屋の 壁には 好きな 歌手の ポスターが たくさん 貼って あります。

在房間的牆上貼著許多喜歡的歌手的海報。

22 ボール **0** 球 ☐☐

すみません、そこの　ボールを　拾^{ひろ}って　いただけませんか。

不好意思，能幫我撿一下那邊的球嗎？

---

23 マイナス **0** 負數、減、減號 ☐☐

北海道^{ほっかいどう}の　冬^{ふゆ}は　マイナス３０度^どに　なる　ことも　あります。

北海道的冬天也有到負三十度的情況。

---

24 メッセージ **1** 訊息 ☐☐

誕生日^{たんじょうび}に　友達^{ともだち}から　たくさんの　お祝^{いわ}いの　メッセージを
いただきました。

生日時從朋友那裡收到了很多祝福的訊息。

---

25 レッスン **1** 課程 ☐☐

毎週^{まいしゅう}　水曜日^{すいようび}は　ピアノの　レッスンが　あります。

每週三有鋼琴的課程。

> **練習問題**

1. ぽすたーは　ここに　貼って　ください。
　　①オフター　　　②ポヌター　　　③ポスクー　　　④ポスター

2. 新しい　ぷろじぇくとが　始まります。
　　①ピロゾェクタ　②プルヅェクト　③プロジェクト　④プルジャクタ

3. 先生から　たくさん　（　　　）を　もらいました。
　　①アドバイス　　②じゅぎょ　　　③じゅぎょう　　　④じゅっぎょう

4. では、次の　（　　　）を　開いて　ください。
　　①レッスン　　　②テープ　　　　③ページ　　　　④クラブ

5.（　　　　）が　鳴るまで、教室から　出ては　いけません。

①データ　　　　　②ベル　　　　　③チェック　　　　④データ

解答：1.④　2.③　3.①　4.③　5.②

問題解析

1. ポスターはここに貼ってください。　請把海報貼在這裡。

2. 新しいプロジェクトが始まります。　新的企劃要開始了。

3. 先生からたくさんアドバイスをもらいました。

從老師那裡得到了很多建議。

4. では、次のページを開いてください。　那麼，請翻開下一頁。

5. ベルが鳴るまで、教室から出てはいけません。鈴響前，不可以出教室。

物（物品）
もの

A 🔊 MP3-22

1 いし ⓪ 【石】 石頭 ☐☐

川で きれいな 石を 拾って、集めました。
かわ　　　　　いし　　ひろ　　　あつ

在河邊撿漂亮的石頭收集了起來。

- -

2 いと ❶ 【糸】 線 ☐☐

あっ、糸が 切れそうですよ。
いと　き

啊，線好像快斷了的樣子喔。

- -

3 えはがき ❷ 【絵葉書】 風景明信片 ☐☐

富士山から 絵葉書を 書いて、両親に 送りました。
ふ　じ　さん　　　え　は　がき　　か　　　りょうしん　おく

從富士山寫風景明信片，寄給了父母。

- -

4 おくりもの ⓪ 【贈り物】 禮物 ☐☐

学生たちから 素敵な 贈り物を もらいました。
がくせい　　　　すてき　　おく　もの

從學生們那裡得到了很棒的禮物。

- -

5 かがみ ❸ 【鏡】 鏡子 ☐☐

鏡を 落として、割って しまいました。
かがみ　お　　　　　わ

鏡子掉下來，破掉了。

- -

6 ガラス⓪ 玻璃 ☐☐

車の 窓の ガラスが 曇って いて、前が 見えません。
くるま　まど　　　　　　くも　　　　　　まえ　み

汽車窗戶的玻璃霧濛濛的，看不到前面。

- -

7 かん ❶ 【缶】 罐子 ☐☐

缶は この ごみ箱に 捨てて くださいね。
かん　　　　　　ばこ　　す

請把罐子丟到這個垃圾桶喔。

8 きゅうりょう❶【給料】 薪水 ☐☐

給料が 高い ところで 働きたいです。

想在薪水高的地方工作。

9 くし❷【櫛】 梳子 ☐☐

ごめん、そこの くし、取って くれる？

抱歉，可以幫我拿一下那邊的梳子嗎？

10 こづつみ❷【小包】 小包、包裹 ☐☐

今日 実家から 小包が 届く はずです。

今天應該會收到從老家來的包裹。

11 ごみ❷ 垃圾 ☐☐

息子の 部屋は ごみで いっぱいです。

兒子的房間裡充滿了垃圾。

12 ごみばこ❶【ごみ箱】 垃圾桶 ☐☐

ごみ箱に 私の 好きな 漫画の 本が 捨てられて いました。

我喜歡的漫畫書被丟到垃圾桶裡了。

13 ざせき❶【座席】 座位 ☐☐

試験の ときは 早めに 教室へ 行って、自分の 座席を
確認して ください。

在考試的時候請早點去教室，確認自己的座位。

14 ざぶとん❸【座布団】 坐墊 ☐☐

椅子が 足りないので、床にも 座れるように 座布団を
用意して おきました。

因為椅子不夠，所以地板也準備了能坐的坐墊。

1. 4月から　きゅうりょうが　少し　上がります。
　　①給嶺　　　　　②給量　　　　　③給料　　　　　④給諒

2. いとと　針を　借りても　いいですか。
　　①絲　　　　　　②係　　　　　　③糸　　　　　　④系

3. （　　　　）が　折れて　しまいました。
　　①くし　　　　　②いし　　　　　③かん　　　　　④ごみ

4. 顔に　何か　ついて　いますよ。（　　　　）で　見て　みて
　　ください。
　　①かがみ　　　　②ガラス　　　　③掲示板　　　　④贈り物

5. 家の　（　　　　）が　割られて　いた。
　　①バッグ　　　　②ガラス　　　　③カーテン　　　　④クーラー

解答：1. ③　2. ③　3. ①　4. ①　5. ②

問題解析

1. 4月から給料が少し上がります。　從四月開始薪水提高了一點。

2. 糸と針を借りてもいいですか。　可以借我針和線嗎？

3. くしが折れてしまいました。　梳子居然折斷了。

4. 顔に何かついていますよ。鏡で見てみてください。

　　臉上好像沾到了什麼喔。請照鏡子看看。

5. 家のガラスが割られていた。　家裡的玻璃弄破了。

B 🔊 MP3-23

1 しなもの ⓪ 【品物】 商品　□□

これは　壊れやすい　品物なので　気を　つけて　運んで　ください。

因為這個是容易壞的商品，所以請小心搬運。

---

2 すいどう ⓪ 【水道】 自來水管　□□

日本では　水道の　水が　直接　飲めます。

在日本自來水能直接飲用。

---

3 ていきけん ❸ 【定期券】 月票、定期車票　□□

定期券を　家に　忘れて　来て　しまいました。

把月票忘在家裡了。

---

4 にゅうじょうりょう ❸ 【入場料】 入場費　□□

子供は　入場料は　払わなくても　いいです。

小孩不用付入場費也可以。

---

5 にんぎょう ❸ 【人形】 人偶　□□

この　人形は　子供の　時に　両親から　もらった　物です。

這個人偶是小時候從父母那裡收到的東西。

---

6 ねんがじょう ⓪ 【年賀状】 賀年卡　□□

最近　年賀状を　書く　人が　少なく　なって　います。

最近寫賀年卡的人變得越來越少了。

---

7 のり ❷ 【糊】 膠水　□□

すみません、のりと　はさみを　貸して　ください。

不好意思，請借我膠水和剪刀。

8 はた ❷【旗】 旗幟 ☐☐

自分の　クラスの　番号が　書いて　ある　旗の　前に　並んで
ください。

請排在寫有自己班級編號的旗子前面。

9 はなび ❶【花火】 煙火 ☐☐

夏の　夜は　よく　花火を　して　遊びました。

夏天的晚上經常放煙火玩樂。

10 はみがき ❷【歯磨き】 刷牙、牙刷、牙膏 ☐☐

ご飯を　食べた　後で　必ず　歯磨きを　します。

吃飽飯後務必要刷牙。

11 はブラシ ❷【歯ブラシ】 牙刷 ☐☐

1ヶ月に　1回　歯ブラシを　取り替えます。

一個月要更換一次牙刷。

12 ひも ❶【紐】 繩子 ☐☐

この　ひもを　引くと、水が　流れます。

一拉這條繩子，水就會流出來。

13 びん ❶【瓶】 瓶子 ☐☐

びんと　缶は　水曜日に　捨てて　ください。

瓶子跟罐子請在星期三丟。

14 ふとん ❶【布団】 棉被 ☐☐

最近は　寒いので　厚い　布団を　使って　います。

因為最近很冷，所以蓋了厚的棉被。

15 まくら❶【枕】 枕頭 ☐☐

ホテルの 枕が 柔らかすぎて 寝られませんでした。

飯店的枕頭太軟了睡不著。

---

16 わすれもの❷【忘れ物】 遺失物、忘記的東西 ☐☐

忘れ物に 気づいて 急いで 家に 戻りました。

注意到有忘了帶的東西而趕忙回家了。

---

17 カレンダー❷ 月曆 ☐☐

ドアの 横に カレンダーが 掛けて あります。

門的旁邊掛有月曆。

---

18 クレジットカード❻ 信用卡 ☐☐

高い 物は いつも クレジットカードで 買って います。

很貴的東西總是用信用卡來買。

---

19 サンプル❶ 樣品 ☐☐

これは 新しい 商品の サンプルです。使って みて ください。

這個是新商品的樣品。請試用看看。

---

20 シャワー❶ 淋浴 ☐☐

夏は 1日に 何度も シャワーを 浴びて います。

夏天一天裡會洗很多次澡。

---

21 チップ❶ 小費 ☐☐

日本では チップを あげなくても いいんですよ。

在日本不用付小費也可以喔。

---

22 バイオリン❶ 小提琴 ☐☐

隣の 家から バイオリンの 音が 聞こえて 来ます。

從鄰居家可以聽到小提琴的聲音。

23 ペンキ ❸ 油漆 ☐☐

この 椅子は ペンキを 塗った ばかりですから、座らないで
ください。

因為這個椅子才剛剛塗上油漆，請不要坐。

---

24 ボーナス ❶ 奬金 ☐☐

ボーナスを もらったら、海外旅行に 行きたいです。

拿到奬金的話，想去國外旅行。

---

25 リモコン ❶ 遙控器 ☐☐

いつも テレビの リモコンが どこに あるか 分からなく
なって しまいます。

總是不知道電視的遙控器在哪裡。

練習問題

1. 昨日 一年の ていきけんを 買いました。
　　①定気券　　　②定機券　　　③定記券　　　④定期券

2. 大人は 入場料が 500円 かかりますが、子供は 無料です。
　　①にゅうじょりょう　　　　　②にゅうじょうりょう
　　③にゅじょりょ　　　　　　　④にゅじょうりょ

3. お正月に 間に 合うように 急いで （　　　）を 書きました。
　　①カレンダー　　②封筒　　　③テスト　　　④年賀状

4. 子供たちは ばいおりんを 習って います。
　　①バイオリン　　②バイオリソ　　③ボイオリン　　④バイアリン

5. （　　　）を　あげる　習慣が　ないので、アメリカへ　行くと
　　いつも　困ります。
　　①マップ　　　　②チップ　　　　③コップ　　　　④トップ

解答：1.④　2.②　3.④　4.①　5.②

問題解析

1. 昨日一年の定期券を買いました。　昨天買了一年的定期車票。

2. 大人は入場料が500円かかりますが、子供は無料です。

　　大人入場費要五百日圓，小孩免費。

3. お正月に間に合うように急いで年賀状を書きました。

　　為了趕上新年，急急忙忙寫了賀年卡。

4. 子供たちはバイオリンを習っています。　小孩們正在學小提琴。

5. チップをあげる習慣がないので、アメリカへ行くといつも困ります。

　　因為沒有給小費的習慣，去美國總是很困擾。

1-1-19 その他^た（其他）

A 🔊 MP3-24

1 あいさつ（する）❶【挨拶】 打招呼 ☐☐

歓迎会での 挨拶を お願いしても よろしいですか。
可以拜託您在歡迎會上和大家打個招呼嗎？

---

2 あくしゅ（する）❶【握手】 握手 ☐☐

試合が 終わった 後で、相手に 握手を 求められました。
比賽結束之後，被對方要求了握手。

---

3 あくび（する）❶【欠伸】 呵欠 ☐☐

寝不足なので、今日は あくびが たくさん 出ます。
因為睡不飽，所以今天打了很多呵欠。

---

4 あんしん（する）❶【安心】 安心 ☐☐

家に 大きい 犬を 二匹 飼って いるので、安心して 生活できます。
因為家裡養了兩隻大狗，可以很安心地過生活。

---

5 あんない（する）❸【案内】 導覽 ☐☐

ここは 中国語での 案内の サービスが ありますよ。
這裡有中文的介紹服務喔。

---

6 うそ❶【嘘】 謊言 ☐☐

うそも ときどき 必要な 時が あります。
偶爾也有必須説謊的時候。

---

7 うりきれ❶【売り切れ】 完售 ☐☐

この 商品は 今 とても 人気が あって、売り切れです。
這項商品現在非常受歡迎，所以賣完了。

8 えんりょ（する）⓪【遠慮】 客氣

最近の 若い 子は 遠慮が ありませんね。

最近的年輕人非常地不客氣呢。

9 おじぎ（する）⓪【お辞儀】 行禮

お辞儀は マナーの 一つです。

行禮是禮儀的其中一項。

10 おれい（する）⓪【お礼】 回禮

これは この 前の お礼です。どうぞ。

這個是上次的回禮。請收下。

11 かいわ（する）⓪【会話】 會話

会話の 練習の ために、日本人の 友達が 欲しいです。

為了練習會話，想要有日本籍朋友。

12 かきとめ⓪【書留】 掛號信

この 手紙、書留で お願いします。

這封信，麻煩寄掛號。

13 かじ①【火事】 火災

火事が あったら、この ドアから 逃げて ください。

如果發生火災的話，請從這個門逃走。

14 がまん（する）①【我慢】 忍耐

大変でも 我慢は 必要です。

就算很辛苦也必須要忍耐。

15 きもち⓪【気持ち】 心情、感受

相手の 気持ちを よく 考えて 話しましょう。

好好考慮對方的心情再說吧。

16 きょく **⓪**【曲】曲子、曲目 ☐☐

この 曲(きょく)は どこかで 聞(き)いた ことが あります。

好像在哪裡有聽過這首曲子。

- -

17 きんえん（する）**⓪**【禁煙】禁菸 ☐☐

ここは 禁煙(きんえん)ですから、たばこを 吸(す)っては いけません。

這裡禁菸，所以不可以吸菸。

- -

18 こうじ（する）**❶**【工事】工程 ☐☐

外(そと)で 工事(こうじ)が 行(おこな)われて います。

外面在施工。

- -

19 こしょう（する）**⓪**【故障】故障 ☐☐

故障(こしょう)の 場合(ばあい)は、こちらの 電話番号(でんわばんごう)まで ご連絡(れんらく) ください。

故障的時候，請打這裡的電話號碼。

- -

20 こうくうびん **⓪ ❸**【航空便】空運 ☐☐

台湾(たいわん)から 日本(にほん)まで 航空便(こうくうびん)だと 3、4日(さんよっか)で 荷物(にもつ)が 届(とど)きます。

從台灣到日本用空運的話，三、四天包裹會抵達。

- -

21 さんせい（する）**⓪**【賛成】贊成 ☐☐

賛成(さんせい)の 人(ひと)は 手(て)を 上(あ)げて ください。

贊成的人請舉手。

練習問題

1. これは　大切な　資料ですから、<u>かきとめで</u>　送^{おく}らなければ　なりません。
　　①書留　　　　　②書泊　　　　　③書停　　　　　④書止

2. 反対意見より　<u>さんせいの</u>　ほうが　多かったです。
　　①賛威　　　　　②賛減　　　　　③賛成　　　　　④賛城

3. 機械が　壊れた　<u>原因</u>を　探して　います。
　　①げいいん　　　②げいん　　　　③げえいん　　　④げんいん

4. つまらない　授業で　（　　　）が　止まらない。
　　①あくび　　　　②がまん　　　　③けんか　　　　④おじぎ

5. あの　選手は　（　　　）が　多くて、あまり　試合に　出ません。
　　①かんがえ　　　②こうじ　　　　③うそ　　　　　④けが

6. すぐに　仕事を　やめる　人は　（　　　）が　足りないと　思います。
　　①きもち　　　　②おれい　　　　③しかた　　　　④がまん

解答：1.①　2.③　3.④　4.①　5.④　6.④

問題解析

1. これは大切^{たいせつ}な資料^{しりょう}ですから、<u>書留^{かきとめ}</u>で送^{おく}らなければなりません。

　　因為這是很重要的資料，不用掛號寄送不行。

2. 反対^{はんたい}意見^{いけん}より<u>賛成^{さんせい}</u>のほうが多^{おお}かったです。

　　比起反對的意見，贊成意見方比較多。

3. 機械^{きかい}が壊^{こわ}れた<u>原因^{げんいん}</u>を探^{さが}しています。　正在尋找機器壞掉的原因。

4. つまらない<ruby>授業<rt>じゅぎょう</rt></ruby>であくびが<ruby>止<rt>と</rt></ruby>まらない。

因為課程太無聊，導致呵欠停不下來。

5. あの<ruby>選手<rt>せんしゅ</rt></ruby>は<ruby>怪我<rt>けが</rt></ruby>が<ruby>多<rt>おお</rt></ruby>くて、あまり<ruby>試合<rt>しあい</rt></ruby>に<ruby>出<rt>で</rt></ruby>ません。

那位選手常受傷，不太出場比賽。

6. すぐに<ruby>仕事<rt>しごと</rt></ruby>を<ruby>辞<rt>や</rt></ruby>める<ruby>人<rt>ひと</rt></ruby>は<ruby>我慢<rt>がまん</rt></ruby>が<ruby>足<rt>た</rt></ruby>りないと<ruby>思<rt>おも</rt></ruby>います。

馬上就辭職的人，我認為是忍耐力不足。

B 🔊 MP3-25

1 しかた ⓪ 【仕方】 方法、方式 ☐ ☐
<ruby>申<rt>もう</rt></ruby>し<ruby>込<rt>こ</rt></ruby>みの　<ruby>仕方<rt>しかた</rt></ruby>が　<ruby>分<rt>わ</rt></ruby>かりません。
不知道報名的方法。

2 じこ ❶ 【事故】 事故 ☐ ☐
<ruby>事故<rt>じこ</rt></ruby>で　<ruby>道路<rt>どうろ</rt></ruby>が　<ruby>渋滞<rt>じゅうたい</rt></ruby>して　います。
因為事故，所以塞車了。

3 しつれい（する）❷ 【失礼】 失禮 ☐ ☐
<ruby>失礼<rt>しつれい</rt></ruby>ですが、おいくつですか。
不好意思，請問您幾歲？

4 しっぱい（する）⓪ 【失敗】 失敗 ☐ ☐
<ruby>失敗<rt>しっぱい</rt></ruby>は　いい　<ruby>経験<rt>けいけん</rt></ruby>です。
失敗是好的經驗。

5 じょうだん ❸ 【冗談】 玩笑 ☐ ☐
<ruby>彼<rt>かれ</rt></ruby>は　いつも　<ruby>冗談<rt>じょうだん</rt></ruby>を　<ruby>言<rt>い</rt></ruby>って、<ruby>人<rt>ひと</rt></ruby>を　<ruby>笑<rt>わら</rt></ruby>わせます。
他總是説笑話，讓人笑。

6 しゅうり（する）❶【修理】 修理

この ケータイは 何度 修理を しても、すぐ 壊れて
しまいます。

這個電話不管修了幾次，馬上就壞了。

7 じゅんび（する）❶【準備】 準備

発表の 日まで 時間が あまり ないので、準備が 大変そうです。

離發表日沒什麼時間了，準備看來很辛苦。

8 しんぱい（する）❶【心配】 擔心

息子の 帰りが 遅くて、心配です。

兒子晚回來，所以很擔心。

9 けいご❶【敬語】 敬語

年上の 人には 敬語で 話しましょう。

對長輩用敬語說話吧。

10 げんいん❶【原因】 原因

事故の 原因は 何ですか。

事故的原因是什麼呢？

11 すべて❶【全て】 全部、所有的

火事で 全ての 写真を 失って しまいました。

因為火災失去了所有的照片。

12 せいかく❶【性格】 性格

同じ 両親から 生まれた 子供でも 性格が 違います。

即使是同個父母生的孩子，性格也不一樣。

13 せんそう❶【戦争】 戦争

今でも まだ 戦争を して いる 国が あります。

現在還有正在打仗的國家。

14 そくたつ ❶ 【速達】 限時專送

この 手紙は 速達で 送って ください。

這封信請用限時專送寄送。

15 そんけい（する）❶ 【尊敬】 尊敬

目上の 人には 尊敬を 表します。

向長輩表示尊敬。

16 ちょきん（する）❶ 【貯金】 存錢

お年玉は 毎年 貯金を して います。

壓歲錢每年都存著。

17 つうきん（する）❶ 【通勤】 上下班通勤

通勤には バスより 電車の ほうが 便利です。

上下班的時候，電車比公車還要方便。

18 つごう ❶ 【都合】 情況、方便

先生の 都合が 良ければ、ぜひ パーティーに いらっしゃって ください。

老師如果方便的話，請務必光臨派對。

19 ていでん（する）❶ 【停電】 停電

停電の 原因は まだ 分かって いません。

停電的原因還不知道。

20 ねだん ❶ 【値段】 價錢

値段が 書いて ありませんから、いくらか 分かりません。

因為沒有寫價錢，所以不知道多少錢。

21 はいたつ（する）⓪【配達】配送 ☐☐
荷物は　今日の　午後　配達の　予定です。
行李預計今天下午配送。

22 はくしゅ（する）❶　拍手、鼓掌 ☐☐
皆さま、大きな　拍手を　お願いします。
各位，請熱烈鼓掌。

23 はんたい（する）⓪【反対】反對 ☐☐
どなたか　反対の　意見が　ありませんか。
有誰是反對的意見嗎？

24 ばんざい❸【万歳】萬歲 ☐☐
「大学に　合格だ！やったー！万歳！」
「大學合格了！太好了！萬歲！」

> 練習問題

1. 父と　兄は　せいかくが　似て　います。
　①固性　　　　②個性　　　　③生格　　　　④性格

2. 明日は　ちょっと　つごうが　悪いです。
　①都会　　　　②部治　　　　③部会　　　　④都合

3. 皆さん、大きな　拍手を　お願いします。
　①ぱいしょ　　②はくしょ　　③あくしゅ　　④はくしゅ

4. お年玉は　毎年　（　　　）を　して　います。
　①貯金　　　　②相談　　　　③財布　　　　④贈り物

5. この　辺りは　台風が　来ると、必ず　（　　　　）に　なります。

　　①準備　　　　　　②停電　　　　　　③反対　　　　　　④戦争

解答：1. ④　2. ④　3. ④　4. ①　5. ②

問題解析

1. 父と兄は性格が似ています。　爸爸和哥哥個性很相似。

2. 明日はちょっと都合が悪いです。　明天有點不方便。

3. 皆さん、大きな拍手をお願いします。　各位，請熱烈鼓掌。

4. お年玉は毎年貯金をしています。　紅包每年都存著。

5. この辺りは台風が来ると、必ず停電になります。

　　這附近颱風一來，就一定會停電。

C　🔊 MP3-26

1 ひあたり ⓪【日当たり】 採光

　　この　部屋は　日当たりが　良くて、気持ちが　いいです。

　　這間房間的採光很好，很舒服。

2 ひみつ ⓪【秘密】 祕密

　　この　話は　2人だけの　秘密だよ。

　　這些話是只有我們兩個人的祕密喔。

3 ふなびん ⓪【船便】 海運

　　この　荷物は　船便だと　どのくらい　かかりますか。

　　這個行李用海運的話，要花費多久的時間？

114

4 へいわ⓪【平和】 和平

この　辺^{あた}りは　静^{しず}かで　平和^{へいわ}ですね。

這附近的鄉下很安靜又和平呢。

5 ぼうえき（する）⓪【貿易】 貿易

貿易^{ぼうえき}に　関係^{かんけい}が　ある　仕事^{しごと}を　したいと　思^{おも}って　います。

我想做跟貿易有關的工作。

6 ほか⓪【他】 其他

今日^{きょう}　この　店^{みせ}は　休^{やす}みなので、他^{ほか}の　店^{みせ}を　探^{さが}して　みます。

因為今天這家店休息，所以找找看其他店。

7 めいわく（する）①【迷惑】 困擾、麻煩

他^{ほか}の　人^{ひと}の　迷惑^{めいわく}に　ならないように　静^{しず}かに　話^{はな}しましょう。

為了不給其他的人造成麻煩，小聲地說話吧！

8 やけど（する）⓪【火傷】 燒傷、燙傷

花火^{はなび}を　する　時^{とき}は　やけどに　気^きを　つけて　ください。

在家裡的庭院玩煙火時，請小心不要燙傷。

9 やちん①【家賃】 房租

家賃^{やちん}も　安^{やす}いし、駅^{えき}にも　近^{ちか}いし、この　アパートに　決^きめました。

房租也便宜，離車站也近，就決定是這個公寓了。

10 ゆしゅつ（する）⓪【輸出】 輸出、出口

毎年^{まいとし}　日本^{にほん}への　輸出^{ゆしゅつ}が　増^ふえて　います。

對日本的輸出年年增加。

11 ゆにゅう（する）⓪【輸入】 輸入、進口

こちらは　輸入^{ゆにゅう}の　品^{しな}ですので、少^{すこ}し　値段^{ねだん}が　高^{たか}く　なります。

因為這是進口的商品，所以價格稍微變高。

12 ようい（する）❶【用意】 準備

もう パーティーの 用意が できましたか。

已經準備好派對了嗎？

13 ようす❶【様子】 樣子

最近 息子の 様子が 少し 変なので、心配して います。

最近兒子的樣子有點奇怪，所以很擔心。

14 りょうがえ（する）❶【両替】 換錢

駅の 切符売り場の 近くに 両替の 機械が ありますよ。

車站的售票處附近有換錢的機器喔。

15 りゆう❶【理由】 理由

どうして 遅刻したのか 理由を 説明して ください。

為什麼遲到了，請說明理由。

16 りょうきん❶【料金】 費用

コンビニでも 電話の 料金が 払えますよ。

在便利商店也可以支付電話費喔。

17 りょうほう❶【両方】 兩邊

来週は 会話の 本と 文法の 本と 両方を 使うので、
どちらも 持って 来て ください。

下週因為會話的課本和文法的課本兩邊都要使用，所以每本都請帶過來。

18 るす❶【留守】 不在家

来週から 海外へ 旅行に 行くので、1週間ぐらい 留守に します。

下週開始要去國外旅行，所以有一週左右家裡會沒有人。

19 ろくおん（する）❶【録音】 錄音

録音の 仕方が 分からないので、教えて ください。

因為不知道錄音的方法，所以請教我。

1. 姉は　ぼうえきの　会社で　働いて　います。
　　①貿潟　　　　　　②質易　　　　　　③留湯　　　　　　④貿易

2. ホテルで　りょうがえが　できますか。
　　①両替　　　　　　②両変　　　　　　③両換　　　　　　④両代

3. 外国から　石油を　輸入を　して　います。
　　①ゆうにゅう　　②ゆにゅ　　　　③ゆによう　　　　④ゆにゅう

4. お金が　なくて、（　　　　）が　払えません。
　　①やおや　　　　　②やけど　　　　　③やかん　　　　　④やちん

5. 雲の　（　　　　）が　おかしいですから、雨が　降るかも　しれません。
　　①におい　　　　　②様子　　　　　　③態度　　　　　　④形

....
解答：1.④　2.①　3.④　4.④　5.②

1. 姉は貿易の会社で働いています。　姉姊在貿易公司上班。

2. ホテルで両替ができますか。　在飯店可以換錢嗎？

3. 外国から石油を輸入をしています。　從外國輸入著石油。

4. お金がなくて、家賃が払えません。　因為沒有錢，所以無法付房租。

5. 雲の様子がおかしいですから、雨が降るかもしれません。

　　因為雲的樣子怪怪的，說不定要下雨了。

1 ガス❶ 瓦斯

お金_{かね}が　なくて、ガスも　電気_{でんき}も　止_とめられて　しまいました。

沒有錢，所以瓦斯和電都被停了。

2 コスト❶ 成本

家_{いえ}を　修理_{しゅうり}したいんですが、コストを　減_へらす　ために、自分_{じぶん}で
できる　ことは　自分_{じぶん}で　やろうと　思_{おも}います。

想要裝修家裡，但為了減少成本，我覺得自己可以做的事情就自己做吧。

3 サイズ❶ 尺寸

この　服_{ふく}は　もう　S_{エス}か　L_{エル}サイズしか　残_{のこ}って　いません。

這件衣服只剩下S或者L的尺寸。

4 サイン（する）❶ 簽名

ここに　サインを　お願_{ねが}いします。

麻煩您在這裡簽名。

5 サービス❶ 服務、招待

こんな　サービスが　悪_{わる}い　店_{みせ}、もう　二度_{にど}と　行_いきたく
ありません。

這種服務惡劣的店家，不會想再去第二次。

6 ジャズ❶ 爵士樂

ここは　ジャズを　聞_ききながら、ワインが　飲_のめる　素敵_{すてき}な
バーです。

這裡是可以邊聽爵士樂邊喝紅酒很棒的酒吧。

7 スピード⓪ 速度

スピードの 出_だしすぎに 注意_{ちゅうい}しましょう。

請注意不要超速吧！

8 ドラマ❶ 電視劇

最近_{さいきん}は 日本_{にほん}の ドラマより 韓国_{かんこく}の ほうが 人気_{にんき}が あります。

最近比起日本的電視劇，韓國的更有人氣。

9 メーカー❶ 製造廠

この 機械_{きかい}は どこの メーカーですか。

這個機器是哪裡的製造廠呢？

10 パンフレット❶ 宣傳手冊

今度_{こんど} 北海道_{ほっかいどう}に 旅行_{りょこう}する 予定_{よてい}なので、パンフレットを たくさん もらって 来_きました。

下次預定要去北海道旅行，所以拿了很多宣傳手冊來。

11 プラスチック❹ 塑膠製品

プラスチックは 赤_{あか}の リサイクルの 箱_{はこ}に 捨_すてて ください。

塑膠製品請丟到紅色的回收箱子裡。

12 ホラー❶ 恐怖、驚悚

ホラー以外_{いがい}の 映画_{えいが}なら どんな ものでも 見_みます。

如果是驚悚以外的電影，什麼樣的都看。

13 レジ❶ 櫃檯

こちらの レジは 空_すいて いますから、こちらに どうぞ。

這裡的櫃檯空著，請到這裡。

1. この　お皿は　<u>ぷらすちっく</u>で　できて　います。
　①プルスチック　②プロスチック　③プラスチック　④プウスチック

2. <u>ぱんふれっと</u>を　見て、旅行に　行きたく　なりました。
　①パンワレット　②バンフルット　③パンフレット　④ポンフレット

3. 日本には　あまり　大きい　（　　）の　くつは　売って　いません。
　①サイン　　　　②カラー　　　　③メーカー　　　④サイズ

4. 機械で　作ると　（　　）を　減らす　ことが　できます。
　①コスト　　　　②スピード　　　③イメージ　　　④サービス

5. （　　）で　お金を　払う時、財布が　ないのに　気が　つきました。
　①ガス　　　　　②レジ　　　　　③アドレス　　　④メーカー

解答：1.③　2.③　3.④　4.①　5.②

問題解析

1. このお皿は<u>プラスチック</u>でできています。這個盤子是用塑膠做的。

2. <u>パンフレット</u>を見て、旅行に行きたくなりました。

　看了宣傳手冊，變得想去旅行了。

3. 日本にはあまり大きい<u>サイズ</u>のくつは売っていません。

　在日本不太有賣大尺寸的鞋子。

4. 機械で作ると<u>コスト</u>を減らすことができます。

　用機器製作的話，可以減少成本。

5. <u>レジ</u>でお金を払う時、財布がないのに気がつきました。

　在櫃檯結帳時，發現了沒有帶錢包。

1-1-20 総合練習（總複習）

問題1

1. 外出の 時は、教えて ください。
   ①がいしゅつ　②そとで　③がいじゅつ　④かいで

2. この 曲、どこかで 聞いた ことが あります。
   ①こえ　②うた　③おと　④きょく

3. あれ、動かない。故障のようですね。
   ①こしゅう　②こしょ　③こしょう　④こじょう

4. 修理に 一万元も かかりました。
   ①きゅうり　②しょり　③きょり　④しゅうり

5. 事故の 原因を 調べて いる ところです。
   ①げえんい　②げんいん　③げいいん　④げえいん

6. すみません、両替は どこで できますか。
   ①りょうがえ　②とりかえ　③へんかん　④のりかえ

7. 息子に 柔道を 習わせたいです。
   ①しょどう　②じゅうどう　③きゅうどう　④けんどう

8. 封筒の 表に 名前を 書いて 出して ください。
   ①まえ　②うら　③はじ　④おもて

9. 救急車が 止まって いますね。何か あったんですか。
   ①きゅうきょしゃ　②きゅきゅうしゃ　③きゅうきゅうしゃ　④きょうきゅうしょ

121

10. あそこの 踏切を 渡ると、右に 図書館が あります。
　　①ふんぎり　　　②しんごう　　　③ふみきり　　　④ほどう

解答：1. ①　2. ④　3. ③　4. ④　5. ②　6. ①　7. ②　8. ④　9. ③　10. ③

問題解析 1

1. 外出の時は、教えてください。　要外出的時候，請告訴我。

2. この曲、どこかで聞いたことがあります。這首歌，好像有在哪裡聽過。

3. あれ、動かない。故障のようですね。

　　咦，不動了。好像故障了呢。

4. 修理に一万元もかかりました。　修理也花了一萬元。

5. 事故の原因を調べているところです。　正在調查事故發生的原因。

6. すみません、両替はどこでできますか。

　　不好意思，請問可以在哪裡換錢呢？

7. 息子に柔道を習わせたいです。　我想讓兒子學柔道。

8. 封筒の表に名前を書いて出してください。

　　請在信封的正面寫上名字後寄出。

9. 救急車が止まっていますね。何かあったんですか。

　　救護車停下來了呢。發生什麼事了嗎？

10. あそこの踏切を渡ると、右に図書館があります。

　　一橫越那個平交道，右邊就有圖書館。

問題2

1. 会社の　人は　皆　結婚式に　<u>しょうたい</u>を　する　つもりです。
　①連絡　　　　　②相談　　　　　③招待　　　　　④紹介

2. <u>えんりょ</u>は　要りません。ゆっくりして　いって　ください。
　①邪魔　　　　　②面倒　　　　　③御免　　　　　④遠慮

3. これは　大切な　書類ですから、<u>かきとめ</u>で　送ります。
　①書留　　　　　②速達　　　　　③郵送　　　　　④船便

4. 兄は　私と　違って、真面目な　<u>せいかく</u>です。
　①感情　　　　　②性格　　　　　③人間　　　　　④個性

5. <u>ねだん</u>が　ついて　いないので、店員さんに　聞きます。
　①値段　　　　　②価値　　　　　③名札　　　　　④表紙

6. 明日から　1週間　<u>るす</u>に　します。
　①出張　　　　　②入院　　　　　③留守　　　　　④旅

7. 朝、自分の　顔を　<u>かがみ</u>で　見て、びっくりしました。
　①章　　　　　　②彰　　　　　　③堺　　　　　　④鏡

8. トイレの　隣に　<u>せんたくき</u>を　置いて　います。
　①洗濯機　　　　②洗面器　　　　③洗浄機　　　　④洗衣機

9. もう　2か月　<u>とこや</u>に　行って　いません。
　①雑屋　　　　　②床屋　　　　　③八百屋　　　　④髪屋

10. 父は　<u>じゃず</u>が　好きです。
　①ジャズ　　　　②ジュズ　　　　③ヴュズ　　　　④ジェズ

解答：1.③　2.④　3.①　4.②　5.①　6.③　7.④　8.①　9.②　10.①

1. 会社の人は皆結婚式に招待をするつもりです。

   預計在結婚典禮邀請公司裡所有的人。

2. 遠慮は要りません。ゆっくりしていってください。 別客氣。請慢慢來。

3. これは大切な書類ですから、書留で送ります。

   因為這個是很重要的文件，所以用掛號寄送。

4. 兄は私と違って、真面目な性格です。 哥哥跟我不一樣，是認真的性格。

5. 値段がついていないので、店員さんに聞きます。

   因為沒有貼價錢，問一下店員。

6. 明日から1週間留守にします。 明天開始一個星期不會在家。

7. 朝、自分の顔を鏡で見て、びっくりしました。

   早上，看到鏡中自己的臉，嚇了一大跳。

8. トイレの隣に洗濯機を置いています。 在廁所的旁邊放著洗衣機。

9. もう2か月床屋に行っていません。 已經兩個月沒去理髮店了。

10. 父はジャズが好きです。 爸爸喜歡爵士樂。

1. （　　　）の　プレゼントに　お皿は　いかがですか。
   ①ごちそう　　　②じゃがいも　　③デザート　　　④おいわい

2. 隣の　家に　（　　　）に　行きます。
   ①あいさつ　　　②おじぎ　　　　③しつれい　　　④あくしゅ

3. お子さん、眠そうですね。（　　　）を　して　いますよ。
　①しんぱい　　　②ばんざい　　　③あくび　　　④かいわ

4.（　　　）が　うまく　使えません。
　①けいご　　　　②せつめい　　　③かんがえ　　　④けいさん

5.（　　　）が　悪いので、なかなか　花が　咲きません。
　①ところ　　　　②ひあたり　　　③かど　　　　④ひかげ

6. 息子が　（　　　）を　おかけして、すみません。
　①いじわる　　　②けんか　　　　③いたずら　　　④めいわく

7.（　　　）を　下げて　お客様の　ために　できるだけ　安く
　売りたいと　思います。
　①サンプル　　　②カレンダー　　③コスト　　　　④チップ

8. 環境を　考えて、（　　　）の　物は　使わないように　して　います。
　①プラスチック　②レジ　　　　　③トランプ　　　④ペンキ

9. おもしろそうな　コンサートの　（　　　）を　もらったので、見に
　行きたいです。
　①リモコン　　　②ミュージカル　③パンフレット　④クラッシック

10. その　（　　　）を　右へ　曲がって　ください。
　①あな　　　　　②きたぐち　　　③とおく　　　　④つきあたり

解答：1.④　2.①　3.③　4.①　5.②　6.④　7.③　8.①　9.③　10.④

1. お祝いのプレゼントにお皿はいかがですか。祝賀的禮物送盤子如何呢？

2. 隣の家に挨拶に行きます。　去隔壁鄰居家打聲招呼。

3. お子さん、眠そうですね。あくびをしていますよ。

　　令郎，好像很睏的樣子呢。正打著呵欠喔。

4. 敬語がうまく使えません。　還不太會用敬語。

5. 日当たりが悪いので、なかなか花が咲きません。

　　因為日照不好，所以花都沒開。

6. 息子が迷惑をおかけして、すみません。

　　我家兒子給您添麻煩了，真的很抱歉。

7. コストを下げてお客様のためにできるだけ安く売りたいと思います。

　　我想降低成本，為了客人盡可能地賣便宜。

8. 環境を考えて、プラスチックの物は使わないようにしています。

　　考慮到環境，盡量不要用塑膠類的東西。

9. おもしろそうなコンサートのパンフレットをもらったので、見に行き
たいです。

　　因為收到好像很有趣的演奏會宣傳手冊，所以想去看看。

10. その突き当りを右へ曲がってください。　請在盡頭向右轉。

1-2 動詞（動詞）

1-2-1 第一類　自動詞（第一類　自動詞）

A 🔊 MP3-28

1 あがります❹【上がります】 進入、上來 ☐☐
汚い　家ですが、どうぞ　お上がり　ください。
雖然家裡髒亂，但請進。

2 あたたまります❻【温まります】 溫暖 ☐☐
スープでも　いかがですか。体が　温まりますよ。
來點湯呢？身體會暖和喔！

3 あやまります❺【謝ります】 道歉 ☐☐
悪いことを　したら、きちんと　謝った　ほうが　いいですよ。
如果做了壞事，還是好好道歉比較好喔。

4 うかがいます❺【伺います】 拜訪、訪問 ☐☐
明日の　午後　3時に　そちらへ　伺っても　よろしいでしょうか。
明天的下午三點方便到您那裡拜訪嗎？

5 うつります❹【映ります】 照映、映出、顯示 ☐☐
この　テレビは　古いので、あまり　きれいに　映りません。
這個電視很老舊了，所以不太能清楚地顯示。

6 おこります❹【怒ります】 生氣 ☐☐
弟は　いつも　母に　怒られて　います。
弟弟總是惹媽媽生氣。

7 おどります ❹【踊ります】 跳舞 　　　　　　□□

私は　歌ったり　踊ったり　する　ことが　好きです。

我喜歡唱歌、跳舞。

8 おどろきます ❺【驚きます】 驚訝、嚇一跳 　　　□□

地震の　ニュースを　聞いて　驚きました。

聽到了地震的新聞嚇了一跳。

9 おもいだします ❻【思い出します】 回想、想起 　□□

桜を　見ると　いつも　母を　思い出します。

一看見櫻花，就總是想起了母親。

10 かかります ❹【掛かります】 掛、掛上 　　　　□□

壁に　たくさん　家族の　写真が　掛かって　います。

牆壁上掛著很多家人們的照片。

11 かちます ❸【勝ちます】 勝利 　　　　　　　　□□

明日の　試合は　私達の　チームが　きっと　勝つでしょう。

明天的比賽我們的隊伍一定會勝利的對吧。

12 かなしみます ❺【悲しみます】 悲傷 　　　　　□□

飼って　いた　ペットが　死んで　子供たちは　悲しんで　います。

飼養的寵物死掉了，小孩們很悲傷。

13 かよいます ❹【通います】 往來、去 　　　　　□□

毎週　月曜日は　ピアノの　クラスに　通って　います。

每週一會去上鋼琴課。

1. 急に 車が 出て 来て、おどろきました。
　①騰きました　　②驚きました　　③驚きました　　④驫きました

2. スープでも 飲んで あたたまりませんか。
　①暖まりませんか　　　　　　　②温まりませんか
　③暑まりませんか　　　　　　　④熱まりませんか

3. 悪い ことを したら、すぐに 謝りなさい。
　①あつまりなさい ②あがりなさい　③あやかりなさい ④あやまりなさい

4. 娘は 電車を 乗り換えて 遠い 学校に （　　　） います。
　①かよって　　　②かって　　　③うかがって　　④かって

5. 鏡に （　　　） 自分の 顔を 見て、びっくりしました。
　①うかがった　　②うつった　　　③おもいだした　④かかった

解答：1.②　2.②　3.④　4.①　5.②

問題解析

1. 急に車が出て来て、驚きました。　突然車子衝了出來，嚇了一跳。

2. スープでも飲んで温まりませんか。　要不要喝碗湯，暖一下身子呢？

3. 悪いことをしたら、すぐに謝りなさい。　如果做了壞事，要馬上道歉。

4. 娘は電車を乗り換えて遠い学校に通っています。

　女兒在要換電車、遙遠的學校上學。

5. 鏡に映った自分の顔を見て、びっくりしました。

　看到映在鏡子裡自己的臉，嚇了一跳。

1 さわぎます ❹【騒ぎます】 騒動、吵鬧 ☐ ☐

先生が 来るまで 騒がないで 静かに 待って いて ください。

在老師來之前，請不要吵鬧、安靜地等待。

2 しゃべります ❹【喋ります】 說話 ☐ ☐

ご飯を 食べながら、しゃべったり しないで ください。

請不要一邊吃飯一邊說話。

3 すすみます ❹【進みます】 前進 ☐ ☐

この 時計は 10分 早く 進んで います。

這個時鐘快了十分鐘。

4 すべります ❹【滑ります】 滑 ☐ ☐

雪で 滑って 転んで、怪我を しました。

在雪上滑倒，受傷了。

5 そだちます ❹【育ちます】 成長 ☐ ☐

子供が 健康に 育つように 願って います。

祈願小孩健康地長大。

6 とまります ❹【止まります】 停止、停住 ☐ ☐

家の 前に 知らない 車が 止まって います。

在家的前面停著不認識的車子。

7 やみます ❸【止みます】 停、中止 ☐ ☐

雨が 止んだら 出かけましょう。

雨停的話就出門吧。

8 （としを）　とります❸【（年を）　取ります】年邁、老年　☐☐

年を　<u>取ったら</u>　田舎に　住んで　ゆっくり　したいです。

老年的時候，想住在鄉下悠閒地度過。

9 ならびます❹【並びます】排隊、排列　☐☐

大勢の　人が　新しい　ケーキ屋の　前に　<u>並んで</u>　います。

很多人正在新的蛋糕店前排隊。

10 ねむります❹【眠ります】睡覺　☐☐

赤ちゃんが　<u>眠って</u>　いるので、静かに　して　ください。

小嬰兒正在睡覺，所以請安靜。

11 はやります❹【流行ります】流行　☐☐

今　若者の　間では　韓国の　音楽が　<u>流行って</u>　います。

現在年輕人間，韓國音樂正流行著。

練習問題

1. 学校の　売店は　いつも　多くの　学生が　<u>ならんで</u>　います。
　　①学んで　　　　　②並んで　　　　　③習んで　　　　　④整んで

2. 庭の　草木が　よく　<u>そだって</u>　います。
　　①増って　　　　　②咲って　　　　　③育って　　　　　④作って

3. この　薬を　飲むと　すぐに　歯の　痛みが　<u>止まりますよ</u>。
　　①つまります　　②やります　　　③うります　　　④とまります

4. 最近　日本では　台湾の　食べ物や　飲み物が　（　　　）　います。
　　①はじまって　　②はしって　　　③はやって　　　④はいって

5. 昨日　道で　（　　）　転んで、ズボンが　破れて　しまいました。
　①すすんで　　　②すべって　　　③ねむって　　　④さわいで

解答：1.②　2.③　3.④　4.③　5.②

問題解析

1. 学校の売店はいつも多くの学生が並んでいます。

　學校的福利社總是很多學生在排隊。

2. 庭の草木がよく育っています。　庭院的植物生長茂盛。

3. この薬を飲むとすぐに歯の痛みが止まりますよ。

　一吃這個藥，牙齒馬上就不痛了喔。

4. 最近日本では台湾の食べ物や飲み物が流行っています。

　最近在日本，台灣的食物和飲料正流行。

5. 昨日道で滑って転んで、ズボンが破れてしまいました。

　昨天因為在路上滑倒，所以褲子破了。

C 🔊 MP3-30

1 ひっこします❺【引っ越します】 搬家 ☐☐

もうすぐ 台北（たいぺい）に 引（ひ）っ越（こ）す 予定（よてい）です。

打算最近搬去台北。

2 ひらきます❹【開きます】 開 ☐☐

来月（らいげつ）から 新（あたら）しい 日本語（にほんご）の クラスが 開（ひら）かれます。

下個月開始要開新的日語課。

3 へります❸【減ります】 減少 ☐☐

これから 学生（がくせい）の 数（かず）が 減（へ）って 行（い）くでしょう。

接下來，學生的人數會越來越少吧。

4 まがります❹【曲がります】 轉彎 ☐☐

一（ひと）つ目（め）の 信号（しんごう）を 右（みぎ）へ 曲（ま）がると 病院（びょういん）が あります。

第一個紅綠燈一右轉，就有醫院。

5 まに あいます【間に 合います】 來得及 ☐☐

今（いま）から タクシーで 行（い）けば 間（ま）に 合（あ）うと 思（おも）います。

我覺得現在搭計程車去的話來得及。

6 まよいます❹【迷います】 猶豫 ☐☐

たくさん 種類（しゅるい）が あって どれが いいか 迷（まよ）って しまいます。

有很多種類，哪一個比較好很猶豫。

7 やくに たちます【役に 立ちます】 有用 ☐☐

この 本（ほん）は 日本語（にほんご）の 勉強（べんきょう）に 役（やく）に 立（た）ちます。

這本書對日語的學習很有用。

8 よいます ❸【酔います】 喝醉 　　　　　　　　□□

ビール、一杯しか 飲んで ないのに、酔って しまいました。

啤酒，明明只喝一杯，卻喝醉了。

---

9 よっぱらいます ❻【酔っ払います】 喝醉 　　　　□□

酔っぱらって 歩けなく なって しまいました。

醉了變得走不動了。

---

10 よろこびます ❺【喜びます】 開心 　　　　　　　□□

試験に 合格して、両親は とても 喜んで くれました。

考試合格，父母非常開心。

---

11 わらいます ❹【笑います】 笑 　　　　　　　　　□□

子供たちが 大きい 声で 笑いながら、テレビを 見て います。

小孩們正一邊大聲笑，一邊看電視。

> 練習問題

1. 赤ちゃんが 大きい 声で わらう 様子は かわいいです。
   　①笶　　　　　②筊　　　　　③芺　　　　　④笑

2. 卒業してから、何を したら いいか まよって います。
   　①困　　　　　②迷　　　　　③悩　　　　　④惑

3. 私が 大学に 合格できて、母は 喜んで います。
   　①うれし　　　②かなし　　　③よろこ　　　④たのし

4. 昨日 （　　　） しまって、今日は 具合が 悪いです。
   　①かかって　　②まがって　　③ひいて　　　④よっぱらって

5. 走って　駅まで　行ったのに　（　　　）ませんでした。
　　①おくれ　　　　②まにあい　　　③つき　　　　④まち

解答：1.④　2.②　3.③　4.④　5.②

問題解析

1. 赤ちゃんが大きい声で笑う様子はかわいいです。

　　嬰兒大聲笑的樣子很可愛。

2. 卒業してから、何をしたらいいか迷っています。

　　正在猶豫畢業後要做什麼好。

3. 私が大学に合格できて、母は喜んでいます。　我考上大學，母親很開心。

4. 昨日酔っぱらってしまって、今日は具合が悪いです。

　　昨天喝醉了，今天身體不舒服。

5. 走って駅まで行ったのに間に合いませんでした。

　　明明都用跑的去車站了，還是來不及。

第一類　他動詞（第一類　他動詞）

A 🔊 MP3-31

1 うちます❸【打ちます】打　☐☐

パソコンで　促音の　「っ」を　どう　打ったら　いいか
分かりません。
不知道該怎麼用電腦打出「っ」。

2 うつします❹【移します】移動　☐☐

子供の　机を　小さい　部屋から　大きい　部屋に　移しました。
把小孩的桌子從小房間移動到大房間了。

3 うみます❸【生みます】生　☐☐

飼って　いる　犬が　子供を　生みました。
飼養的狗生了小狗。

4 えらびます❹【選びます】選擇　☐☐

朝ごはんは、パンか　ごはんか　選ぶ　ことが　できます。
早餐，可以選擇麵包或飯。

5 おきます❸【置きます】放置　☐☐

荷物は　そこに　置いて　おいて　ください。
請先把行李放在那裡。

6 かざります❹【飾ります】裝飾　☐☐

壁に　たくさんの　絵が　飾って　あります。
牆壁上裝飾有許多畫。

7 かたづけます❺【片づけます】整理　☐☐

友達が　家に　来るので、急いで　部屋を　片づけなければ　なりません。
因為朋友要來家裡，不趕快整理房間不行。

8 かみます❸【咬みます】 咀嚼、咬 ☐☐

ごはんは　よく　咬^かんで　食^たべなさいよ。

飯要好好咬過再吃喔。

9 くばります❹【配ります】 分配、分發 ☐☐

これから　一人^{ひとり}　2枚^{にまい}ずつ　プリントを　配^{くば}ります。

接下來一個人各發兩張資料。

10 ことわります❺【断ります】 拒絕 ☐☐

彼女^{かのじょ}に　デートを　申^{もう}し込^こんで、断^{ことわ}られました。

向她提出約會，被拒絕了。

11 ころします❹【殺します】 殺掉、殺死 ☐☐

寝^ねる　前^{まえ}に　蚊^かを　見^みつけたら、殺^{ころ}すまで　寝^ねられません。

睡前發現蚊子的話，不到殺死為止無法睡覺。

12 こわします❹【壊します】 破壞、打壞 ☐☐

駅^{えき}の　周^{まわ}りの　古^{ふる}い　建物^{たてもの}が　壊^{こわ}されて、新^{あたら}しい　ビルが　できました。

車站周圍的老舊建築物被打掉，建了新的大樓。

13 さがします❹【探します】 找 ☐☐

いなく　なった　猫^{ねこ}を　探^{さが}して　いますが、なかなか　見^みつかりません。

正在找走失的貓，但怎麼樣都找不到。

14 さわります❹【触ります】 觸碰、觸摸 ☐☐

ここに　ある　絵^えには　触^{さわ}っては　いけません。

在這裡的畫不可以觸摸。

15 しかります❹【叱ります】 責罵 ☐☐

弟^{おとうと}が　母^{はは}に　叱^{しか}られて、泣^ないて　います。

弟弟被媽媽罵，正在哭。

16 つつみます❹【包みます】 包装 □□

これは 贈り物では ありませんから、包まなくても いいです。
_{おく} _{もの} _{つつ}

因為這個不是要送人的禮物，不用包装也沒關係。

---

17 つります❸【釣ります】 釣 (魚) □□

大きい 魚を 2匹と 小さい 魚を 5匹 釣りました。
_{おお} _{さかな} _{にひき} _{ちい} _{さかな} _{ごひき} _つ

釣到了大魚兩條和小的五條。

練習問題

1. 家に 帰ると、家の 鍵が こわされて いました。
  ①抜されて   ②取されて   ③掛されて   ④壊されて

2. 駅の 前で ティッシュが くばられて います。
  ①得てられて   ②捨てられて   ③配られて   ④給てられて

3. 机の 上に 家族の 写真を 飾って います。
  ①くばって   ②はって   ③かざって   ④とって

4. ここの 荷物は 向こうの 部屋に （   ） ください。
  ①送って   ②移して   ③持って   ④取って

5. すみません、人に あげる 物なので、（   ） くれませんか。
  ①つつんで   ②さわって   ③さがして   ④えらんで

解答：1.④ 2.③ 3.③ 4.② 5.①

1. 家に帰ると、家の鍵が壊されていました。

一回到家，就發現家裡的門鎖被破壞了。

2. 駅の前でティッシュが配られています。　車站前正發著衛生紙。

3. 机の上に家族の写真を飾っています。　桌上裝飾著家人的照片。

4. ここの荷物は向こうの部屋に移してください。

請把這裡的行李搬到對面的房間。

5. すみません、人にあげる物なので、包んでくれませんか。

不好意思，因為是要送給別人的東西，能否幫忙包起來？

B 🔊 MP3-32

1 つれて　いきます ❶ ❸【連れて　行きます】帶著去　☐☐

来週の　パーティーに　妻と　子供を　連れて　行っても　いいですか。

下週的派對，帶妻子和小孩去也可以嗎？

2 にぎります ❹【握ります】握著　☐☐

しっかり　ラケットを　握って　球を　打ちましょう。

確實地握著球拍打球吧。

3 ぬぎます ❸【脱ぎます】脫下、脫　☐☐

日本では　家に　入る　時　くつを　脱がなければ　なりません。

在日本不脫鞋子是不行的。

4 ぬすみます ❹【盗みます】偷走　☐☐

外に　置いて　おいた　自転車が　盗まれました。

事先放在外面的自行車被偷走了。

5 はかります ❹ 【測ります・計ります・量ります】 測量 □□

毎日 体重を 量って、太らないように 気を つけて います。

每天都會量體重，為了不變胖而注意著。

息子の 背を 測って やります。

幫兒子測量身高。

縦と 横の 長さを 計ります。

測量直和橫的長度。

6 はこびます ❹ 【運びます】 運送、搬運 □□

この 荷物を 運ぶのを 手伝って いただけませんか。

可以麻煩您幫忙搬這件行李嗎？

7 ひろいます ❹ 【拾います】 撿起、拾起 □□

道で 財布を 拾ったので、警察に 届けました。

因為在路上撿到了錢包，所以交給了警察。

8 ひやします ❹ 【冷やします】 冷卻、降溫 □□

火傷を したら、すぐに 冷やした ほうが いいですよ。

燙傷的話，馬上降溫的話比較好喔。

9 まきます ❸ 【巻きます】 捲起、圍著 □□

私の 姉は 首に マフラーを 巻いて、ドアの 前に 立って いる 人です。

我的姊姊是脖子上圍著圍巾、站在門前的人。

10 まもります ❹ 【守ります】 保護、守護、遵守 □□

ルールを よく 守って、安全に 運転して ください。

請好好地遵守規定，安全地駕駛。

11 まわします❹【回します】 旋轉、轉動 ☐☐

この つまみを 回(まわ)すと、音(おと)が 大(おお)きく なりますよ。

一旋轉這個紐的話，聲音就會變大喔。

12 もやします❹【燃やします】 燒掉 ☐☐

間違(まちが)って 大切(たいせつ)な 書類(しょるい)を 燃(も)やして しまいました。

不小心搞錯了，把重要的資料燒掉了。

13 もって いきます❶❸【持って 行きます】 帶去 ☐☐

明日(あした)の 花見(はなみ)は お弁当(べんとう)を 作(つく)って 持(も)って 行(い)きますね。

明天的賞花，要做便當帶去對吧。

14 もどします❹【戻します】 恢復、歸還 ☐☐

本(ほん)を 読(よ)んだら、元(もと)の 場所(ばしょ)に きちんと 戻(もど)して おいて ください。

看完了書的話，請整齊地放回原本的地方。

15 わかします❹【沸かします】 沸騰、煮沸 ☐☐

ちょっと お湯(ゆ)を 沸(わ)かして 来(き)ますね。お茶(ちゃ)でも 入(い)れます。

我去把熱水稍微煮沸喔。泡些茶。

16 ふきます❸【拭きます】 擦拭 ☐☐

料理(りょうり)を 運(はこ)ぶ 前(まえ)に テーブルを 拭(ふ)いて ください。

送上菜前請先擦桌子。

練習問題

1. これは のりを 巻いて 食べたら おいしいです。

　①まいて　　　②さいて　　　③かいて　　　④ついて

2. これは　私の　<u>盗まれた</u>　自転車と　同じ物です。
　　①よまれた　　　　②このまれた　　　③とまれた　　　④ぬすまれた

3. 「人が　いっぱいだから、しっかり　お母さんの　手を　<u>握って</u>
　　いてね。」
　　①もって　　　　　②あらって　　　③にぎって　　　④さわって

4. お湯を　（　　　）　前に　この　鍋を　洗って　おいて　ください。
　　①ゆでる　　　　　②わかす　　　　③のむ　　　　　④ひやす

5. 私が　茶碗を　洗うから、あなたは　（　　　）ね。
　　①ふいて　　　　　②はかって　　　③まもって　　　④ぬいで

解答：1.①　2.④　3.③　4.②　5.①

問題解析

1. これはのりを<u>巻いて</u>食べたらおいしいです。

　　這個用海苔捲起來吃的話很好吃。

2. これは私の<u>盗まれた</u>自転車と同じ物です。

　　這個和我被偷的腳踏車一樣。

3. 「人がいっぱいだから、しっかりお母さんの手を<u>握って</u>いてね。」

　　「因為人很多，要好好地握住媽媽的手喔。」

4. お湯を<u>沸かす</u>前にこの鍋を洗っておいてください。

　　在燒開水前，請先把這個鍋子洗乾淨。

5. 私が茶碗を洗うから、あなたは<u>拭いて</u>ね。　我來洗碗，你來擦喔。

1-2-3 第二類　自動詞（第二類　自動詞）

だい に るい　じ どう し

🔊 MP3-33

1 あきらめます❺【諦めます】放棄

苦しくても　諦めないで　頑張って　ください。
くる　　　　あきら　　　　　がん ば

就算很痛苦也請不要放棄，加油。

2 あげます❸【上げます】舉起

手を　上げながら　道路を　渡ります。
て　　あ　　　　　どう ろ　　わた

邊舉手邊過馬路。

3 おくれます❹【遅れます】晚到、遲到

今日は　病院へ　行くので　少し　遅れます。
きょう　びょういん　い　　　　　すこ　おく

因為今天要去醫院，會稍微晚到。

4 おちます❸【落ちます】掉落

木の　下に　りんごが　たくさん　落ちて　います。
き　した　　　　　　　　　　　　　　お

樹下掉下了很多蘋果。

5 おります❸【降ります】下（車）

次の　駅で　電車を　降りて、バスに　乗り換えます。
つぎ　えき　でんしゃ　お　　　　　　の　か

在下個車站下電車，轉乘巴士。

6 きを　つけます【気を　付けます】小心注意

ここは　泥棒が　多いので、気を　つけて　くださいね。
どろぼう　おお　　　　き

因為這裡小偷很多，請小心喔。

7 こたえます❹【答えます】回答

先生の　質問に　答えられませんでした。
せんせい　しつもん　こた

無法回答老師的問題。

8 すぎます❸【過ぎます】 過於、太過

（タクシーの運転手に）あそこの　コンビニを　過ぎた
ところで、止まって　ください。

（對計程車司機）請在過那個便利商店一點的地方停車。

---

9 たります❸【足ります】 足夠

お金が　足りないので、貸して　もらえませんか。

因為錢不夠，可以借我嗎？

---

10 なまけます❹【怠けます】 怠惰、偷懶

怠けないで、きちんと　働きなさい。

請不要偷懶，認真工作。

---

11 なれます❸【慣れます】 習慣

新しい　仕事に　もう　慣れました。

對於新的工作已經習慣了。

---

12 ぬれます❸【濡れます】 淋濕

急に　雨が　降って　きて　濡れて　しまいました。

突然下起了雨，淋濕了。

---

13 ふえます❸【増えます】 增加

日本語を　習いたいと　思う　人が　増えて　います。

想學習日語的人增加中。

---

14 まけます❸【負けます】 輸掉

昨日の　試合に　負けて　しまいました。

昨天的比賽輸掉了。

15 やけます ❸ 【焼けます】 燒起來、燃燒、烤 　　　　☐ ☐

おいしい　パンが　焼_やけましたよ。

好吃的麵包烤好了喔。

火事_{かじ}で　家_{いえ}が　焼_やけました。

因為火災，房子燒掉了。

16 やせます ❸ 【痩せます】 瘦下 　　　　　　　☐ ☐

ダイエットを　して　1か月_{いっげつ}で　2キロ　痩_やせました。

減肥一個月瘦了兩公斤。

練習問題

1. 先生の　質問に　こたえられなかった。
   ①解えられなかった 　　　　　②答えられなかった
   ③回えられなかった 　　　　　④分えられなまった

2. 学校まで　バスを　おりてから　20分も　歩かなければ　なりません。
   ①駆りて 　　　②降りて 　　　③乗りて 　　　④上りて

3. 皆　働いて　いるのに、弟は　何も　しないで、怠けて　います。
   ①なまけて 　　②いじけて 　　③にやけて 　　④とろけて

4. あれ、あと　1つ　椅子が　（　　　）ですね。
   ①ならべない 　②すわらない 　③おかない 　　④たりない

5. 陳さんは　少し　（　　　）、きれいに　なりました。
   ①おちて 　　　②やせて 　　　③なれて 　　　④ふえて

解答：1.② 2.② 3.① 4.④ 5.②

1. 先生の質問に答えられなかった。 回答不了老師的問題。

2. 学校までバスを降りてから２０分も歩かなければなりません。

   要到學校，下了公車之後還必須走二十分鐘。

3. 皆働いているのに、弟は何もしないで、怠けています。

   明明大家都工作著，就只有弟弟什麼都沒做，在偷懶。

4. あれ、あと1つ椅子が足りないですね。 啊，還不夠一張椅子呢。

5. 陳さんは少し痩せて、きれいになりました。

   陳小姐瘦下來一些，變漂亮了。

第二類　他動詞（第二類　他動詞）

だ い に る い　た ど う し

🔊 MP3-34

1 あつめます ❹【集めます】 収集 　　　□□

息子は　きれいな　石を　集めるのが　趣味です。
むすこ　　　　　　　いし　　あつ　　　　　　しゅみ

兒子的興趣是收集漂亮的石頭。

---

2 うえます ❸【植えます】 種植 　　　□□

庭に　桜の　木を　植えました。
にわ　さくら　き　　う

在庭院種了櫻花樹。

---

3 かえます ❸【変えます】 換 　　　□□

くつが　古く　なったので、新しいのに　変えました。
　　　ふる　　　　　　　あたら　　　　　か

鞋子因為變舊了，所以換了新的。

---

4 かぞえます ❹【数えます】 數 　　　□□

子供が　100まで　数えられるように　なりました。
こども　ひゃく　　かぞ

孩子變得會數到一百了。

---

5 くれます ❸ 給（我）～ 　　　□□

友達が　誕生日に　ずっと　欲しかった　本を　くれました。
ともだち　たんじょうび　　　　　ほ　　　　　ほん

朋友在我生日的時候，送了我一直想要的書。

---

6 さげます ❸【下げます】 下降、降低 　　　□□

テレビの　音が　大きいので、ボリュームを　下げて　くれませんか。
　　　おと　おお　　　　　　　　　　　さ

因為電視的聲音很大，可以降低音量嗎？

---

7 しらせます ❹【知らせます】 通知、告訴 　　　□□

会議の　日が　決まったら、すぐに　知らせますね。
かいぎ　ひ　き　　　　　　　　し

會議的日期要是決定的話，會馬上通知喔。

8 しんじます ❹ 【信じます】 相信 ☐ ☐

今でも　サンタクロースが　いる　ことを　<ruby>信<rt>しん</rt></ruby>じて　います。
<ruby>今<rt>いま</rt></ruby>

即使現在，我還是相信有聖誕老人。

---

9 すてます ❸ 【捨てます】 丟棄 ☐ ☐

<ruby>燃<rt>も</rt></ruby>えない　ごみは　<ruby>月曜日<rt>げつようび</rt></ruby>か　<ruby>水曜日<rt>すいようび</rt></ruby>に　<ruby>捨<rt>す</rt></ruby>てて　ください。

不可燃垃圾請在星期一或星期三丟棄。

---

10 そだてます ❹ 【育てます】 養育 ☐ ☐

<ruby>私<rt>わたし</rt></ruby>は　<ruby>両親<rt>りょうしん</rt></ruby>に　<ruby>大切<rt>たいせつ</rt></ruby>に　<ruby>育<rt>そだ</rt></ruby>てられました。

我被父母珍惜地養大。

---

11 たしかめます ❺ 【確かめます】 確認 ☐ ☐

<ruby>間違<rt>まちが</rt></ruby>いが　ないか　どうか　<ruby>確<rt>たし</rt></ruby>かめて　ください。

請確認有沒有錯誤。

---

12 たすけます ❹ 【助けます】 幫助 ☐ ☐

<ruby>困<rt>こま</rt></ruby>って　いる　<ruby>時<rt>とき</rt></ruby>、<ruby>知<rt>し</rt></ruby>らない　<ruby>人<rt>ひと</rt></ruby>に　<ruby>助<rt>たす</rt></ruby>けて　もらいました。

在我傷腦筋時，得到了陌生人的幫助。

---

13 たずねます ❹ 【尋ねます】 尋找 ☐ ☐

<ruby>迷子<rt>まいご</rt></ruby>に　なった　<ruby>子供<rt>こども</rt></ruby>が　<ruby>尋<rt>たず</rt></ruby>ねて　<ruby>来<rt>き</rt></ruby>ました。

迷路的小孩來問路了。

---

14 たてます ❸ 【建てます】 建立 ☐ ☐

<ruby>新<rt>あたら</rt></ruby>しい　<ruby>図書館<rt>としょかん</rt></ruby>が　<ruby>家<rt>いえ</rt></ruby>の　<ruby>近<rt>ちか</rt></ruby>くに　<ruby>建<rt>た</rt></ruby>てられるそうです。

聽說在家的附近要蓋新的圖書館。

---

15 つたえます ❹ 【伝えます】 傳達、轉告 ☐ ☐

すみませんが、10<ruby>分<rt>ふん</rt></ruby>ぐらい　<ruby>遅<rt>おく</rt></ruby>れると　<ruby>伝<rt>つた</rt></ruby>えて　ください。
<ruby><rt>じゅっぷん</rt></ruby>

不好意思，請轉告我會遲到十分鐘左右。

16 つづけます❹【続けます】 持続　□□

何を　やっても　長く　続けられません。

無論做什麼都無法長久持續。

17 とりかえます❺【取り換えます】 交換　□□

買った　商品が　壊れて　いたので、取り換えに　行きました。

因為買的商品壞掉了，所以去換了。

18 ほめます❸【褒めます】 誇獎　□□

テストで　100点を　取って、両親に　褒められました。

考試考了一百分，被父母誇獎了。

19 まぜます❸【混ぜます】 混合、攪拌　□□

赤と　白を　混ぜると、ピンクに　なります。

一混合紅色和白色，就會變成粉紅色。

20 みつけます❹【見つけます】 發現　□□

なくした　ピアスを　見つけて、嬉しかったです。

找到了不見的耳針，很高興。

練習問題

1. 学校の　花壇に　花が　たくさん　うえられて　います。
　①植えられて　　②稙えられて　　③埴えられて　　④殖えられて

2. 油と　水は　まざりません。
　①混ざりません　②融ざりません　③溶ざりません　④交ざりません

3. 人が 多すぎて、何人 いるか すぐに 数えられません。

　　①かなえられません　　　　　　②つたえられません

　　③おぼえられません　　　　　　④かぞえられません

4. 外国人に 英語で 道を 尋ねられましたが、答えられませんでした。

　　①つらねられました　　　　　　②たずねられました

　　③かさねられました　　　　　　④たばねられました

5. 売れないので、少し 値段を （　　　　）。

　　①わすました　　②かいました　　③さげました　　④あげました

6. 父は 厳しい 人なので、あまり 人を （　　　　）。

　　①しんじません　②おこりません　③ほめません　　④たすけません

7. 庭で 野菜を （　　　　）　　います。

　　①あつまって　　②そだてて　　　③かって　　　　④つかって

8. 宿題は 明日の 授業が 始まる 前に （　　　　）。

　　①つたえます　　②あつめます　　③かきます　　　④とりかえます

解答：1.①　2.①　3.④　4.②　5.③　6.③　7.②　8.②

問題解析

1. 学校の花壇に花がたくさん植えられています。學校的花圃裡種著很多花。

2. 油と水は混ざりません。　油和水不會混合。

3. 人が多すぎて、何人いるかすぐには数えられません。

　　人太多，無法立刻數出有多少人。

4. 外国人に英語で道を尋ねられましたが、答えられませんでした。

被外國人用英語問路，但無法回答。

5. 売れないので、少し値段を下げました。因為賣不出去，所以稍微降價了。

6. 父は厳しい人なので、あまり人を褒めません。

因為父親是個很嚴格的人，不太誇獎別人。

7. 庭で野菜を育てています。　庭院裡種著菜。

8. 宿題は明日の授業が始まる前に集めます。

功課會在明天的上課開始前收齊。

第三類動詞（第三類動詞）
<ruby>第三類動詞<rt>だいさんるいどうし</rt></ruby>

A 🔊 MP3-35

1 あいさつします❶【挨拶します】 打招呼 ☐☐

隣の 息子さんは 毎朝 大きい 声で 挨拶して くれます。

隔壁家的兒子每天早上大聲地對我打招呼。

2 あくしゅします❶【握手します】 握手 ☐☐

日本では 初めて 会った 人と 握手する 習慣が ありません。

在日本沒有與初次見面的人握手的習慣。

3 あくびします❺【欠伸します】 呵欠 ☐☐

先生と 話を して いる 時、あくびして しまいました。

和老師說話時，不小心打了呵欠。

4 あんしんします❻【安心します】 安心 ☐☐

早く 仕事を 見つけて、両親を 安心させて あげたいです。

想快點找到工作，讓雙親安心。

5 あんないします❸【案内します】 導覽 ☐☐

台湾に 遊びに 来たら、案内して あげますよ。

來台灣玩的話，會幫你導覽喔！

6 いたずらします❻【悪戯します】 惡作劇 ☐☐

いたずらして、父に 叱られました。

惡作劇，被爸爸罵了。

7 えんりょします❺【遠慮します】 顧慮、客氣 ☐☐

遠慮しないで、どうぞ たくさん 召し上がって ください。

不要客氣，請多吃一點。

8 おいわいします ⑥【お祝いします】 祝福、慶祝 □□

今日は 母の 日ですから、ケーキでも 食べて、お祝いしましょう。

今天是母親節，吃些蛋糕，慶祝吧。

9 おじぎします ⑤【お辞儀します】 行禮 □□

日本人は 電話で 話して いる 時でも お辞儀して います。

日本人在講電話時也會行著禮。

10 おしゃれします ❷【お洒落します】 時尚 □□

久しぶりの デートなので、おしゃれして 行く 予定です。

因為是久違的約會，預計打扮時尚地去。

11 おれいします ⑤【お礼します】 回禮 □□

先日は ありがとう ございました。今度 お礼させて くださいね。

前幾天非常感謝您。下次請讓我回禮吧。

12 がいしゅつします ⑥【外出します】 出門 □□

今日は 外出しないで、家で ゆっくり 過ごそうと 思います。

今天我想不要外出，在家悠閒度過。

13 かいわします ⑤【会話します】 交談、對話 □□

授業中は 日本語で 会話して ください。

在課堂上，請使用日語交談。

14 がっかりします ❸ 失望 □□

試験に 合格できなくて、がっかりしました。

考試不及格，很失望。

15 がまんします ❶【我慢します】 忍耐 □□

厳しい 練習でも 我慢して、頑張って 来ました。

即使是嚴格的練習也忍耐，並努力過來了。

16 かんぱいします❻【乾杯します】 乾杯 ☐☐

では、まず みんなで 乾杯しましょう。

那麼，首先，大家乾杯吧。

17 きゅうけいします❻【休憩します】 休息 ☐☐

疲れた 人は 10分だけ 休憩しても いいですよ。

累的人休息個十分鐘也可以唷。

18 きこくします❺【帰国します】 回國 ☐☐

来週の 月曜日 帰国する 予定です。

預定下週一回國。

19 きんえんします❻【禁煙します】 禁菸 ☐☐

健康の ために 禁煙して います。

為了健康禁菸。

20 けいかくします❻【計画します】 計畫 ☐☐

夏休みに どこへ 行くか 計画して います。

正計畫著暑假要去哪裡。

21 けいけんします❻【経験します】 經驗 ☐☐

日本の 実習で 受付の 仕事を 経験させて もらいました。

在日本的實習，得到了接待的工作經驗。

22 けいさんします❻【計算します】 計算 ☐☐

1つ 130円の りんごを 7つ 買ったら、全部で いくらに なるか 計算して ください。

一個一百三十日幣的蘋果，買七個的話，請計算全部會變成多少錢呢？

23 けがします ❷【怪我します】 受傷

体育の 授業で 足を 怪我しました。

在體育課腳受傷了。

24 けしょうします ❷【化粧】 化妝

化粧する ことは マナーの 1つです。

化妝是一種禮節。

25 けっこんします ❻【結婚します】 結婚

結婚してから、もう 20年に なります。

結婚後，已經二十年了。

26 けっせきします ❻【欠席します】 缺席

明日 欠席する 人は 手を 上げて ください。

明天會缺席的人請舉手。

27 けんかします ❺【喧嘩します】 吵架

友達と 喧嘩して、先生に 怒られました。

和朋友吵架，讓老師生氣了。

28 けんがくします ❻【見学します】 觀摩、參觀（學習）

来月 出張へ 行った 時、車の 工場を 見学する 予定です。

下個月去出差時，打算參觀汽車工廠。

29 けんぶつします ❻【見物します】 參觀

京都の 古い 町や お寺を 見物して みたいです。

想參觀看看京都的老街或者寺廟。

30 けんきゅうします ❻【研究します】 研究

兄は 日本の 大学で 日本文学を 研究して います。

哥哥正在日本的大學研究日本文學。

1. えんりょしないで、どうぞ　たくさん　召し上がって　ください。
　　①遠膚　　　　　②遠膚　　　　　③遠盧　　　　　④遠慮

2. 夏休みに　オーストラリア旅行を　けいかくして　います。
　　①経験　　　　　②計画　　　　　③予定　　　　　④約束

3. 田中さんは　何を　研究して　いるんですか。
　　①けんきょう　　②えんきょう　　③けんきゅう　　④えんきゅう

4. 海外での　生活は　経験した　ことが　ありません。
　　①けえげ　　　　②けげん　　　　③けいげん　　　④けいけん

5. 近所の　おばさんは、会うと　いつも　（　　　）して　くれます。
　　①お辞儀　　　　②物語　　　　　③仕事　　　　　④散歩

6. よく　弟と　（　　　）して、母に　怒られて　います。
　　①けんか　　　　②せんそう　　　③あくび　　　　④しゅじゅつ

7. 今日は　午後から　日本の　高校を　（　　　）する　予定です。
　　①見舞　　　　　②見学　　　　　③見物　　　　　④見本

解答：1.④　2.②　3.③　4.④　5.①　6.①　7.②

問題解析

1. 遠慮しないで、どうぞたくさん召し上がってください。

   請別客氣，多多享用。

2. 夏休みにオーストラリア旅行を計画しています。

   正在規畫暑假澳洲旅行。

3. 田中さんは何を研究しているんですか。　田中先生正在研究什麼呢？

4. 海外での生活は経験したことがありません。我沒有在海外生活過的經驗。

5. 近所のおばさんは、会うといつもお辞儀してくれます。

   附近的阿姨，只要一見面，總是對我行禮。

6. よく弟と喧嘩して、母に怒られています。

   經常和弟弟吵架，惹得媽媽生氣。

7. 今日は午後から日本の高校を見学する予定です。

   今天預計下午開始參觀日本的高中。

B　🔊 MP3-36

1 ごうかくします ❻ 【合格します】　合格、考上　☐☐

　　Ｎ１に　合格できるように　頑張って　勉強して　います。

　為了N1能夠合格，正在努力念書。

2 こうじします ❶ 【工事します】　工程　☐☐

　　家の　前で　工事して　いて、うるさいです。

　家的前面在施工，很吵。

3 こしょうします❺【故障します】 故障

この　自動販売機は　故障して　いて、使えません。

這台自動販賣機壞掉了，沒辦法使用。

4 さんかします❺【参加します】 参加

来月　東京で　行われる　マラソン大会に　参加します。

下個月會參加在東京舉辦的馬拉松大賽。

5 さんせいします❻【賛成します】 賛成

父は　彼との　結婚を　一番　最初に　賛成して　くれました。

父親從一開始就贊成我和他結婚。

6 さんぽします❺【散歩します】 散歩

毎日　1時間　散歩するように　して　います。

盡量每天散步一小時。

7 しけんします❷【試験します】 考試

これから　試験するので、教科書や　筆箱などは　かばんの　中に
閉まって　ください。

因為接下來要考試，請把教科書、鉛筆盒等等收到書包中。

8 しごとします❺【仕事します】 工作

毎日　朝5時から　仕事して　います。

每天從早上五點就開始工作著。

9 じしゅうします❺【自習します】 自習

一時間目は　先生が　お休みですから、静かに　自習して　いて
ください。

第一節課因為老師請假，請安靜地自習。

10 じすいします❺【自炊します】 自己煮飯 ☐☐

がいしょく　　　　　　　　　　じすい　　た
外食を　しないで　いつも　自炊して　食べて　います。

我一直都是自己煮飯，不吃外食。

11 しつもんします❻【質問します】 發問 ☐☐

わ　　　　　　　　　　　　　　　　　　　　せんせい　　しつもん
分からない　ことが　あったら　いつも　先生に　質問して　います。

有不懂的地方，總是請問老師。

12 しつれいします❷【失礼します】 打擾了、失禮、告辭 ☐☐

はい　　　　　　　しつれい
「どうぞ　お入り　ください。」「失礼します。」

「請進。」「打擾了。」

13 しっぱいします❻【失敗します】 失敗 ☐☐

はじ　　　つく　　　　　　　　　　　　　　しっぱい
初めて　作った　カレーは　やはり　失敗して　しまいました。

第一次做的咖哩果然失敗了。

14 しゅうしょくします❻【就職します】 就業、就職 ☐☐

あに　　にほん　　かいしゃ　　しゅうしょく
兄は　日本の　会社に　就職して　います。

哥哥在日本的公司工作。

15 しゅうりします❶【修理します】 修理 ☐☐

ちょうし　　わる　　　　しゅうり
コンピューターの　調子が　悪いので、修理して　いただけませんか。

因為電腦的狀況不好，可以幫我修理嗎？

16 しゅじゅつします❶【手術します】 手術 ☐☐

くすり　　　なお　　　　　　　しゅじゅつ
薬では　治らないので、手術しなければ　なりません。

因為用藥沒辦法治好，不動手術不行。

17 しゅっせきします❻【出席します】 出席、參加 ☐☐

ごご　　　かいぎ　　しゅっせき
午後の　会議に　出席できますか。

可以出席下午的會議嗎？

159

18 しゅっぱつします❻【出発します】 出發 　☐☐

空港に　着いた　時には　飛行機は　もう　<u>出発して</u>　しまいました。

到機場的時候，飛機已經出發了。

---

19 じゅぎょうします❶【授業します】 上課、教課 　☐☐

隣の　クラスは　今　<u>授業して</u>　いますから、静かに　して　ください。

隔壁的教室現在在上課中，請保持安靜。

---

20 じゅんびします❶【準備します】 準備 　☐☐

明日の　朝　早く　出かけるので、今晩　<u>準備して</u>　おいて　ください。

明天早上很早就要出門了，所以今晚請先準備好。

---

21 しょうかいします❻【紹介します】 介紹 　☐☐

日本人の　友達を　<u>紹介して</u>　もらいました。

介紹了日本人的朋友給我。

---

22 しょうたいします❶【招待します】 招待 　☐☐

先生の　家で　行われる　パーティーに　<u>招待して</u>　いただきました。

榮獲邀請參加在老師家舉辦的派對。

---

23 しんがくします❻【進学します】 升學 　☐☐

大学へ　<u>進学する</u>　つもりは　ありません。

沒有要升大學的打算。

---

24 しんぱいします❻【心配します】 擔心 　☐☐

楽しく　暮らして　いますから、<u>心配しないで</u>　ください。

開心地生活著，所以請別擔心。

---

25 せいこうします❻【成功します】 成功 　☐☐

父の　手術が　<u>成功して</u>　安心しました。

父親的手術成功讓我放心了。

26 せっけいします❻【設計します】 設計 ☐☐

今 新しい 家を 設計して います。

現在正在設計新家。

27 せつめいします❻【説明します】 說明 ☐☐

すみませんが、あまり 意味が 分からないので、もう 一度 説明して いただけませんか。

不好意思，我不太明白意思，所以能請您再說明一次嗎？

28 せんそうします❻【戦争します】 戰爭、打仗 ☐☐

もう 戦争するのは やめましょう。

停止戰爭吧！

29 そうだんします❻【相談します】 討論、商量 ☐☐

困った 時は いつも 両親に 相談して います。

傷腦筋的時候，總是找父母商量。

30 そつぎょうします❻【卒業します】 畢業 ☐☐

兄は 日本の 大学を 卒業しました。

哥哥從日本的大學畢業了。

31 そんけいします❻【尊敬します】 尊敬 ☐☐

父を 尊敬して います

很尊敬父親。

32 たいいんします❻【退院します】 出院 ☐☐

祖父は 先月 退院して、今は 家に います。

爺爺上個月出院，現在在家裡。

33 ちこくします❺【遅刻します】 遅到

大事（だいじ）な 会議（かいぎ）に 遅刻（ちこく）して 上司（じょうし）に 叱（しか）られました。

在重要的會議遲到，被上司罵了。

34 ちゅういします❶【注意します】 注意

床（ゆか）が 濡（ぬ）れて いますから、注意（ちゅうい）して ください。

地板濕濕的，請小心。

35 ちゅうしゃします❺【注射します】 打針

インフルエンザに ならないように 注射（ちゅうしゃ）して もらいます。

為了不得流行性感冒，接種了。

36 ちゅうもんします❻【注文します】 點餐

先（さき）に 飲（の）み物（もの）を 注文（ちゅうもん）しても いいですか。

可以先點飲料嗎？

37 ちょうせつします❻【調節します】 調整

寒（さむ）くないですか。エアコンの 温度（おんど）を 調節（ちょうせつ）しましょうか。

不冷嗎？調整一下冷氣的溫度吧。

38 ちょきんします❺【貯金します】 存錢

お年玉（としだま）は 毎年（まいとし） 貯金（ちょきん）して います。

每年都會把壓歲錢存起來。

練習問題

1. 30分前に　<u>ちゅうもん</u>したのに、まだ　料理が　来ません。
　①注入　　　　②注意　　　　③注射　　　　④注文

2. 兄に　コンピューターを　<u>しゅうり</u>して　もらいました。
　①収理　　　　②修理　　　　③処理　　　　④直理

3. 日本語が　使える　会社に　<u>就職</u>したいです。
　①しゅうしょく　②しゅしょく　　③しょうしゅく　④しょしょく

4. 新しい　事務所は　今　<u>設計</u>して　いる　ところです。
　①ぜっけい　　②せつけい　　③せっけん　　④せっけい

5. 娘が　<u>ちゅうしゃ</u>されて　泣いて　います。
　①注射　　　　②注意　　　　③注目　　　　④注文

6. 来年　留学する　ために　今　（　　　）して　います。
　①貯金　　　　②合格　　　　③心配　　　　④賛成

7. 今　学校は　（　　　）して　いて、危ないですから、気を
　つけて　ください。
　①工事　　　　②戦争　　　　③失礼　　　　④失敗

8. 何か　困った　ことが　あったら、いつでも　（　　　）して
　くださいね。
　①勉強　　　　②相談　　　　③調節　　　　④説明

解答：1.④　2.②　3.①　4.④　5.①　6.①　7.①　8.②

1. 30分前に注文したのに、まだ料理が来ません。

   明明三十分鐘前已經點了，但是菜卻還沒有來。

2. 兄にコンピューターを修理してもらいました。　請哥哥幫我修理電腦了。

3. 日本語が使える会社に就職したいです。　想到能夠用日語的公司上班。

4. 新しい事務所は今設計しているところです。　新的辦公室現在正在設計中。

5. 娘が注射されて泣いています。　女兒被接種而哭了。

6. 来年留学するために今貯金しています。　為了明年留學現在正存錢中。

7. 今学校は工事していて、危ないですから、気をつけてください。

   現在學校正在施工，很危險，所以請小心。

8. 何か困ったことがあったら、いつでも相談してくださいね。

   有任何困難的話，請隨時和我商量喔。

C　🔊 MP3-37

1 つうがくします❻【通学します】 上學　☐☐

毎日　バスで　通学して　います。

每天搭公車上下學。

- -

2 つうきんします❻【通勤します】 上下班、通勤　☐☐

通勤するのに、2時間も　かかります。

通勤要花到兩個小時。

3 ていでんします❻【停電します】 停電 ☐☐

地震で 1日 停電して いました。

因地震停電了一天。

4 とうちゃくします❻【到着します】 抵達 ☐☐

電車は 5時半に 到着する 予定です。

火車預計會在五點半抵達。

5 どりょくします❶【努力します】 努力 ☐☐

努力しても、できない ことも あります。

再怎麼努力,也有做不到的事情。

6 にゅういんします❻【入院します】 住院 ☐☐

母は 今 病気で 入院して います。

媽媽現在因為生病住院中。

7 にゅうがくします❻【入学します】 入學 ☐☐

この 学校は 中国語が 話せるなら 外国人でも 入学できます。

這所學校會説中文的話,即使是外國人也可以入學。

8 ねぼうします❺【寝坊します】 睡過頭 ☐☐

お酒を 飲みすぎて 会議に 寝坊して しまいました。

喝太多酒,會議睡過頭遲到了。

9 はいけんします❻【拝見します】 拜見、拜讀、看 ☐☐

先生の 絵、拝見しましたが、とても 素晴らしかったです。

剛剛拜見了老師的畫,非常地棒。

10 はいたつします❻【配達します】 配送 ☐☐

荷物が 重くて 持てないので、配達して もらいました。

因為行李很重沒辦法拿,請人配送了。

11 はくしゅします ❶【拍手します】 拍手、鼓掌 ☐☐

選手が 来たら、大きく 拍手しましょう。

選手來了的話,大聲地拍手吧。

12 はつめいします ❻【発明します】 發明 ☐☐

多くの 物が 日本人に よって 発明されて います。

許多東西是由日本人發明的。

13 はやおきします ❸【早起きします】 早起 ☐☐

今日は 早起きして お弁当を 作りました。

今天早起做了便當。

14 はんたいします ❻【反対します】 反對 ☐☐

反対する 場合は きちんと 理由を 説明して ください。

反對的時候,請好好說明理由。

15 びっくりします ❸ 驚訝 ☐☐

地震で 上から 物が 落ちて 来て、びっくりしました。

因為地震東西從上面掉下來,嚇了一跳。

16 ひるねします ❺【昼寝します】 午睡 ☐☐

昼寝すると 頭が すっきり します。

一午睡,腦袋就變清楚了。

17 ふくしゅうします ❻【復習します】 複習 ☐☐

今日 勉強した ことは 家に 帰ってから 復習して ください。

今天學到的東西,回家後請複習。

18 へんじします ❺【返事します】 回應 ☐☐

名前を 呼ばれたら、返事して ください。

被叫到名字的話,請回應。

19 ぼうえきします❻【貿易します】貿易

今 この 会社は どの国とも 貿易して いません。

現在這間公司沒有和任何國家做貿易。

20 ほうそうします❻【放送します】播出

台湾で 日本の 番組が 放送されて います。

在台灣播放著日本的節目。

21 ほんやくします❻【翻訳します】翻譯

多くの 日本の 小説が 翻訳されて います。

很多日本小説被翻譯了。

22 みおくりします❻【見送りします】送行

お客様には 笑顔で お見送りします。

對客人要以笑臉送行。

23 めいわくします❶【迷惑します】困擾

毎晩 遅くまで 隣の 家から テレビを 音が 聞えて 迷惑して います。

每天晚上到了很晚，還是聽得到隔壁傳來的電視聲音，很困擾。

24 やくそくします❻【約束します】約定

日曜日 子供と 海へ 遊びに 行く 約束しました。

約好了星期日跟孩子去海邊玩。

25 やけどします❺【火傷します】燒傷、燙傷

足に やけどして、急いで 病院へ 行きました。

腳燙傷了，急急忙忙去了醫院。

26 ゆしゅつします❺【輸出します】 輸出、出口 ☐☐

台湾<ruby>たいわん</ruby>から　日本<ruby>にほん</ruby>へ　花<ruby>はな</ruby>が　<u>輸出<ruby>ゆしゅつ</ruby>されて</u>　います。

從台灣輸出花到日本。

---

27 ゆにゅうします❺【輸入します】 輸入、進口 ☐☐

外国<ruby>がいこく</ruby>から　石油<ruby>せきゆ</ruby>が　<u>輸入<ruby>ゆにゅう</ruby>されて</u>　います。

從外國輸入石油。

---

28 よういします❶【用意します】 準備 ☐☐

明日<ruby>あした</ruby>の　パーティーは　もう　<u>用意<ruby>ようい</ruby>できました</u>か。

明天的派對已經準備好了嗎？

---

29 よしゅうします❺【予習します】 預習 ☐☐

授業<ruby>じゅぎょう</ruby>が　難<ruby>むずか</ruby>しいので、いつも　授業<ruby>じゅぎょう</ruby>の　前<ruby>まえ</ruby>には　<u>予習<ruby>よしゅう</ruby>して</u>　おきます。

課程很難，所以我總是在課前預習好。

---

30 よていします❺【予定します】 預定 ☐☐

会議<ruby>かいぎ</ruby>の　後<ruby>あと</ruby>は　食事会<ruby>しょくじかい</ruby>が　<u>予定<ruby>よてい</ruby>されて</u>　おります。

會議後預定有餐會。

---

31 よやくします❺【予約します】 預約 ☐☐

あの　店<ruby>みせ</ruby>は　人気<ruby>にんき</ruby>が　あるから、<u>予約<ruby>よやく</ruby>して</u>　行<ruby>い</ruby>った　ほうが　いいですよ。

那間店很受歡迎，所以預約的話比較好喔。

---

32 りこんします❺【離婚します】 離婚 ☐☐

姉<ruby>あね</ruby>が　<u>離婚<ruby>りこん</ruby>して</u>、実家<ruby>じっか</ruby>に　戻<ruby>もど</ruby>って　来<ruby>き</ruby>ました。

姊姊離了婚，回老家來了。

---

33 りゅうがくします❻【留学します】 留學 ☐☐

お金<ruby>かね</ruby>が　あったら、日本<ruby>にほん</ruby>へ　<u>留学<ruby>りゅうがく</ruby>したい</u>です。

有錢的話，想去日本留學。

34 りょうがえします❻【両替します】 換錢 □□

どこで 両替できますか。

在哪裡可以換錢呢？

35 れんしゅうします❻【練習します】 練習 □□

毎日 1時間 ピアノの 練習して います。

每天練習鋼琴一個小時。

36 ろくおんします❻【録音します】 錄音 □□

会議の 様子を 録音して おかなければ なりません。

會議的過程不錄音起來不行。

練習問題

1. いつも 会議の 様子を ろくおんして います。
   ①録音 ②禄音 ③縁音 ④緑音

2. この 日本語を ほんやくして いただけませんか。
   ①本訳 ②音訳 ③翻訳 ④通訳

3. 明日 やっと 父が たいいんします。
   ①退引 ②退任 ③退院 ④退職

4. パーティーの よういが まだ できて いません。
   ①用意 ②準備 ③予約 ④約束

5. この 店は 人気が あるので、なかなか （ ） できません。
   ①計画 ②約束 ③予定 ④予約

6. （ ） しても できない ことが あります。
   ①注文 ②努力 ③仕事 ④無駄

7. 夜　隣の　家が　うるさくて　（　　　）して　います。
　　①配達　　　　　②迷惑　　　　　③注意　　　　　④両替

解答：1.①　2.③　3.③　4.①　5.④　6.②　7.②

問題解析

1. いつも会議の様子を録音しています。　總是把會議的狀況錄音下來。
2. この日本語を翻訳していただけませんか。

　　可不可以請您幫忙翻譯這句日語呢？

3. 明日やっと父が退院します。　父親明天終於要出院了。
4. パーティーの用意がまだできていません。　派對的準備還未完成。
5. この店は人気があるので、なかなか予約できません。

　　這家店很受歡迎，所以一直預約不了。

6. 努力してもできないことがあります。　也有努力卻辦不到的事情。
7. 夜隣の家がうるさくて迷惑しています。

　　晚上隔壁鄰居很吵，很困擾。

D 🔊 MP3-38

1 アドバイスします❶　建議 ☐☐

先生に　日本語の　勉強方法に　ついて　アドバイスして
もらいました。

從老師那裡得到了關於日語學習方法的建議。

2 イメージします❶　想像、印象 ☐☐

将来　自分が　何を　して　いるか　全然　イメージできません。

將來自己要做什麼完全無法想像。

3 キャンセルします❶　取消 ☐☐

風邪を　引いたので　旅行を　キャンセルしました。

因為感冒，所以取消了旅行。

4 キャンプします❶　露營 ☐☐

一年に　一度　家族で　キャンプして　います。

一年一次正跟家人露營。

5 サインします❶　簽名 ☐☐

すみませんが、ここに　サインして　ください。

不好意思，請在這裡簽名。

6 サービスします❶　服務、招待 ☐☐

この　レストランは　オープンした　ばかりなので、今　飲み物を
サービスして　います。

這間餐廳才剛開幕，所以現在有招待飲料。

7 ダウンロードします❹　下載 ☐☐

申込用紙は　ダウンロードできますよ。

可以下載報名表喔。

171

8 チェックします❶　確認

間違いが　ないか　どうか　よく　チェックして　ください。

請好好確認有沒有錯誤。

9 チャットします❺　聊天、閒聊

よく　日本の　友達と　日本語で　チャットして　います。

常常和日本的朋友用日語聊天。

10 デートします❶　約會

最近　忙しくて、彼女とは　デートする　時間が　ありません。

最近很忙，沒有時間和女朋友約會。

11 トランプします❷　玩撲克牌

休み時間は　トランプして　遊んで　います。

休息時間在玩撲克牌。

12 ハイキングします❶　健走

今日は　天気が　いいから　公園で　ハイキングしましょうか。

因為今天天氣很好，一起去公園健走吧？

13 メモします❶　筆記

今から　卒業旅行に　ついて　説明を　するので、大切な
ところは　メモして　ください。

因為從現在開始要說明關於畢業旅行的事情，重要的地方請做筆記。

練習問題

1. 申し込み用紙は　無料で　だうんろーどできます。

①ダランラード　②ダラソロード　③グウソルード　④ダウンロード

2. 彼氏と　毎晩　寝る　前に　ちゃっとして　います。

①チェット　　②チョット　　③キュット　　④チャット

3. 10年後の　自分を　（　　　　）して　みて　ください。

①イメージ　　②キャンプ　　③ボールング　　④デート

4. 日本の　留学に　ついて　先生から　（　　　　）して　もらいました。

①アカウント　　②アルバイト　　③アドバイス　　④アウトドア

解答：1. ④　2. ④　3. ①　4. ③

問題解析

1. 申し込み用紙は無料でダウンロードできます。　申請單可以免費下載。

2. 彼氏と毎晩寝る前にチャットしています。　每天晚上睡前和男朋友聊天。

3. 10年後の自分をイメージしてみてください。

請想像看看自己十年後的樣子。

4. 日本の留学について先生からアドバイスしてもらいました。

從老師那裡得到了關於日本留學的建議。

総合練習（總複習）

<ruby>総合練習<rt>そうごうれんしゅう</rt></ruby>

問題 1

1. 壁に　父が　描いた　絵を　飾って　います。
　　①かって　　　　②かかって　　　③かざって　　　④かわって

2. これから　テストを　配ります。
　　①まもります　　②くばります　　③はいります　　④やります

3. これは　壊れやすいので、触らないで　ください。
　　①われ　　　　　②くずれ　　　　③こわれ　　　　④やぶれ

4. ハンドルを　しっかり　握って　運転します。
　　①にぎって　　　②もって　　　　③とって　　　　④きって

5. ゴミは　きちんと　拾って　持って　帰って　ください。
　　①つくって　　　②のぼって　　　③さわって　　　④ひろって

6. 家の　前に　桜の　木を　植えました。
　　①はえました　　②うえました　　③かえました　　④きえました

7. 頭を　下げて　挨拶します。
　　①さげて　　　　②まげて　　　　③したげて　　　④あげて

8. 小さい　時は　祖父母に　育てられました。
　　①ほめてられました　　　　　　②たずねてられました
　　③かえてられました　　　　　　④そだてられました

9. ここでは　タバコは　遠慮して　ください。
　　①しつれい　　②えんりょ　　　③きんえん　　　④そんけい

10. 来月　帰国する　予定です。

　　①かえくに　　　②かえこく　　　③きこく　　　　④きごく

解答：1.③　2.②　3.③　4.①　5.④　6.②　7.①　8.④　9.②　10.③

問題解析 1

1. 壁<ruby>壁<rt>かべ</rt></ruby>に<ruby>父<rt>ちち</rt></ruby>が<ruby>描<rt>か</rt></ruby>いた<ruby>絵<rt>え</rt></ruby>を<ruby>飾<rt>かざ</rt></ruby>っています。　牆壁上裝飾著爸爸畫的畫。

2. これからテストを<ruby>配<rt>くば</rt></ruby>ります。　現在開始發考卷。

3. これは<ruby>壊<rt>こわ</rt></ruby>れやすいので、<ruby>触<rt>さわ</rt></ruby>らないでください。

　這個很容易壞，所以請不要觸摸。

4. ハンドルをしっかり<ruby>握<rt>にぎ</rt></ruby>って<ruby>運転<rt>うんてん</rt></ruby>します。　緊握方向盤行駛。

5. ゴミはきちんと<ruby>拾<rt>ひろ</rt></ruby>って<ruby>持<rt>も</rt></ruby>って<ruby>帰<rt>かえ</rt></ruby>ってください。

　請確實把垃圾撿起來帶回去。

6. <ruby>家<rt>いえ</rt></ruby>の<ruby>前<rt>まえ</rt></ruby>に<ruby>桜<rt>さくら</rt></ruby>の<ruby>木<rt>き</rt></ruby>を<ruby>植<rt>う</rt></ruby>えました。　在家的前面種植了櫻花樹。

7. <ruby>頭<rt>あたま</rt></ruby>を<ruby>下<rt>さ</rt></ruby>げて<ruby>挨拶<rt>あいさつ</rt></ruby>します。　頭低下來打招呼。

8. <ruby>小<rt>ちい</rt></ruby>さい<ruby>時<rt>とき</rt></ruby>は<ruby>祖父母<rt>そふぼ</rt></ruby>に<ruby>育<rt>そだ</rt></ruby>てられました。　小時候被祖父母養育。

9. ここではタバコは<ruby>遠慮<rt>えんりょ</rt></ruby>してください。　這裡請勿抽菸。

10. <ruby>来月<rt>らいげつ</rt></ruby><ruby>帰国<rt>きこく</rt></ruby>する<ruby>予定<rt>よてい</rt></ruby>です。　預定下個月回國。

1. 父の 会社で 仕事の けいけんしました。
　①経験　　　　②軽験　　　　③経険　　　　④経検

2. ダンスパーティーに しょうたいして もらいました。
　①紹侍　　　　②昭待　　　　③招待　　　　④招侍

3. 庭に 犬の 小屋を たてたいです。
　①構て　　　　②立て　　　　③建て　　　　④築て

4. まず 卵と 砂糖を まぜます。
　①換ぜます　　②混ぜます　　③交ぜます　　④雑ぜます

5. 冷蔵庫に ビールが ひやして あります。
　①涼やして　　②寒やして　　③凍やして　　④冷やして

6. 新聞を 読んだら、元の 場所に もどして おいて ください。
　①還して　　　②戻して　　　③返して　　　④往して

7. 温泉に 入って あたたまりました。
　①暖まりました　②暑まりました　③温まりました　④熱まりました

8. 父は おこりやすい 性格です。
　①慣こり　　　②恨こり　　　③怖こり　　　④怒こり

9. チケット売り場の 前に 大勢の 人が ならんで います。
　①列んで　　　②並んで　　　③立んで　　　④集んで

10. 今でも 納豆の 匂いには なれません。
　①好れません　②臭れません　③慣れません　④嗅れません

解答：1.①　2.③　3.③　4.②　5.④　6.②　7.③　8.④　9.②　10.③

問題解析 2

1. 父の会社で仕事の経験しました。　在父親的公司習得工作的經驗了。

2. ダンスパーティーに招待してもらいました。　收到舞會的邀請。

3. 庭に犬の小屋を建てたいです。　想在庭院建個狗屋。

4. まず卵と砂糖を混ぜます。　首先將蛋和砂糖混合。

5. 冷蔵庫にビールが冷やしてあります。　在冰箱有冰鎮的啤酒。

6. 新聞を読んだら、元の場所に戻しておいてください。

　閱讀完報紙後，請歸回原位。

7. 温泉に入って温まりました。　泡進溫泉後暖和了。

8. 父は怒りやすい性格です。　爸爸是易怒性格。

9. チケット売り場の前に大勢の人が並んでいます。售票處前排著大批的人。

10. 今でも納豆の匂いには慣れません。　到現在還是不習慣納豆的味道。

問題 3

1. 道路が　（　　　）　います。雨が　降ったようですね。

　　①よごれて　　　②こわれて　　　③すべって　　　④ぬれて

2. 大変でも　（　　　）で、頑張って　ください。

　　①おちない　　　②こたえ　　　③やけない　　　④まけない

3. 少し　（　　　）と、体に　悪いですよ。

　　①とまらない　　②やせない　　　③かからない　　④なまけない

4. いくら 勉強しても 分からないので、（　　　）　しまいました。
　　①あきらめて　　②よっぱらって　③へって　　　　④まよって

5. この スカートは もう （　　　） いません。
　　①たりて　　　　②ふとって　　　③はやって　　　④あがって

6. 雨が （　　　）ら、出かけましょう。
　　①やんだ　　　　②やめた　　　　③とれた　　　　④とめた

7. この 花は 毎日 水を あげないと （　　　）ませんよ。
　　①うみ　　　　　②ころし　　　　③つれ　　　　　④そだち

8. 教室では （　　　）は いけません。
　　①いれて　　　　②うかがって　　③さわいで　　　④はいって

9. 料理を 出す 前に テーブルを （　　　） ください。
　　①ならんで　　　②ふいて　　　　③かざって　　　④かたづいて

10. お風呂が （　　　） いますから、先に 入って ください。
　　①あたたまって　②いそいで　　　③わいて　　　　④やけて

解答：1.④　2.④　3.②　4.①　5.③　6.①　7.④　8.③　9.②　10.③

問題解析 3

1. 道路が濡れています。雨が降ったようですね。

路上濕濕的。好像下過雨呢。

2. 大変でも負けないで、頑張ってください。

即使再辛苦也不能輸，請加油。

3. 少し痩せないと、体に悪いですよ。如果不瘦一點的話，對身體不好喔。

4. いくら勉強しても分からないので、諦めてしまいました。

因為再怎麼用功也不懂，所以就放棄了。

5. このスカートはもう流行っていません。　這件裙子已經不流行了。

6. 雨が止んだら、出かけましょう。　如果雨停的話，就出門吧。

7. この花は毎日水をあげないと育ちませんよ。

這朵花不每天澆水的話是無法生長的喔。

8. 教室では騒いではいけません。　在教室不能喧嘩。

9. 料理を出す前にテーブルを拭いてください。　在上菜之前請擦拭桌子。

10. お風呂が沸いていますから、先に入ってください。

浴缸的水已經燒好了，請先去洗澡。

自動詞

1 上がります ❹ 上升

昼は温度が上がります。 中午溫度會上升。

2 開きます ❸ 開

自動ドアが開きます。 自動門打開。

3 集まります ❺ 聚集

人が集まっています。 人聚集著。

4 動きます ❹ 運作

コピー機が動きません。 影印機無法運作。

5 生まれます ❹ 出生、產生

子供が生まれました。 小孩出生了。

6 落ちます ❸ 掉落

荷物が落ちました。 行李掉了。

7 折れます ❸ 折斷、轉彎

台風で傘が折れました。 因為颱風傘折斷了。

8 決まります ❹ 決定

結婚が決まりました。 婚事決定了。

9 変わります ❹ 變化

信号の色が変わりました。 紅綠燈的顏色改變了。

10 消えます ❸ 熄滅

風で火が消えました。 火因為風熄滅了。

11 聞こえます ❹ 聽得到

隣から音楽が聞こえます。 聽得到從鄰居那傳來的音樂。

他動詞

1 上<ruby>げます<rt></rt></ruby>**❸** 舉起

分かる人は手を上げます。 知道的人舉手。

2 開けます**❸** 打開

暑いので窓を開けます。 因為很熱而打開窗戶。

3 集めます**❹** 收集、集中

趣味で切手を集めます。 因為興趣收集郵票。

4 動かします**❺** 運作

手で機械を動かします。 手動操作機器。

5 生みます**❸** 產生

いい友情を生みます。 產生好的友情。

6 落とします**❹** 弄掉、弄丟

木の上からリンゴを落とします。 把蘋果從樹上弄掉下來。

7 折ります**❸** 折斷、彎曲

箸を一本折ってしまいました。 不小心把一根筷子折斷了。

8 決めます**❸** 決定

旅行の日を決めましょう。 決定旅行的日期吧。

9 変えます**❸** 變更、更改

テレビのチャンネルを変えます。 變換電視的頻道。

10 消します**❸** 關

電気を消します。 關電燈。

11 聞きます**❸** 聽

ラジオを聞きます。 聽廣播。

12 切れます❸ 斷絕、用盡

くつの紐が切れました。 鞋帶斷掉了。

13 壊れます❹ 壞、碎、倒塌

パソコンが壊れました。 個人電腦壞掉了。

14 下がります❹ 下降、懸掛

夜になると温度が下がります。 一到晚上溫度就會下降。

15 閉まります❹ 關

自動ドアが閉まります。 自動門關閉。

16 揃います❹ 齊全、具備

家族揃ってごはんを食べます。 家族團聚一起吃飯。

17 倒れます❹ 倒塌

台風で木が倒れました。 因為颱風樹倒了。

18 足ります❸ 足夠

お金が足りません。 錢不夠。

19 つきます❸ 開

隣の家の電気がついています。 鄰家的燈是開著的。

20 続きます❹ 繼續

いい天気が続くでしょう。 好天氣會持續下去吧。

21 出ます❷ 出去

朝7時に家を出ます。 早上七點離開家。

22 届きます❹ 送達

実家から荷物が届きます。 行李從老家送達。

23 止まります❹ 停止

雪で電車が止まります。 因為雪的關係，所以電車停止了。

24 取れます❸ 脫落、掉下

ボタンが取れました。 鈕子掉下來了。

12 切ります ❸　剪、切、割

紙を切ります。　剪紙。

13 壊します ❹　弄壊

古い家を壊します。　破壞老房子。

14 下げます ❸　降低、懸掛

テレビの音を下げます。　把電視聲音調小。

15 閉めます ❸　關

寒いので窓を閉めます。　很冷，所以關窗。

16 揃えます ❹　使～一致

椅子を揃えます。　把椅子排整齊。

17 倒します ❹　弄倒

椅子を後ろに倒します。　把椅子往後面倒。

18 足します ❸　添加

少し砂糖を足します。　加一點砂糖。

19 つけます ❸　開

暗いので電気をつけましょう。　因為很暗，把電燈打開吧。

20 続けます ❹　繼續

日本語の勉強を続けます。　繼續學日語。

21 出します ❸　拿出、提出

犬を外に出します。　把狗帶去外面。

22 届けます ❹　送到

実家に荷物を届けます。　把行李送到老家。

23 止めます ❸　停

コンビニの前で車を止めます。　在便利商店前面停車。

24 取ります ❸　拿、取

棚からお皿を取ります。　從櫃子裡取出盤子。

25 入ります ❹ 進入

レストランに入ります。 進入餐廳。

26 始まります ❺ 開始

8時に授業が始まります。 課從八點開始。

27 外れます ❹ 脫落、掉下、離開

ボタンが外れました。 按鈕掉了。

28 冷えます ❸ 變冷、覺得冷

このビールはとても冷えています。 這個啤酒非常冰。

29 増えます ❸ 增加

給料が増えました。 薪水增加了。

30 減ります ❸ 減少

体重が減りました。 體重減少了。

31 なくなります ❺ 不見、消失

ビーチからゴミがなくなりました。 垃圾從海邊消失了。

32 治ります ❹ 治好、痊癒

風邪が治りました。 感冒治好了。

33 直ります ❹ 修理、改正

車が直りました。 車修理好了。

34 煮えます ❸ 煮、煮熟

野菜が煮えて柔らかくなりました。 蔬菜燉煮後變軟了。

35 曲がります ❹ 彎、轉彎

右へ曲がります。 右轉。

36 回します ❹ 旋轉

皿を回します。 旋轉盤子。

37 見えます ❸ 看得見

星が見えます。 看得見星星。

25 入_いれます ❸　倒入

コーヒーにミルクを入_いれます。　把牛奶倒入咖啡。

26 始_{はじ}めます ❹　開始

これから授業_{じゅぎょう}を始_{はじ}めます。　從現在起，開始上課。

27 外_{はず}します ❹　取下、摘下、解開

苦_{くる}しいので、ボタンを外_{はず}しました。　因為難受，把鈕扣解開了。

28 冷_ひやします ❹　涼一涼、冷靜下來、冰敷

ビールを冷_ひやしておきます。　先把啤酒冰起來。

29 増_ふやします ❹　增加

仕事_{しごと}を増_ふやします。　增加工作。

30 減_へらします ❹　減少

油_{あぶら}を減_へらします。　減少油。

31 なくします ❹　遺失

財布_{さいふ}をなくしました。　遺失了錢包。

32 治_{なお}します ❹　治療、醫治

父_{ちち}の病気_{びょうき}を治_{なお}したいです。　想要治好爸爸的病。

33 直_{なお}します ❹　修理、修改

自分_{じぶん}でパソコンを直_{なお}します。　自己修理個人電腦。

34 煮_にます ❷　煮、燉、燜

材料_{ざいりょう}を鍋_{なべ}に入_いれて、弱火_{よわび}で煮_にます。　把材料放進鍋裡，用小火燉煮。

35 曲_まげます ❸　彎曲、弄彎

手品_{てじな}でスプーンを曲_まげます。　用魔術把湯匙弄彎。

36 回_{まわ}ります ❹　轉動

こまが回_{まわ}っています。　陀螺在轉動。

37 見_みます ❷　看

テレビを見_みます。　看電視。

38 見つかります❺　看到、發現

財布が見つかりました。　錢包找到了。

39 燃えます❸　燃燒

火が燃えます。　火在燃燒。

40 焼けます❸　起火、烤熟、曬黑

魚が焼けました。　魚烤好了。

41 汚れます❹　弄髒

服が絵具で汚れました。　因為畫具衣服髒了。

42 破れます❹　破

袋が破れました。　袋子破掉了。

43 沸きます❸　沸騰

お湯が沸きます。　水沸騰。

44 割れます❸　破掉、裂開

コップが割れました。　杯子破掉了。

38 見<ruby>み<rt></rt></ruby>つけます ❹ 找到、發現

一番星<ruby>いちばんぼし<rt></rt></ruby>を見<ruby>み<rt></rt></ruby>つけました。 發現了第一顆星星。

39 燃<ruby>も<rt></rt></ruby>やします ❹ 燃燒

紙<ruby>かみ<rt></rt></ruby>を燃<ruby>も<rt></rt></ruby>やします。 燃燒紙。

40 焼<ruby>や<rt></rt></ruby>きます ❸ 燒、烤

パンを焼<ruby>や<rt></rt></ruby>きます。 烤麵包。

41 汚<ruby>よご<rt></rt></ruby>します ❹ 弄髒

息子<ruby>むすこ<rt></rt></ruby>は毎日服<ruby>まいにちふく<rt></rt></ruby>を汚<ruby>よご<rt></rt></ruby>します。 兒子每天都把衣服弄髒。

42 破<ruby>やぶ<rt></rt></ruby>ります ❹ 弄破、撕破

紙<ruby>かみ<rt></rt></ruby>を破<ruby>やぶ<rt></rt></ruby>ります。 把紙撕破。

43 沸<ruby>わ<rt></rt></ruby>かします ❹ 燒開、燒熱

お風呂<ruby>ふろ<rt></rt></ruby>を沸<ruby>わ<rt></rt></ruby>かします。 把浴缸的水燒熱。

44 割<ruby>わ<rt></rt></ruby>ります ❸ 切開、割開

氷<ruby>こおり<rt></rt></ruby>を割<ruby>わ<rt></rt></ruby>ります。 把冰敲開。

1. 明日は　朝　8時から　授業が　（始まり・始め）ます。

2. 車の　窓が　（汚して・汚れて）　いるので、前が　よく　見えません。

3. 忘れないように　かばんの　中に　傘を　（入れて・入って）
　おきました。

4. この　書類、部長に　（届け・届き）ましょうか。

5. パンが　真っ黒に　（焼いて・焼けて）　いますよ。

6. 宿題は　明日の　5時までに　（出して・出て）　ください。

7. 自転車を　友達に　（直して・直って）　もらいました。

8. 棚の　上から　何か　（降ろして・落ちて）　来ました。

9. ドアが　（開けます・開きます）ので、ドアの　近くの　人は　気を
　つけて　ください。

10. 新しい　パン屋の　前に　大勢の　人が　（並べて・並んで）
　います。

11. 友達に　もらった　お皿を　（割って・割れて）　しまいました。

12. あっ、ボタンが　（取り・取れ）そうですよ。

13. やっと　仕事が　（終わって・終えて）、うれしいです。

14. 台風で　多くの　家が　（倒し・倒れ）ました。

15. 音を　大きく　したい　場合は、この　つまみを　（回して・回っ
　て）　ください。

16. ダイエットの　ために、少し　砂糖を　（減らして・減って）、
　コーヒーを　飲みます。

17. まず　先に　お湯を　（沸かして・沸いて）　ください。

18. 袋が　（破って・破れて）　いたので、中の　物が　落ちて
しまいました。

19. ここで　ごみを　（燃やして・燃えて）は　いけませんよ。

20. 肉が　柔らかく　なるように　時間を　かけて　（煮ました・煮え
ました）。

1-2
動詞

問題解析

1. 明日は朝8時から授業が（始まり・始め）ます。

明天早上從八點開始上課。

2. 車の窓が（汚して・汚れて）いるので、前がよく見えません。

因為車子的窗戶髒了，所以看不清楚前面。

3. 忘れないようにかばんの中に傘を（入れて・入って）おきました。

為了不要忘記，先在包包裡放了雨傘。

4. この書類、部長に（届け・届き）ましょうか。

這個文件，我幫你送到部長那吧。

5. パンが真っ黒に（焼いて・焼けて）いますよ。

麵包整個烤焦了喔。

6. 宿題は明日の5時までに（出して・出て）ください。

作業請明天五點之前交。

7. 自転車を友達に（直して・直って）もらいました。

我請朋友替我修好了腳踏車。

8. 棚の上から何か（落として・<u>落ちて</u>）来ました。

從櫃子的上方有什麼東西掉下來了。

9. ドアが（開けます・<u>開きます</u>）ので、ドアの近くの人は気をつけてください。

因為門是開著的，靠近門的人請小心。

10. 新しいパン屋の前に大勢の人が（並べて・<u>並んで</u>）います。

在新的麵包店前有很多人在排隊。

11. 友達にもらったお皿を（<u>割って</u>・割れて）しまいました。

把從朋友那裡收到的盤子打破了。

12. あっ、ボタンが（取り・<u>取れ</u>）そうですよ。

啊，鈕扣好像要掉了哦。

13. やっと仕事が（<u>終わって</u>・終えて）、うれしいです。

工作終於結束了，好開心。

14. 台風で多くの家が（倒し・<u>倒れ</u>）ました。

因為颱風，很多房子倒了。

15. 音を大きくしたい場合は、このつまみを（<u>回して</u>・回って）ください。

想要把音量調大聲的話，請轉這個鈕。

16. ダイエットのために、少し砂糖を（<u>減らして</u>・減って）、コーヒーを飲みます。

為了減肥，減糖喝咖啡。

17. まず先にお湯を（<u>沸かして</u>・沸いて）ください。

首先請先把熱水煮沸。

18. 袋が（破って・<u>破れて</u>）いたので、中の物が落ちてしまいました。

因為袋子破了，裡面的東西掉了出來。

19. ここでごみを（燃やして・燃えて）はいけませんよ。

在這裡不能燒垃圾喔。

20. 肉が柔らかくなるように時間をかけて（煮ました・煮えました）。

為了讓肉變軟，花了時間燉煮。

1-3 形容詞（形容詞）

1-3-1 い形容詞（い形容詞）

A：感覚・感情（感覺、感情） 🔊 MP3-40

1 うまい ❷【美味い】 好吃的、美味的 ☐☐

この ラーメンは うまいです。
這個拉麵很好吃。

➡ まずい ❷【不味い】 不好吃的、難吃的

2 うるさい ❸【煩い】 吵鬧的、煩人的 ☐☐

うるさい 学生は 教室から 出て 行って ください。
吵鬧的學生請出教室。

➡ しずか（な）❶【静か（な）】 安靜（な形容詞）

3 おかしい ❸①奇怪的 ②滑稽的 ☐☐

「おかしいな。ここに 眼鏡を 置いて おいたんだけど……」
「真奇怪呢。明明把眼鏡先放在這裡的……」
あの 先生は いつも おかしい 話を して、笑わせて くれます。
那位老師經常說很滑稽的話，讓我們笑。

4 おそろしい ❹【恐ろしい】 恐怖的、令人害怕的 ☐☐

アメリカで 恐ろしい 事件が 起こりました。
在美國發生了恐怖的事件。

5 かゆい ❷【痒い】 癢的 ☐☐

蚊に 刺されて、かゆいです。
被蚊子叮，很癢。

6 きつい ⓪ 緊的、嚴苛的

<ruby>最近<rt>さいきん</rt></ruby>　<ruby>太<rt>ふと</rt></ruby>ったので、どの　ズボンも　<u>きつくて</u>　はけません。

因為最近胖了，不管哪件褲子都很緊，穿不起來。

↔ ゆるい ❷【緩い】寬鬆的、緩慢的

7 きびしい ❸【厳しい】 嚴厲的

<ruby>私<rt>わたし</rt></ruby>の　<ruby>父<rt>ちち</rt></ruby>は　<ruby>教育<rt>きょういく</rt></ruby>に　とても　<u><ruby>厳<rt>きび</rt></ruby>しい</u>　<ruby>人<rt>ひと</rt></ruby>です。

我的父親是對教育非常嚴厲的人。

↔ やさしい ⓪【優しい】溫柔的

8 くるしい ❸【苦しい】 痛苦的

<ruby>食<rt>た</rt></ruby>べすぎて、おなかが　<u><ruby>苦<rt>くる</rt></ruby>しい</u>です。

吃太多，肚子很難受。

9 さびしい ❸【寂しい】 寂寞的

<ruby>家族<rt>かぞく</rt></ruby>に　<ruby>会<rt>あ</rt></ruby>えなくて、<u><ruby>寂<rt>さび</rt></ruby>しい</u>です。

不能和家人見面，很寂寞。

10 しおからい ❹【塩辛い】 鹹的

<ruby>日本<rt>にほん</rt></ruby>の　ラーメンは　<ruby>台湾<rt>たいわん</rt></ruby>のより　<u><ruby>塩辛<rt>しおから</rt></ruby>い</u>と　<ruby>言<rt>い</rt></ruby>われて　います。

大家都說日本的拉麵比台灣的鹹。

11 すっぱい ❸【酸っぱい】 酸的

「<ruby>酸辣湯<rt></rt></ruby>」は　<u><ruby>酸<rt>す</rt></ruby>っぱくて</u>　<ruby>辛<rt>から</rt></ruby>い　スープです。

「酸辣湯」是又酸又辣的湯。

12 すごい ❷【凄い】 厲害的

「<ruby>娘<rt>むすめ</rt></ruby>さん、<ruby>有名<rt>ゆうめい</rt></ruby>な　<ruby>Ａ<rt>エー</rt></ruby><ruby>大学<rt>だいがく</rt></ruby>に　<ruby>合格<rt>ごうかく</rt></ruby>したそうですね。

<u>すごいです</u> ね。」

「您的女兒，聽說上了有名的A大學呢。真是厲害呢。」

13 すばらしい❹【素晴らしい】 很棒的 　　　　　□ □

今日は　素晴らしい　スピーチを　聞かせて　もらって
ありがとう　ございました。

感謝您今天讓我們聽到了這麼棒的演講。

---

14 にがい❷【苦い】 苦的 　　　　　　　　　　□ □

辛いのは　好きですが、苦いのは　好きじゃ　ありません。

雖然喜歡辣的，但不喜歡苦的。

---

15 ぬるい❷【温い】 溫的、溫和的 　　　　　　　□ □

早く　食べないと、スープが　ぬるく　なって　しまいますよ。

不快點吃的話，湯就會變溫喔。

---

16 ねむい❶❷【眠い】 睏的、想睡的 　　　　　　□ □

つまらない　授業は　眠く　なります。

無聊的課程讓人變得想睡覺。

---

17 はずかしい❹【恥ずかしい】 害羞的、羞恥的 　　□ □

皆の　前で　歌を　歌うのは　恥ずかしいです。

在大家面前唱歌很害羞。

練習問題

1. 父は　きびしい　人です。

　①厳　　　　　　②巌　　　　　　③巖　　　　　　④厳

2. これは　にがいですが、健康に　いいですよ。

　①怖　　　　　　②暗　　　　　　③苦　　　　　　④辛

194

3. 変な　物を　食べて、急に　体が　（　　　）　なりました。
　①ゆるく　　　　　②かゆく　　　　　③きつく　　　　　④よくに

4. 皆の　前では　（　　　）て、何も　話せませんでした。
　①はずかしく　　②おとなしく　　③さびしく　　　　④すばらしく

5. 道の　真ん中で　寝て　いる　サラリーマンを　見て、（　　　）です。
　①おいしかった　②おもかった　　③おかしかった　④おしかった

6. 薬は　（　　　）　お湯で　飲んで　ください。
　①すっぱい　　　②おそろしい　　③はげしい　　　　④ぬるい

解答：1.①　2.③　3.②　4.①　5.③　6.④

問題解析

1. 父は厳しい人です。　爸爸是嚴格的人。

2. これは苦いですが、健康にいいですよ。

這個雖然很苦，但是對健康很好喔。

3. 変な物を食べて、急に体がかゆくなりました。

吃了奇怪的東西，身體突然變得很癢。

4. 皆の前でははずかしくて、何も話せませんでした。

在大家的面前很害羞，說不出任何話。

5. 道の真ん中で寝ているサラリーマンを見て、おかしかったです。

看到在道路的正中間睡著一位上班族，真奇怪。

6. 薬はぬるいお湯で飲んでください。　請用溫水服藥。

1 あさい ⓪ 【浅い】 淺的 ☐☐

ここは　子供も　泳げるように　浅い　プールに　なって　います。

這裡為了讓小孩也能游泳，所以做成淺的游泳池。

↔ ふかい ② 【深い】 深的

2 あぶない ⓪ 【危ない】 危險的 ☐☐

ここは　とても　危ないですから、入っては　いけません。

因為這裡非常危險，所以不能進入。

↔ あんぜん（な）⓪ 【安全（な）】 安全（な形容詞）

3 えらい ② 【偉い】 偉大的、了不起的 ☐☐

（歯医者で）「今日は　泣かないで　えらかったね。」

（牙醫師）「今天沒有哭，很棒喔。」

4 おそい ⓪ ② 【遅い】 慢的、晚的 ☐☐

バスは　電車より　遅いです。

公車比電車慢。

↔ **15** はやい ② 【早い】 早的

↔ **16** はやい ② 【速い】 快的

5 おとなしい ④ 【大人しい】 乖巧的、老實的 ☐☐

この　猫は　とても　おとなしいです。

這隻貓非常乖巧。

6 かたい ⓪ 【固い】 硬的、堅固的 ☐☐

パンを　焼きすぎて、固く　なって　しまいました。

麵包烤過頭，變得很硬。

↔ やわらかい ④ 【柔らかい】 柔軟的

7 かっこいい❹ 帥的 ☐ ☐

背が 高くて、かっこいい 彼が 欲しいです。
せ たか かれ ほ

想要身高又高、長得又帥的男朋友。

---

8 きたない❸【汚い】 髒的 ☐ ☐

彼の くつは とても 汚いです。
かれ きたな

他的鞋子非常髒。

➡ きれい（な）❶【綺麗（な）】 漂亮（な形容詞）

---

9 くらい❶【暗い】 暗的 ☐ ☐

この 道は 夜 とても 暗いです。
みち よる くら

這條路晚上非常暗。

➡ あかるい❶【明るい】 明亮的

---

10 こい❶【濃い】 濃的 ☐ ☐

「紺色」は 濃い 青色と いう 意味です。
こんいろ こ あおいろ いみ

「紺色」是濃厚的藍色的意思。

➡ うすい❶【薄い】 薄的、淡的、淺的

---

11 しかくい❸【四角い】 四角的、四方的 ☐ ☐

四角い テーブルと 丸い テーブル、どちらが いいと
しかく まる
思いますか。
おも

你覺得四角的桌子和圓形的桌子，哪個比較好呢？

➡ まるい❷【丸い】 圓的

---

12 したしい❸【親しい】 親密的 ☐ ☐

困った 事が あったら 親しい 友達に 相談します。
こま こと した ともだち そうだん

有困擾的事情的話，找親密的朋友商量。

13 ただしい ❸【正しい】 正確的 ☐☐

<ruby>正<rt>ただ</rt></ruby>しい <ruby>答<rt>こた</rt></ruby>えには <ruby>丸<rt>まる</rt></ruby>を つけて ください。

請在正確的答案上畫圈。

---

14 つよい ❷【強い】 強的 ☐☐

<ruby>今日<rt>きょう</rt></ruby>は <ruby>風<rt>かぜ</rt></ruby>が とても <ruby>強<rt>つよ</rt></ruby>いですね。

今天風非常強呢。

↔ よわい ❷【弱い】 弱小的、虚弱的

---

15 はやい ❷【早い】 早的 ☐☐

いつも <ruby>早<rt>はや</rt></ruby>く <ruby>起<rt>お</rt></ruby>きます。

總是很早起床。

↔ おそい ❶ ❷【遅い】 晚的

注意：請注意「<ruby>早<rt>はや</rt></ruby>い」（早的）和「<ruby>速<rt>はや</rt></ruby>い」（快的）的差別。「<ruby>早<rt>はや</rt></ruby>い」是指在基準的時間前完成事情，「<ruby>速<rt>はや</rt></ruby>い」則是指完成動作所需的時間很短。但反義都是「<ruby>遅<rt>おそ</rt></ruby>い」（晚的、慢的）。

---

16 はやい ❷【速い】 快的 ☐☐

<ruby>新幹線<rt>しんかんせん</rt></ruby>は <ruby>電車<rt>でんしゃ</rt></ruby>より <ruby>速<rt>はや</rt></ruby>いです。

新幹線比電車快。

↔ おそい ❶ ❷【遅い】 慢的

注意：參考 **15**「<ruby>早<rt>はや</rt></ruby>い」（早的）的注意事項。

---

17 はげしい ❸【激しい】 激烈的、劇烈的 ☐☐

<ruby>今日<rt>きょう</rt></ruby>は <ruby>午後<rt>ごご</rt></ruby>から <ruby>激<rt>はげ</rt></ruby>しい <ruby>雨<rt>あめ</rt></ruby>が <ruby>降<rt>ふ</rt></ruby>るでしょう。

今天下午開始可能會下豪大雨。

---

18 ひどい ❷【酷い】 過分的 ☐☐

<ruby>喧嘩<rt>けんか</rt></ruby>して、<ruby>彼<rt>かれ</rt></ruby>に ひどい <ruby>事<rt>こと</rt></ruby>を <ruby>言<rt>い</rt></ruby>われました。

因為吵架，被他説了很過分的話。

19 ふかい ❷ 【深い】 深的 ☐☐

この 川_{かわ}は 深_{ふか}くて、危険_{きけん}です。

這條河川很深，所以很危險。

↔ あさい ❶ 【浅い】 淺的

20 めずらしい ❹ 【珍しい】 稀有的、稀奇的 ☐☐

陳_{ちん}さんが 遅刻_{ちこく}するのは 珍_{めずら}しい ことですね。

陳先生會遲到，還真少見呢。

21 やさしい ❶ 【優しい / 易しい】 ①溫柔的 ②簡單的 ☐☐

日本語_{にほんご}の 先生_{せんせい}は やさしいです。

日語老師很溫柔。

この 問題_{もんだい}は やさしいです。

這個問題很簡單。

↔ むずかしい ❶ 【難しい】 困難的

＝ かんたん（な）❶ 【簡単（な）】 簡單（な形容詞）

注意：「やさしい」雖然有「溫柔的」和「簡單的」兩種意思，但只有作
為「簡單的」的意思時反義詞是「難_{むずか}しい」（困難的）。

22 やすい ❷ 【安い】 便宜的 ☐☐

最近_{さいきん} 飛行機_{ひこうき}の チケットは 安_{やす}いです。

最近機票很便宜。

↔ たかい ❷ 【高い】 貴的

23 やわらかい ❹ 【柔らかい】 柔軟的 ☐☐

赤_{あか}ちゃんや お年寄_{としよ}りの ために 柔_{やわ}らかい 料理_{りょうり}を 作_{つく}ります。

為了嬰兒和年長者做了柔軟的料理。

↔ かたい ❶ 【固い】 硬的、堅固的

24 ゆるい ❷ 【緩い】 寛鬆的、緩慢的 □□

ウエストが 少し きついですから、もう 少し 緩く して
ください。

因為腰部有點緊，請弄寬鬆點。

⟷ きつい ❷ 緊的

- -

25 よろしい ❸ 可以嗎、方便嗎 □□

明日 休ませて いただきたいんですが、よろしいですか。

明天想要休假，可以嗎？

- -

26 よわい ❷ 【弱い】 弱小的、虚弱的 □□

母は 体が 弱いです。

媽媽的身體很虚弱。

⟷ つよい ❷ 【強い】 強的

- -

27 わかい ❷ 【若い】 年輕的 □□

あの 若い 女の 人は、林先生ですよ。

那個年輕的女人，是林老師喔。

練習問題

1. 家を 出たのが、おそかったので、間に 合いませんでした。
　　①送　　　　②退　　　　③遅　　　　④痒

2. はげしい 雨が 降って います。
　　①激　　　　②醜　　　　③厳　　　　④鋭

3. 父が 家事を 手伝うのは とても めずらしいです。
　　①疹　　　　②参　　　　③珍　　　　④診

4. 大学の　時の　先生とは　まだ　（　　　）　して　います。
　①よろしく　　　②ただしく　　　③やわらかく　　④したしく

5. 今日の　スープは　ちょっと　味が　（　　　）です。
　①かたかった　　②こまかかった　③こかった　　　④ゆるかった

6. 川の　水が　（　　　）て、危ないですから、気を　付けて　ください。
　①ひくく　　　　②ふかく　　　　③あさく　　　　④かるく

7. 弟は　とても　けんかに　（　　　）です。
　①つまらない　　②よわい　　　　③きらい　　　　④すごい

解答：1.③　2.①　3.③　4.④　5.③　6.②　7.②

問題解析

1. 家を出たのが、遅かったので、間に合いませんでした。

　雖然出了門，但因為太晚，沒有趕上。

2. 激しい雨が降っています。　正下著傾盆大雨。

3. 父が家事を手伝うのはとても珍しいです。爸爸幫忙做家事是非常稀奇的。

4. 大学の時の先生とはまだ親しくしています。

　和大學時的老師還是很親密。

5. 今日のスープはちょっと味が濃かったです。　今天湯的味道有點濃。

6. 川の水が深くて、危ないですから、気を付けてください。

　因為河川水深又危險，請小心。

7. 弟はとてもけんかに弱いです。　弟弟吵架非常弱。（弟弟很不會吵架。）

1-3-2 な形容詞（な形容詞）

A 🔊 MP3-42

1 あんしん（な）⓪【安心（な）】 安心 ☐☐

子供は 安心な 人に 世話を して もらいたいです。

小孩想請安心的人幫忙照顧。

⟷ しんぱい（な）⓪【心配（な）】 擔心

---

2 いじわる（な）②【意地悪（な）】 壊心眼 ☐☐

隣の 席の 男の 子は 意地悪な 人です。

隔壁座位的男生是個壞心眼的人。

---

3 いたずら（な）⓪【悪戯（な）】 惡作劇 ☐☐

いたずらな 子供たちと 生活するのは 疲れますが、楽しいです。

和淘氣的孩子們生活雖然很累，但是很開心。

---

4 いや（な）②【嫌（な）】 討厭 ☐☐

最近 ニュースを 見ると 嫌な ニュースが 多いです。

最近一看新聞，討厭的新聞很多。

---

5 おなじ（な）⓪【同じ（な）】 相同 ☐☐

私と 陳さんの 誕生日は 同じです。

我和陳先生 / 小姐的生日同一天。

---

6 かわいそう（な）④ 可憐 ☐☐

捨てられて、かわいそうな 猫を 拾って 来ました。

撿起被丟棄的可憐的小貓來了。

7 きけん（な） **⓪**【危険（な）】 危險 ☐☐

危険ですから、海で 泳いでは いけません。

因為很危險，所以不能在海裡游泳。

⟷ あんぜん（な） **⓪**【安全（な）】 安全

8 けんこう（な） **⓪**【健康（な）】 健康 ☐☐

年を 取っても、ずっと 健康な 体で いたいです。

即使年邁，也想一直保持健康的身體。

9 けっこう（な） **❶**【結構（な）】 不用 ☐☐

「もう いっぱい いかがですか。」

「いいえ、もう けっこうです。」

「再來一碗如何呢？」

「不，已經不用了。」

10 さかん（な） **⓪**【盛ん（な）】 旺盛 ☐☐

昔 ここでは 商売が 盛んに 行われて いました。

以前這裡進行著繁盛的商業活動。

11 ざんねん（な） **❸**【残念（な）】 可惜 ☐☐

雨で 運動会が 中止に なって、残念です。

運動會因為下雨終止了，很可惜。

12 しあわせ（な） **⓪**【幸せ（な）】 幸福 ☐☐

結婚して、幸せな 家庭を 作りたいです。

想要結婚，組成幸福的家庭。

⟷ ふこう（な） **❷**【不幸（な）】 不幸

13 しつれい（な）❷【失礼（な）】 失禮、沒禮貌

せんせい まえ しつれい こと
先生の 前で 失礼な 事は しないで くださいね。

請不要在老師面前做沒禮貌的事情喔。

---

14 しんけん（な）❶【真剣（な）】 認真

がくせい しんけん こうちょうせんせい はなし き
学生たちは 真剣に 校長先生の 話を 聞いて います。

學生們認真地聽著校長說的話。

---

15 しんぱい（な）❶【心配（な）】 擔心

にほん ご し けん ごうかく しんぱい
日本語の 試験に 合格できたか どうか 心配です。

很擔心日語考試是否能夠合格。

↔ あんしん（な）❶【安心（な）】 安心

---

16 しょうじき（な）❸【正直（な）】 老實、誠實

なん しょうじき はな
何でも 正直に 話して ください。

不論什麼都請直說。

---

17 じゆう（な）❷【自由（な）】 自由

じ ゆう せいかつ
自由な 生活を したいです。

想過自由的生活。

---

18 じゃま（な）❶【邪魔（な）】 打擾、礙事

おお に もつ お じゃま
ここに 大きな 荷物が 置いて あるので、邪魔です。

因為在這裡放著很大的行李，很礙事。

---

19 じゅうぶん（な）❸【十分（な）】 充分、足夠

じゅうぶん じゅん び し けん
十分に 準備を してから、試験に チャレンジして ください。

充分準備後，請挑戰看看考試。

20 せいかく（な）**⓪**【正確（な）】 正確 ☐☐

<u>正確</u>に　発音して　ください。
せいかく　はつおん

請正確地發音。

21 そっくり**❸**　很相似 ☐☐

この　<u>家</u>の　<u>親子</u>は　<u>そっくり</u>です。
いえ　おやこ

這家的親子長得很像。

22 たいへん（な）**⓪**【大変（な）】 辛苦 ☐☐

この　<u>仕事</u>は　<u>大変</u>なのに、<u>給料</u>が　<u>安</u>いです。
しごと　たいへん　きゅうりょう　やす

這份工作很辛苦，薪水卻很少。

23 たしか（な）**❶**【確か（な）】 正確 ☐☐

それは　<u>確</u>かな　<u>話</u>です。
たし　はなし

那是實話。

練習問題

1. <u>正直</u>に　全部　話して　ください。
　　①せいなおる　　②しょうじき　　③ただじき　　④しょうちょく

2. 休み時間は　<u>自由</u>に　しても　いいですよ。
　　①じゆう　　　②じゅう　　　③じじゅう　　④じゅよう

3. この　道は　雨が　降ると、（　　　）ですから、通らないで
　　ください。
　　①たしか　　　②けっこう　　③さかん　　　④きけん

4. （　　　）なので、ここに　荷物を　置かないで。
　　①じゃま　　　②いたずら　　③いじわる　　④たいへん

5. まだ　（　　　）に　時間が　ありますから、急がなくても
いいですよ。
　　①あんしん　　　②あんぜん　　　③じゅうぶん　　④しんぱい

6. 娘は　私に　（　　　）だと　よく　言われます。
　　①しあわせ　　　②そっくり　　　③しんけん　　　④せいかく

解答：1.②　2.①　3.④　4.①　5.③　6.②

問題解析

1. 正直（しょうじき）に全部（ぜんぶ）話（はな）してください。　請全部從實招來。

2. 休（やす）み時間（じかん）は自由（じゆう）にしてもいいですよ。　休息時間可以自由活動唷。

3. この道（みち）は雨（あめ）が降（ふ）ると、危険（きけん）ですから、通（とお）らないでください。

　　這條路只要一下雨，就會很危險，所以請不要通行。

4. 邪魔（じゃま）なので、ここに荷物（にもつ）を置（お）かないで。　因為礙事，行李請不要放在這邊。

5. まだ十分（じゅうぶん）に時間（じかん）がありますから、急（いそ）がなくてもいいですよ。

　　因為時間還很充足，不用著急也沒關係喔。

6. 娘（むすめ）は私（わたし）にそっくりだとよく言（い）われます。　常常被人説女兒跟我很像。

1 だいじ（な）⓪【大事（な）】 重要 ☐☐

この 時計（とけい）は 祖父（そふ）から もらった 大事（だいじ）な 物（もの）です。
這個時鐘是從祖父那裡得到的重要的東西。

2 だいじょうぶ（な）❸【大丈夫（な）】 沒問題 ☐☐

「昨日（きのう） 日本（にほん）で 地震（じしん）が あったそうですが、大丈夫（だいじょうぶ）でしたか。」
「聽說昨天在日本有地震，還好嗎？」

3 だめ（な）❷【駄目（な）】 不行 ☐☐

だめな 事（こと）は 絶対（ぜったい）に やっては いけません。
不行的事情絕對不能做。

4 ていねい（な）❶【丁寧（な）】 禮貌、小心謹慎 ☐☐

この 書類（しょるい）は 丁寧（ていねい）に 書（か）いて ください。
這份資料請仔細書寫。

5 とくい（な）❷【得意（な）】 拿手 ☐☐

得意（とくい）な 科目（かもく）は 日本語（にほんご）です。
拿手的科目是日語。

↔ にがて（な）⓪【苦手（な）】 不擅長

6 とくべつ（な）⓪【特別（な）】 特別 ☐☐

今日（きょう）は 特別（とくべつ）に おいしい ワインを 準備（じゅんび）しました。
今天特別準備了美味的紅酒。

7 にがて（な）⓪【苦手（な）】 不擅長 ☐☐

運動（うんどう）は 苦手（にがて）なので、あまり しません。
因為對運動不擅長，所以不常做。

↔ とくい（な）❷【得意（な）】 拿手

8 ねっしん（な）❶【熱心（な）】 熱心、熱忱、認真 ☐☐

試験の 前なので、学生たちは 熱心に 勉強して います。

因為是考試前，學生們都很認真地在讀書。

---

9 ばか（な）❶【馬鹿（な）】 愚蠢 ☐☐

男子は いつも 馬鹿な 事を して、私たちを 笑わせて
くれます。

男生總是做愚蠢的事情，讓我們笑。

---

10 ひつよう（な）❶【必要（な）】 必要 ☐☐

水は 生きる ために 必要な ものです。

水是生存必要的東西。

---

11 ふくざつ（な）❶【複雑（な）】 複雑 ☐☐

この 問題は 複雑すぎて 全然 分かりません。

這個問題太過複雜，完全不了解。

---

12 ふこう（な）❷【不幸（な）】 不幸 ☐☐

最近 不幸な 事が 続いて います。

最近不幸的事情接踵而來。

⟺ しあわせ（な）❶【幸せ（な）】 幸福

---

13 ふつう（な）❶【普通（な）】 普通、正常 ☐☐

小さい 子供が よく 泣くのは 普通です。

小孩子經常哭是正常的。

---

14 ふしぎ（な）❶【不思議（な）】 不可思議 ☐☐

「不思議だなあ。さっき ここに 置いた 本が なく
なって いる。」

「真不可思議。剛剛放在這裡的書不見了。」

15 へいわ（な）❶【平和（な）】 和平 ☐☐

戦争<ruby>せんそう</ruby>が　ない、平和<ruby>へいわ</ruby>な　生活<ruby>せいかつ</ruby>が　できるように　祈<ruby>いの</ruby>って　います。

祈禱著能夠過著沒有戰爭、和平的生活。

16 へん（な）❶【変（な）】 奇怪 ☐☐

あそこに　ずっと　変<ruby>へん</ruby>な　男<ruby>おとこ</ruby>の　人<ruby>ひと</ruby>が　立<ruby>た</ruby>って　います。

那裡一直站著一個奇怪的男人。

17 まじめ（な）❶【真面目（な）】 認真 ☐☐

陳さんは　真面目<ruby>まじめ</ruby>で、成績<ruby>せいせき</ruby>が　いい　学生<ruby>がくせい</ruby>です。

陳同學是既認真、成績又好的學生。

18 まっくろ（な）❸【真っ黒（な）】 純黑、烏黑 ☐☐

彼<ruby>かれ</ruby>は　海<ruby>うみ</ruby>へ　行<ruby>い</ruby>って、真<ruby>ま</ruby>っ黒<ruby>くろ</ruby>に　なって　帰<ruby>かえ</ruby>って　来<ruby>き</ruby>ました。

他去了海邊，變得很黑地回來了。

19 まっしろ（な）❸【真っ白（な）】 純白、雪白 ☐☐

雪<ruby>ゆき</ruby>で　外<ruby>そと</ruby>は　真<ruby>ま</ruby>っ白<ruby>しろ</ruby>でした。

因為雪，外面一片雪白。

20 まっか（な）❸【真っ赤（な）】 赤紅、鮮紅 ☐☐

お酒<ruby>さけ</ruby>を　飲<ruby>の</ruby>んで、顔<ruby>かお</ruby>が　真<ruby>ま</ruby>っ赤<ruby>か</ruby>に　なりました。

喝了酒，臉變得通紅。

21 むり（な）❶【無理（な）】 勉強 ☐☐

食<ruby>た</ruby>べたくなかったら、無理<ruby>むり</ruby>に　食<ruby>た</ruby>べなくて　いいですよ。

不想吃的話，不要勉強自己吃也沒關係唷。

22 めいわく（な）❶【迷惑（な）】 麻煩 ☐☐

図書館<ruby>としょかん</ruby>では　人<ruby>ひと</ruby>に　迷惑<ruby>めいわく</ruby>を　かけないように、静<ruby>しず</ruby>かに　しましょう。

在圖書館為了不要給人帶來麻煩，安安靜靜的吧。

23 りっぱ（な）**⓪**【立派（な）】 了不起、出色 □□

私の 家の 近くに 立派な マンションが できました。

我家附近蓋了宏偉的公寓。

練習問題

1. 昨日 ふしぎな 夢を 見ました。
   ①不思犠　　　②不恩儀　　　③不恩義　　　④不思議

2. 東京の 電車は とても ふくざつで、よく 分かりません。
   ①大変　　　　②複雑　　　　③困難　　　　④面倒

3. 皆、世界の （　　　）を 願って います。
   ①たいせつ　　②へいわ　　　③だいじ　　　④ふつう

4. 陳さんは いつも 私の 質問に （　　　）に 説明して くれます。
   ①ていねい　　②めいわく　　③やさしい　　④むり

5. 学生たちは （　　　）に 勉強して います。
   ①ひつよう　　②へん　　　　③ねっしん　　④とくい

6. 駅の 近くに （　　　）な ビルが できました。
   ①にぎやか　　②だいじょうぶ ③しずか　　　④りっぱ

解答：1.④　2.②　3.②　4.①　5.③　6.④

1. 昨日<ruby>不思議<rt>ふしぎ</rt></ruby>な<ruby>夢<rt>ゆめ</rt></ruby>を<ruby>見<rt>み</rt></ruby>ました。　昨天做了一個不可思議的夢。

2. <ruby>東京<rt>とうきょう</rt></ruby>の<ruby>電車<rt>でんしゃ</rt></ruby>はとても<ruby>複雑<rt>ふくざつ</rt></ruby>で、よく<ruby>分<rt>わ</rt></ruby>かりません。

東京的電車非常複雜，常搞不清楚。

3. <ruby>皆<rt>みんな</rt></ruby>、<ruby>世界<rt>せかい</rt></ruby>の<ruby>平和<rt>へいわ</rt></ruby>を<ruby>願<rt>ねが</rt></ruby>っています。　大家祈禱著世界和平。

4. <ruby>陳<rt>ちん</rt></ruby>さんはいつも<ruby>私<rt>わたし</rt></ruby>の<ruby>質問<rt>しつもん</rt></ruby>に<ruby>丁寧<rt>ていねい</rt></ruby>に<ruby>説明<rt>せつめい</rt></ruby>してくれます。

陳先生 / 小姐對我的提問總是很細心地說明。

5. <ruby>学生<rt>がくせい</rt></ruby>たちは<ruby>熱心<rt>ねっしん</rt></ruby>に<ruby>勉強<rt>べんきょう</rt></ruby>しています。　學生們認真地學習著。

6. <ruby>駅<rt>えき</rt></ruby>の<ruby>近<rt>ちか</rt></ruby>くに<ruby>立派<rt>りっぱ</rt></ruby>なビルができました。　車站附近建了一座宏偉的大樓。

<ruby>総合練習<rt>そうごうれんしゅう</rt></ruby>（總複習）

問題 1 請從右邊選出意思相反的形容詞，用線連在一起。

1. あんぜん ・		・ きつい
2. うるさい ・		・ まずい
3. ふこう ・		・ きけん
4. ゆるい ・		・ やさしい
5. うまい ・		・ あんしん
6. しんぱい ・		・ しずか
7. きびしい ・		・ しあわせ

解答：
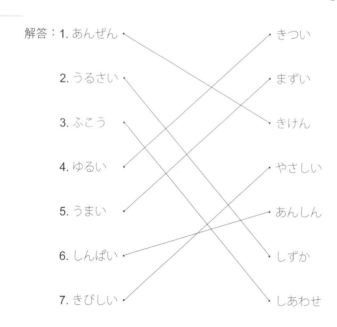

1. あんぜん
2. うるさい
3. ふこう
4. ゆるい
5. うまい
6. しんぱい
7. きびしい

きつい
まずい
きけん
やさしい
あんしん
しずか
しあわせ

問題 2

1. あと　500mの　ところで、（　　　　）　なりました。
　　①ぬるく　　　　　②くるしく　　　③おかしい　　　④たいへん

2. 夜に　なると　（　　　　）て、家族を　思い出します。
　　①うるさく　　　　②よわく　　　　③さびしく　　　④はずかしく

3. 皆の　前で　日本語で　話させられて、（　　　　）。
　　①おそろしいです　　　　　　　　②はずかしかったです
　　③すばらしいでした　　　　　　　④いじわるです

4. しょうゆを　入れすぎて、ちょっと　（　　　　）　なって
　　しまいました。
　　①すっぱく　　　②しおからく　　③あまく　　　　④にがく

5. 子供が　飲む　ミルクは　（　　　）　お湯を　使います。
　　①うまい　　　　②あまい　　　③ぬるい　　　④すずしい

6. 太って　スカートが　（　　　）て、はけません。
　　①すくなく　　　②かゆく　　　③ゆるく　　　④きつく

7. 毎日　朝　5時に　隣の　部屋から　目覚まし時計の　音が
　　聞こえて、（　　　）です。
　　①くるしい　　　②ねむい　　　③うるさい　　　④おかしい

8. 陳さんの　弾く　ピアノは　（　　　）ですね。
　　①じゅうぶん　　②さかん　　　③すばらしい　　④しあわせ

9. この　例と　（　　　）に　なるように　絵を　書いて　ください。
　　①しょうじき　　②そっくり　　③おなじ　　　④せいかく

10. この　町は　人も　店も　少なくて、とても　（　　　）です。
①つまらない　　②おかしい　　　③べんり　　　　④あんぜん

11. この　問題は　図を　（　　　）　測って、計算して　ください。
①じゆうく　　　②たしかに　　　③たいへんに　　④せいかくに

12. （　　　）　物を　片づけて、部屋を　広く　します。
①しつれいな　　②おおい　　　③せまい　　　　④じゃまな

13. 弟は　（　　　）で、真面目な　人です。
①しあわせ　　　②しょうじき　③しんけん　　　④あんしん

解答：1.②　2.③　3.②　4.②　5.③　6.④　7.③　8.③　9.③　10.①
11.④　12.④　13.②

問題解析

1. あと５００ m のところで、苦しくなりました。

在還有五百公尺的地方，變得很痛苦。

2. 夜になると寂しくて、家族を思い出します。

一到夜晚，就會很寂寞，想起家人。

3. 皆の前で日本語で話させられて、はずかしかったです。

被叫到大家面前講日語，很害羞。

4. 醤油を入れすぎて、ちょっと塩辛くなってしまいました。

因為醬油加太多了，變得有點鹹。

5. 子供が飲むミルクはぬるいお湯を使います。　孩子喝的牛奶要用溫水沖泡。

6. 太ってスカートが<u>きつくて</u>、はけません。　太胖導致裙子太緊，穿不下。

7. 毎日朝5時に隣の部屋から目覚まし時計の音が聞こえて、<u>うるさい</u>です。

　　毎天早上五點就會聽到隔壁房間傳來的鬧鐘聲，很吵。

8. 陳さんの弾くピアノは<u>すばらしい</u>ですね。　陳先生彈的鋼琴很厲害耶。

9. この例と<u>同じ</u>になるように絵を書いてください。

　　請畫出和這個範例一樣的畫。

10. この町は人も店も<u>少なくて</u>、とても<u>つまらない</u>です。

　　這城鎮人少店也少，非常無聊。

11. この問題は図を<u>正確に</u>測って、計算してください。

　　這個問題是請正確地測量圖，然後再計算。

12. <u>邪魔な</u>物を片づけて、部屋を広くします。

　　收拾礙眼的東西，讓房間寬廣些。

13. 弟は<u>正直</u>で、真面目な人です。　弟弟是既誠實又認真的人。

1-4-1 副詞（副詞）

A：程度（程度） 🔊 MP3-44

---

1 あんなに **0** 那麼 ☐☐

あんなに 厳しかった 先生が 急に 優しく なりました。

之前那麼嚴格的老師突然變得溫柔起來。

---

2 おかげさまで **0** 【お陰様で】 托您的福 ☐☐

「風邪は もう 大丈夫ですか。」

「はい、おかげさまで 良く なりました。」

「感冒已經沒事了吧？」

「是的，托您的福好多了。」

---

3 かなり **1** 非常、頗、相當 ☐☐

昨日の 試験は かなり 難しかったです。

昨天的考試相當困難。

---

4 こんなに **0** 這麼 ☐☐

こんなに おいしい カレーは 今まで 食べた ことが ありません。

這麼好吃的咖哩至今還沒吃過。

注意：可以像「こ、そ、あ、ど」的指示語一樣，使用「こんなに、そんなに、あんなに、どんなに」。

---

5 しっかり **3** 好好地、牢牢地 ☐☐

朝ごはんは しっかり 食べた ほうが いいですよ。

早餐要好好地吃比較好哦。

6 じゅうぶん ❸【十分】 充分地、足夠 ☐☐

<ruby>十分<rt>じゅうぶん</rt></ruby> <ruby>休<rt>やす</rt></ruby>みましたから、<ruby>元気<rt>げんき</rt></ruby>に なりました。

因為充分地休息了，變得有精神了。

注意：時間的「十分」（十分鐘）發音是「じゅっぷん」。

---

7 すっかり ❸ 完全地 ☐☐

<ruby>今日<rt>きょう</rt></ruby>の <ruby>約束<rt>やくそく</rt></ruby>、すっかり <ruby>忘<rt>わす</rt></ruby>れて いました。

今天的約定，完全忘了。

---

8 ずいぶん ❶【随分】 非常、相當地 ☐☐

<ruby>彼氏<rt>かれし</rt></ruby>に ずいぶん ひどい <ruby>事<rt>こと</rt></ruby>を <ruby>言<rt>い</rt></ruby>われました。

被男朋友說了相當過分的話。

---

9 ずっと ❶ ①～得多、更 ②一直地 ☐☐

①<ruby>今日<rt>きょう</rt></ruby>は <ruby>昨日<rt>きのう</rt></ruby>より ずっと <ruby>寒<rt>さむ</rt></ruby>いです。

今天比昨天冷得多。

②この <ruby>道<rt>みち</rt></ruby>を ずっと <ruby>歩<rt>ある</rt></ruby>いて <ruby>行<rt>い</rt></ruby>くと、<ruby>駅<rt>えき</rt></ruby>に <ruby>着<rt>つ</rt></ruby>きます。

這條路一直走的話，就會到車站。

---

10 ぜひ ❶【是非】 一定、務必 ☐☐

<ruby>機会<rt>きかい</rt></ruby>が あったら、ぜひ <ruby>遊<rt>あそ</rt></ruby>びに <ruby>来<rt>き</rt></ruby>て くださいね。

有機會的話，一定要來玩喔。

注意：在日文中擁有「一定」意思的副詞很多，「ぜひ」的後面會接續「てください」（請給我～）、「てもらいたい」（希望～）、「お<ruby>願<rt>ねが</rt></ruby>いします」（麻煩～）等表示「希望」、「請願」的表現。請和後面「C：<ruby>予想<rt>よそう</rt></ruby>」❷ 中的「きっと」作區隔，並好好記住。

---

11 とくに ❶【特に】 特別是、尤其 ☐☐

<ruby>飲<rt>の</rt></ruby>み<ruby>物<rt>もの</rt></ruby>の <ruby>中<rt>なか</rt></ruby>で <ruby>特<rt>とく</rt></ruby>に ミルクティーが <ruby>好<rt>す</rt></ruby>きです。

飲料中特別喜歡奶茶。

12 どんなに❶　無論如何

どんなに　<ruby>大変<rt>たいへん</rt></ruby>でも、<ruby>最後<rt>さいご</rt></ruby>まで　やります。

不管多麼困難，也要做到最後。

13 はっきり❸　清楚地

<ruby>眼鏡<rt>めがね</rt></ruby>を　かけないと、<ruby>黒板<rt>こくばん</rt></ruby>が　はっきり　<ruby>見<rt>み</rt></ruby>えません。

不戴上眼鏡的話，就不能清楚地看見黑板。

14 ひじょうに❶【非常に】　非常

<ruby>先生<rt>せんせい</rt></ruby>には　<ruby>非常<rt>ひじょう</rt></ruby>に　<ruby>感謝<rt>かんしゃ</rt></ruby>して　おります。

非常感謝老師。

注意：「<ruby>非常<rt>ひじょう</rt></ruby>に」比被經常用到的副詞「とても」（非常）更有禮貌。

B：量（<ruby>量<rt>りょう</rt></ruby>（數量） 🔊 MP3-45

1 いっぱい❶　滿滿、充滿

<ruby>今夜<rt>こんや</rt></ruby>は　<ruby>星<rt>ほし</rt></ruby>が　いっぱい　<ruby>出<rt>で</rt></ruby>て、きれいですね。

今天晚上出現了很多星星，很漂亮呢。

注意：「いっぱい」表示「充滿」的意思時，重音為❶，但意思若是飲料等的「<ruby>一杯<rt>いっぱい</rt></ruby>」時，重音為❶。

---

2 しょうしょう❶【少々】　稍微、一些

すみませんが、<ruby>少々<rt>しょうしょう</rt></ruby>　お<ruby>待<rt>ま</rt></ruby>ち　ください。

不好意思，請稍微等一下。

注意：「<ruby>少々<rt>しょうしょう</rt></ruby>」是比「<ruby>少<rt>すこ</rt></ruby>し」更為禮貌的說法，而「ちょっと」是「<ruby>少<rt>すこ</rt></ruby>し」的口語，意思同樣都是「稍微、一些」。

218

1 かならず ⓪ 【必ず】 一定 ☐ ☐

明日は　必ず　写真と　お金を　持って　来て　ください。

明天請一定要帶照片和錢來。

---

2 きっと ⓪ 一定 ☐ ☐

陳さんは　休んだ　ことが　ない　人ですから、きっと　来ますよ。

陳先生是個沒請假過的人，所以一定會來喔。

注意：在日文中表示「一定」意思的副詞很多，但「きっと」的後面要接續「～でしょう」（～吧）、「だろう」（～吧）、「と思います」（我覺得～）、「～だ」（斷定的語氣）等表示「斷定」或「推測」的表現。請和上述「程度」⓾的「是非」作區隔，並好好記住。

例：

きっと陳さんは来るでしょう。　　陳先生應該會來吧。（比較確定）

きっと陳さんは来るだろう。　　陳先生應該會來吧。（不確定）

きっと陳さんは来ると思います。　我覺得陳先生一定會來。（自己認為）

きっと陳さんは来る。　　　　陳先生一定會來。（堅信會來）

---

3 たしか ① 【確か】 好像 ☐ ☐

先生の　誕生日は　確か　明日ですよ。

老師的生日好像是明天喔。

注意：「たしか」（好像）和「たしかに」（確實）意思不相同，請多加注意。

例：

確か　明日は　陳さんの　誕生日だ。　　明天好像是陳先生的生日。

確かに　明日は　陳さんの　誕生日だよ。　明天確實是陳先生的生日喔。

4 どうも ❶ 好像、總覺得 □□

味が 変だ。<u>どうも</u> 塩と 砂糖を 間違えて 入れたようだ。

味道很怪。好像把鹽和砂糖搞錯加了進去。

注意：表示推測的「ようだ」（好像～）、「らしい」（好像～）、「みたいだ」（好像）會接續在後，用以呼應「どうも」。

- -

5 もちろん ❷ 當然、一定（肯定） □□

「来週の キャンプ、林さんも 一緒に 行きますか。」
「もちろん、行きますよ。」

「下週的露營，林先生也要一起去嗎？」

「當然，會去喔。」

練習問題

1. 眼鏡を かけると 字が （　　　） 見えます。
　　①ぴったり　　　②はっきり　　　③すっきり　　　④すっかり

2. これは 大切な 書類なので、今日中に （　　　） 出して
　 ください。
　　①もちろん　　　②たしか　　　③ぜひ　　　　④かならず

3. 風邪は もう （　　　） 良く なりました。
　　①とくに　　　②きっと　　　③すっかり　　　④しっかり

4. 野菜が 柔らかく なったら、塩を （　　　） 入れます。
　　①ずっと　　　②ずいぶん　　　③ひじょうに　　④しょうしょう

5. 最近は （　　　） 寒く なりましたね。
　　①じゅうぶん　　②しっかり　　　③ずいぶん　　　④あんなに

- -

解答：1.②　2.④　3.③　4.④　5.③

1. 眼鏡_{めがね}をかけると字_じがはっきり見_みえます。

   戴上眼鏡的話，就能清楚地看見字。

2. これは大切_{たいせつ}な書類_{しょるい}なので、今日中_{きょうじゅう}に必_{かなら}ず出_だしてください。

   因為這個是很重要的文件，請務必於今日之內交出來。

3. 風邪_{かぜ}はもうすっかり良_よくなりました。　感冒已經完全痊癒了。

4. 野菜_{やさい}が柔_{やわ}らかくなったら、塩_{しお}を少々_{しょうしょう}入_いれます。

   待蔬菜變柔後，加入少許鹽。

5. 最近_{さいきん}はずいぶん寒_{さむ}くなりましたね。　最近變得相當地冷呢。

D：時間_{じかん}（時間） 🔊 MP3-47

1 いつか ❶ 總有一天 ☐☐

いつか　両親_{りょうしん}の　ために　家_{いえ}を　建_たてて　あげたいです。

總有一天，想為父母蓋間房子。

注意：因為「いつか」並不是疑問詞，所以請不要跟疑問詞「いつ」（什麼時候）搞混！

2 いまでも ❶【今でも】 到現在也 ☐☐

高校_{こうこう}の　時_{とき}の　友達_{ともだち}とは　今_{いま}でも　連絡_{れんらく}を　取_とって　います。

和高中時的朋友，到現在也還有聯絡。

3 いまにも❶【今にも】 馬上、眼看 □□

空が　暗いですね。今にも　雨が　降りそうです。
<small>そら　　くら　　　　　　　　　いま　　　あめ　　　ふ</small>

天空變暗了呢。眼看就要下雨了。

注意：由於「今でも」（即使現在也～）、「今にも」（眼看～）、「今まで」（至今為止）等相似的單字很多，要特別注意。還有，「今にも」的後面要接續表示樣態的「そうだ」。

....

4 きゅうに❶【急に】　突然 □□

車を　運転していたら、急に　道路に　子供が　出て　来て、
<small>くるま　　うんてん　　　　　　　　きゅう　　どうろ　　こども　　　で　　き</small>
びっくりしました。

開車的時候，突然有個小孩子跑到馬路上來，嚇了一大跳。

注意：請勿將「急に」（突然）跟「急ぐ」（緊急）搞混！
<small>　　　　　　　きゅう　　　　　　　　　　　　いそ</small>

....

5 このあいだ❶【この間】　上次、前幾天 □□

この間　電車の　中で　先生に　会いました。
<small>あいだ　でんしゃ　なか　せんせい　　あ</small>

前幾天在車站裡遇到了老師。

注意：因為有「間」這個漢字，所以有很多人和「この中間」（這中間）
<small>　　　　　　　　　　　　　　　　　　　　　　　　　　　　ちゅうかん</small>
搞錯，要注意。

....

6 このごろ❶【この頃】　這些天、近來、最近 □□

この頃　少し　仕事が　忙しいです。
<small>ごろ　すこ　しごと　　いそが</small>

這幾天工作有點忙。

注意：和「最近」（最近）的意思很像。
<small>　　　　　さいきん</small>

7 すぐ❶ 馬上、（距離）很近 □□

今から　すぐ　行きますから、ちょっと　待って　いて　ください。

現在馬上去，所以請稍等一下。

注意：「すぐ」和「すぐに」的相異處是，雖然可以説「すぐの＋名詞」，但不可以説「すぐにの＋名詞」。

例：

右へ　曲がると　すぐ　病院が　あります。　一右轉就是醫院了。

右へ　曲がって　すぐの　ところに　病院が　あります。

一右轉的地方就是醫院了。

---

8 そろそろ❶　差不多該 □□

もう　8時ですね。そろそろ　帰りましょうか。

已經八點了呢。差不多該回家了吧。

---

9 だんだん❷　漸漸地 □□

だんだん　日本の　生活にも　慣れて　来ました。

漸漸也習慣了日本的生活。

注意：「だんだん」後面會接續表示「變化」的句子。

---

10 さっき❶　剛才 □□

さっき　田中さんと　いう　人から　電話が　ありましたよ。

剛才有個叫田中先生的人打電話來喔。

注意：因為「さっき」和「先（に）」（先）的意思不同，要注意有沒有促音。

---

11 とつぜん❷【突然】　突然 □□

突然、雨が　降って　来ました。

突然，下起雨來了。

12 どんどん ❶ 連續不斷地 ☐☐

どうぞ、遠慮しないで、**どんどん** 食べて ください。

請別客氣，多吃點。

注意：因「どんどん」（連續不斷地）和「だんだん」（漸漸地）同樣為
タ行又相似，要特別注意。

13 もうすぐ ❸ 馬上、就快要 ☐☐

もうすぐ 仕事が 終わりますから、ちょっと 待って いて
ください。

工作就快結束了，所以請等一下。

E：頻度（頻率） 🔊 MP3-48

1 いつまでも ❶ 永遠 ☐☐

卒業しても、**いつまでも** 私たちの ことを 忘れないで くださいね。

即使畢業了，也請永遠都不要忘記我們喔！

2 しばらく ❷【暫く】 暫時、短暫一段時間 ☐☐

これから 準備しますから、**しばらく** お待ち ください。

目前還在準備中，所以請稍候。

3 たまに ❶【偶に】 有時候、偶爾 ☐☐

たまに すごく 甘い ものが 食べたく なります。

偶爾會變得想吃很甜的東西。

4 なんども ❶【何度も】 多次 ☐☐

夜中に **何度も** 目が 覚めます。

半夜醒了好幾次。

注意：疑問詞「何度」（幾次）和「何度も」（多次），會因為有沒有
「も」而意思不同，請多加注意。

5 ひさしぶりに ⓪【久しぶりに】 久違　　　　　□□

<u>久しぶりに</u>　甥に　会ったら、とても　大きく　なって　いた。

遇見了很久沒見的侄子，長大了很多。

練習問題

1.（　　　）　温泉でも　入って、ゆっくり　したいなあ。
　　①いつでも　　　②たまに　　　　③よく　　　　　④このごろ

2.（　　　）　泣きそうな　顔を　して　いますね。
　　①いまにも　　　②いまでも　　　③いままで　　　④いつまでも

3.川の　水が　（　　　）　深く　なって　来ました。
　　①しばらく　　　②いまにも　　　③さっき　　　　④どんどん

4.（　　　）　友達と　お酒を　飲みに　行って　来ました。
　　①たまに　　　　②このあいだ　　③このごろ　　　④いつか

5.（　　　）　ピアノの　コンサートを　聞きに　行きました。
　　①ずっと　　　　②もうすぐ　　　③久しぶりに　　④さきに

解答：1.②　2.①　3.④　4.②　5.③

問題解析

1.<u>たまに</u>温泉でも入って、ゆっくりしたいなあ。

　偶爾也會想泡泡溫泉，輕鬆一下呢。

2.<u>今にも</u>泣きそうな顔をしていますね。　一副眼看就要哭出來的臉呢。

3.川の水が<u>どんどん</u>深くなって来ました。　河川的水變得越來越深了。

4. <u>この間</u>友達とお酒を飲みに行って来ました。　前幾天跟朋友去喝酒了。

5. <u>久しぶり</u>にピアノのコンサートを聞きに行きました。

去聽了久違的鋼琴演奏會。

F：順序（順序）　🔊 MP3-49

1 これから ⓿　接下來、從現在起、現在　☐☐

<u>これから</u>　会議が　始まります。

接下來會議要開始了。

2 さきに ⓿【先に】　先、首先　☐☐

<u>先に</u>　名前と　学生番号を　書いて　ください。

請先寫名字和學號。

3 はじめに ⓿【初めに】　首先　☐☐

<u>はじめに</u>　規則に　ついて　説明が　あります。

首先，會有關於規則的説明。

4 おわりに ⓿【終わりに】　最後　☐☐

<u>終わりに</u>、皆さんの　意見を　聞かせて　ください。

最後，想聽一下各位的意見。

5 けっきょく ⓿【結局】　最後、結果　☐☐

彼女と　5年も　付き合ったのに、<u>結局</u>　分かれて　しまいました。

明明和女朋友都交往了五年，最後卻分開了。

6 さいごに ❶【最後に】　最後　☐☐

<u>最後に</u>　一つだけ　お願いが　あります。

最後，我只有一個請求。

7 とうとう❶　終於、最終、到底、終究 □□

いろいろ　調<ruby>調<rt>しら</rt></ruby>べましたが、<u>とうとう</u>　原<ruby>原<rt>げんいん</rt></ruby>因が　分<ruby>分<rt>わ</rt></ruby>かりませんでした。

雖然做了各種調查，終究還是不知道原因。

8 やっと❶　總算、勉勉強強、終於 □□

３０分<ruby>分<rt>さんじゅっぷん</rt></ruby>も　考<ruby>考<rt>かんが</rt></ruby>えて、<u>やっと</u>　答<ruby>答<rt>こた</rt></ruby>えが　分<ruby>分<rt>わ</rt></ruby>かりました。

思考三十分鐘，終於知道了答案。

9 やはり❷　果然、還是（＝やっぱり） □□

彼<ruby>彼<rt>かれ</rt></ruby>を　ずっと　待<ruby>待<rt>ま</rt></ruby>って　いましたが、<u>やはり</u>　来<ruby>来<rt>き</rt></ruby>ませんでした。

雖然一直等著他，但是還是沒來。

犯<ruby>犯<rt>はんにん</rt></ruby>人は　<u>やはり</u>　彼<ruby>彼<rt>かれ</rt></ruby>でした。

犯人果然是他。

G：状<ruby>状<rt>じょうたい</rt></ruby>態（狀態） 🔊 MP3-50

1 いっしょうけんめい❺【一生懸命】　拚命地 □□

試<ruby>試<rt>しけん</rt></ruby>験に　合<ruby>合<rt>ごうかく</rt></ruby>格できるように　<u>一生懸命<rt>いっしょうけんめい</rt></u>　勉<ruby>勉<rt>べんきょう</rt></ruby>強して　います。

為了通過考試拚命地讀書。

2 いろいろ❶【色々】　各式各樣 □□

料<ruby>料<rt>りょうり</rt></ruby>理は　得<ruby>得<rt>とくい</rt></ruby>意なので、日<ruby>日<rt>にほんりょうり</rt></ruby>本料理や　韓<ruby>韓<rt>かんこくりょうり</rt></ruby>国料理など　<u>いろいろ</u>
作<ruby>作<rt>つく</rt></ruby>れますよ。

因為擅長料理，所以會做日本料理和韓國料理等各式各樣的料理喔。

3 きちんと❷　好好地、牢牢地 □□

授<ruby>授<rt>じゅぎょうちゅう</rt></ruby>業中は　<u>きちんと</u>　先<ruby>先<rt>せんせい</rt></ruby>生の　話<ruby>話<rt>はなし</rt></ruby>を　聞<ruby>聞<rt>き</rt></ruby>きましょう。

上課中請好好地聽老師的話吧。

注意：「きちんと」在口語時會變成「ちゃんと」（好好地）。

4 しっかり ❸ 好好地、用力地 ☐☐

危ないですから、この 紐を しっかり 握って いて ください。

因為很危險，所以要好好地抓好這條繩子喔。

5 じゆうに ❷【自由に】 自由地 ☐☐

午後の 予定は 決まって いませんから、自由に しても いいですよ。

因為下午的行程還沒決定，所以可以自由活動喔。

6 そのまま ❶ 就這樣 ☐☐

後で 使いますから、そのまま 置いて おいて ください。

因為等一下會用到，請就這樣放著。

7 ちょくせつ ❶【直接】 直接地 ☐☐

先生の 電話番号を 教えますから、直接 先生に 連絡したら どうですか。

我給妳老師的電話號碼，直接跟老師連絡如何呢？

8 できるだけ ❶ 盡可能地 ☐☐

難しいですが、できるだけ 頑張ります。

雖然很難，但會盡力而為。

9 びっくり ❸ 嚇一跳地 ☐☐

寝て いる 時に 突然 ケータイが 鳴って、びっくりしました。

在睡覺的時候手機突然響了，嚇了一大跳。

10 ぴったり ❸ 緊緊地、恰好、合適 ☐☐

この くつは 私の 足に ぴったりです。

這雙鞋子很合我的腳。

練習問題

1. 明日 （　　　） 早く　来て　くれませんか。
   ①できるだけ　　　　　　　　②どうも
   ③すぐ　　　　　　　　　　　④いっしょうけんめい

2. これからも　（　　　） 日本語の　勉強を　続けて　くださいね。
   ①すっかり　　②きっちり　　③しっかり　　④ぴったり

3. 母が　作って　くれた　服は　子供に　（　　　）でした。
   ①やはり　　　②びっくり　　③ぴったり　　④いろいろ

4. 大切に　して　いた　花が　（　　　）　枯れて　しまいました。
   ①できるだけ　　②とうとう　　③そのまま　　④びっくり

5. 私は　まだ　仕事が　ありますから、（　　　）　帰っても
   いいですよ。
   ①ゆっくり　　　②ゆっくり　　③久しぶりに　　④さきに

解答：1. ①　2. ③　3. ③　4. ②　5. ④

問題解析

1. 明日できるだけ早く来てくれませんか。　明天可以盡可能地早點來嗎？

2. これからもしっかり日本語の勉強を続けてくださいね。

   往後也請好好地繼續學習日語喔。

3. 母が作ってくれた服は子供にぴったりでした。

   媽媽幫我做的衣服，很合小孩的身。

4. 大切にしていた花が<u>とうとう</u>枯れてしまいました。

用心照顧的花終究還是枯萎了。

5. 私はまだ仕事がありますから、<u>先に</u>帰ってもいいですよ。

我還有工作，所以先回去沒關係喔。

H：仮定（假設） 🔊 MP3-51

1 いくら ❶❶ 無論怎麼～也～ ☐☐

<u>いくら</u>　説明しても、分かって　もらえませんでした。

不管怎麼説明，（對方）都還是不懂。

注意：「いくら」會跟「ても」一起使用，變成「いくら～ても」（無論怎麼～也～）。

2 たとえ ❶ 即使 ☐☐

<u>たとえ</u>　お金が　なくても、幸せな　人も　います。

也有就算沒有錢，還是幸福的人。

注意：「たとえ」會跟「ても」一起使用，變成「たとえ～ても」（就算～也～）。

3 じつは ❷【実は】 老實説、其實 ☐☐

<u>実は</u>　先月　離婚したんです。

老實説，上個月離婚了。

注意：「実は」經常與「～んです」（表示「主張、説明」）一起使用。

4 もし ❶ 如果 ☐☐

<u>もし</u>　100万円　あったら、何を　買いたいですか。

如果有一百萬日圓的話，想買什麼呢？

注意：「もし」會與表示條件的「たら、なら、ば」（～的話）一起使用。

5 もしかしたら ❶ 萬一、或許 ☐☐

<u>もしかしたら</u> 明日（あした） 行（い）けないかも しれません。

可能明天不能去了。

注意：「もしかしたら」會與「〜かもしれません」（説不定〜）一起使用，變成「もしかしたら〜かもしれません」。

I: 後（うし）ろに否定（ひてい）を伴（ともな）う呼応表現（こおうひょうげん）（後面接續否定的呼應表現）

🔊 MP3-52

1 いちども（〜ない）❶ 【一度も】 一次也（沒有） ☐☐

主人（しゅじん）とは <u>一度（いちど）も</u> 喧嘩（けんか）した ことが ありません。

和老公從來沒有吵過架。

注意：「一度（いちど）」（一次）跟「一度（いちど）も」（一次也〜）雖然只差了一個「も」，但意思卻不相同，請多加注意。

---

2 けっして（〜ない）❶ 【決して】 絕對（不） ☐☐

あなたは <u>決（けっ）して</u> 悪（わる）く ありません。私（わたし）が 全部（ぜんぶ） 悪（わる）いんです。

你絕對沒有不好。全部都是我不好。

---

3 ぜったいに（〜ない）❶ 【絶対に】 絕對（不） ☐☐

明日（あした）は 大切（たいせつ）な 会議（かいぎ）が ありますから、<u>絶対（ぜったい）に</u> 遅（おく）れないで

ください。

明天有很重要的會議，所以請絕對不要遲到。

---

4 そんなに（〜ない）❶ （沒有）那麼地 ☐☐

３年（さんねん）も 日本語（にほんご）を 勉強（べんきょう）しましたが、<u>そんなに</u> 上手（じょうず）に 話（はな）せません。

雖然學了三年日語，但卻沒有説得那麼好。

注意：「そんなに」後面也可以接肯定語氣。

例：<u>そんなに</u> おいしいなら、私（わたし）も 食（た）べて みたいなあ。

　　如果那麼好吃的話，我也想吃吃看啊。

231

5 ちっとも（〜ない）❸　一點都（不）〜、毫（無）　☐☐

運動には　<u>ちっとも</u>　興味が　ありません。
うんどう　　　　　　　　きょうみ

對運動一點興趣都沒有。

⋯⋯⋯⋯⋯⋯⋯⋯⋯⋯⋯⋯⋯⋯⋯⋯⋯⋯⋯⋯⋯⋯⋯⋯⋯⋯⋯⋯⋯⋯⋯⋯

6 なかなか（〜ない）❶　頗、很（難）　☐☐

この　商品は　とても　人気が　あるので、<u>なかなか</u>　買えません。
　　　しょうひん　　　　にんき　　　　　　　　　　　　　か

因為這個商品非常受歡迎，所以很難買到。

注意：「なかなか」後面也可以接肯定語氣。

例：その絵、<u>なかなか</u>いいね。那幅畫，很不錯呢。
　　　　え

⋯⋯⋯⋯⋯⋯⋯⋯⋯⋯⋯⋯⋯⋯⋯⋯⋯⋯⋯⋯⋯⋯⋯⋯⋯⋯⋯⋯⋯⋯⋯⋯

7 まったく（〜ない）❶【全く】完全（不）　☐☐

フランス語は　<u>全く</u>　話せません。
　　　　　　ご　　まった　　はな

完全不會說法語。

注意：「まったく」跟「全然」是一樣的意思。
　　　　　　　　　　　ぜんぜん

⋯⋯⋯⋯⋯⋯⋯⋯⋯⋯⋯⋯⋯⋯⋯⋯⋯⋯⋯⋯⋯⋯⋯⋯⋯⋯⋯⋯⋯⋯⋯⋯

8 めったに（〜ない）❶【滅多に】難得、罕見（不）　☐☐

陳さんは　<u>めったに</u>　遅刻は　しません。
ちん　　　　　　　　　ちこく

陳先生很難得沒有遲到。

⋯⋯⋯⋯⋯⋯⋯⋯⋯⋯⋯⋯⋯⋯⋯⋯⋯⋯⋯⋯⋯⋯⋯⋯⋯⋯⋯⋯⋯⋯⋯⋯

9 ほとんど（〜ない）❷　幾乎、很少（不）　☐☐

父は　丈夫な　人で、<u>ほとんど</u>　病気を　した　ことが　ありません。
ちち　じょうぶ　ひと　　　　　　　　　びょうき

父親是很健康的人，幾乎不曾生病。

注意：「ほとんど」後面也可以接肯定語氣。

例：先生の　言って　いる　事が　<u>ほとんど</u>　分かりました。
　　せんせい　い　　　　　　こと　　　　　　　　わ

老師所說的事全都了解了。

232

練習問題

1. 一人で 食事を しても、（　　　）　おいしく ありません。
　①ゆっぐり　　　②たまに　　　③ちっとも　　　④ゆっくりん

2. （　　　）　明日 雨が 降っても、中止には なりません。
　①いまにも　　　②たとえ　　　③さいぎん　　　④さっきん

3. （　　　）　嫌なら、食べなくても いいですよ。
　①そんなに　　　②けっして　　　③まったく　　　④ほとんど

4. （　　　）　彼に 箸の 持ち方を 注意しても、全然 直りません。
　①ゆっぐり　　　②いくら　　　③ゆっくり　　　④ゆっくりん

5. （　　　）　怒らない 人が 怒ると、とても 怖いです。
　①いくら　　　②たとえ　　　③めったに　　　④もし

解答：1. ③　2. ②　3. ①　4. ②　5. ③

問題解析

1. 一人で食事をしても、ちっともおいしくありません。

　一個人的時候，就算吃飯，也一點都不好吃。

2. たとえ明日雨が降っても、中止にはなりません。

　即使明天下雨了，也不會中止。

3. そんなに嫌なら、食べなくてもいいですよ。

　如果那麼討厭的話，不吃也沒關係喔。

4. いくら彼に箸の持ち方を注意しても、全然直りません。

無論如何提醒他筷子的拿法，也完全不改。

5. めったに怒らない人が怒ると、とても怖いです。

很少生氣的人一旦生氣，會非常恐怖。

1-4-2 接続詞（接續詞）
せつぞく し

A：順接（順接） 🔊 MP3-53
じゅんせつ

---

1 すると ⓪ 於是 ☐☐

庭に 花の 種を 撒きました。すると 芽が 出て きました。
にわ　　はな　　たね　　ま　　　　　　　　　　　　　　め　　で

在庭院裡撒了花的種子。於是就發芽了。

注意：用於前面所説的事情後，其結果馬上就會發生的時候。

---

2 それで ⓪ ①所以 ②那麼（承接前面的事情然後轉換話題，催促對方接話） ☐☐

①昨日 受けた 試験に 合格できませんでした。それで、今日
きのう　う　　　しけん　　ごうかく　　　　　　　　　　　　　　きょう
もう 一回 受ける ことに なりました。
いっかい　う

　昨天考的考試不及格。所以，變成今天要再考一次。

②「おなかいっぱい、おいしかったね。」

　「うん。それで、これから どう する？」

　「肚子好飽，很好吃呢。」

　「對啊！那麼，接下來要做什麼呢？」

注意：此用法是「前一句」已有理由，然後以句號「。」終結。然後「下一句」用「それで＋結果」來補充説明。

---

3 それなら ❸ 如果是那樣的話 ☐☐

陳さんは 入院して いるんですか。それなら、今日
ちん　　　にゅういん　　　　　　　　　　　　　　　　きょう
来られなくても 仕方が ありませんね。
こ　　　　　　　しかた

陳先生是住院了嗎？如果是那樣的話，今天沒有來上班也沒辦法呢。

注意：「それなら」是口語上的溫柔説法，而N5的「それでは」則是比較硬的説法。

235

4 だから **❶** 所以 □ □

「どうして　サッカーを　やめたの？」

「最近<ruby>最近<rt>さいきん</rt></ruby>　足<ruby>足<rt>あし</rt></ruby>の　調子<ruby>調子<rt>ちょうし</rt></ruby>が　悪<ruby>悪<rt>わる</rt></ruby>いんだ。<u>だから</u>、やめたく

なかったけど、やめたんだ。」

「為什麼不踢足球了呢？」

「最近腳的狀況不好。所以，雖然不想放棄，但還是放棄了。」

注意：「だから」是較為口語的説法。

- -

5 ので **❶** 因為 □ □

今日<ruby>今日<rt>きょう</rt></ruby>は　用事<ruby>用事<rt>ようじ</rt></ruby>が　ある<u>ので</u>、早<ruby>早<rt>はや</rt></ruby>めに　帰<ruby>帰<rt>かえ</rt></ruby>らせて　いただいても

よろしいでしょうか。

因為今天有事，可不可以請您讓我早點回家？

注意：「ので」用來説明理由。

B：逆接<ruby>逆接<rt>ぎゃくせつ</rt></ruby>（逆接）

1 けれども **❶** 然而、但是 □ □

父<ruby>父<rt>ちち</rt></ruby>は　年<ruby>年<rt>とし</rt></ruby>を　取<ruby>取<rt>と</rt></ruby>って　いる　<u>けれども</u>、私<ruby>私<rt>わたし</rt></ruby>より　元気<ruby>元気<rt>げんき</rt></ruby>です。

父親雖然年紀大了，但還是比我還要有朝氣。

注意：「けれども」是比「けど」更客氣的説法。

- -

2 だけど **❶** 但是 □ □

母<ruby>母<rt>はは</rt></ruby>は　優<ruby>優<rt>やさ</rt></ruby>しい　人<ruby>人<rt>ひと</rt></ruby>だ。<u>だけど</u>、怒<ruby>怒<rt>おこ</rt></ruby>ったら　とても　怖<ruby>怖<rt>こわ</rt></ruby>い。

母親是溫柔的人。但是，如果生氣的話非常恐怖。

注意：「だけど」用於口語。

- -

3 のに **❶** 明明～卻～ □ □

彼<ruby>彼<rt>かれ</rt></ruby>は　日本人<ruby>日本人<rt>にほんじん</rt></ruby>な<u>のに</u>、日本語<ruby>日本語<rt>にほんご</rt></ruby>の　テストで　100点<ruby>100点<rt>ひゃくてん</rt></ruby>　取<ruby>取<rt>と</rt></ruby>れませんでした。

他明明就是日本人，但在日語考試卻沒有拿到一百分。

C：添加（添加）

1 それに **0** 而且 ☐☐

林さんは　背も　高いし、優しいし、それに、頭も　いいです。

林先生又高又溫柔，而且，也很聰明。

D：補足（補充）

1 じつは **2**【実は】 其實 ☐☐

トマトは　果物だと　思って　いる　人が　多いですが、実は
野菜です。

很多人把番茄認為是水果，但其實是蔬菜。

E：例示（舉例說明）

1 たとえば **2**【例えば】 例如 ☐☐

多くの　外国人が　日本へ　観光に　来て　います。例えば、
中国人や　韓国人などです。

很多外國人會來日本觀光。例如，中國人和韓國人等等。

F：転換（轉換）

1 ところで **3** 順帶一提、對了（用於轉移話題時） ☐☐

今日は　天気が　いいね。ところで、昨日の　テスト、どうだった？

今天天氣真好呢。順帶一提，昨天的考試，怎麼樣呢？

1 または ❷ 或者 □ □

電話　または、メールで　連絡して　ください。

請以電話或是電子郵件聯絡。

注意：「または」用於文章。

....

2 それとも ❸ 還是 □ □

明日は　海　それとも、山に　行きたい？

明天想要去海邊，還是去山上？

注意：「それとも」用於口語。

練習問題 　請填入適當的接續詞。不能使用相同的接續詞。

ところで　それに　のに　すると　ので
または　実は　例えば　それなら　けれども

1. 今日は　日曜日な（　　　）、会社へ　行かなければ　なりません。

2. あの　パン、おいしかったね。（　　　）、宿題、もう　終わった？

3. 昨日　体の　調子が　悪くて、学校を　休んだって　言ったけど、
　（　　　）、寝坊したんだ。

4. 赤ちゃんが　泣いて　いる　時に、人形を　見せました。
　（　　　）、急に　泣くのを　やめて、笑い　出しました。

5. 青　（　　　）　黒の　ペンで　書いて　ください。

....

解答：1. のに　2. ところで　3. 実は　4. すると　5. または

1. 今日は日曜日なのに、会社へ行かなければなりません。

明明今天是星期日，卻不去公司不行。

2. あのパン、おいしかったね。ところで、宿題、もう終わった？

那個麵包，很好吃呢。對了，作業，已經完成了嗎？

3. 昨日体の調子が悪くて、学校を休んだって言ったけど、実は、寝坊したんだ。

雖然昨天說身體不舒服，向學校請假，但事實上，睡過頭了。

4. 赤ちゃんが泣いている時に、人形を見せました。すると、急に泣くのをやめて、笑い出しました。

嬰兒正在哭的時候，讓他看了娃娃。然後，突然就不哭，笑了出來。

5. 青または黒のペンで書いてください。

請用藍或黑筆寫。

接頭語・接尾語（接頭語、接尾語）

1 ～か【家】　～家

私の　叔父は　作曲家です。

我的叔父是作曲家。

2 ～かい【会】　～會

今週の　日曜日　家で　子供の　誕生日会を　開きます。

這星期天會在家開小孩子的生日會。

3 ～ご【後】　～之後

食後に　コーヒーでも　いかがですか。

吃完飯之後喝杯咖啡怎麼樣啊？

4 ご～【御】　接在名詞之前表示尊敬、謙讓的美化語

どうぞ、ご案内いたします。

請讓我來帶路。

5 ごろ【頃】　～時候、～前後

春頃　また　桜を　見に　日本へ　行きたいです。

春天的時候，還想再去日本看櫻花。

6 ～さま【様】　～先生、～小姐的尊稱

お客様、お待たせいたしました。

客人，讓您久等了。

7 ～しき【式】　型

これは　持ち運び式の　扇風機です。

這個是攜帶型的電風扇。

8 ～せい【製】 ～製造

この テレビは 日本製です。
にほん せい

這個電視是日本製造的。

9 ～せいき【世紀】 ～世紀

九世紀頃 平仮名が 作られました。
きゅうせいき ごろ ひらが な　　　つく

九世紀前後創制了平假名。

10 ～だい【代】 費

すっかり 水道代を 払うのを 忘れて いました。
すいどうだい　　 はら　　　　 わす

完全忘記繳水費了。

11 ～だて【建て】 ～樓層

私の 家は 4階建てです。
わたし　 いえ　 よんかい だ

我家是四層樓房。

12 ～にくい 不容易～

この ペンは とても 書きにくいです。
か

這支筆非常難寫。

最近の 風邪は なかなか 治りにくいです。
さいきん　　 かぜ　　　　　　　 なお

最近的感冒不容易治好。

13 まっ～【真っ】 真～、正～（強調後面的事物）

火事だ！真っ黒の 煙が 出て いる。
か じ　　　 ま くろ　 けむり　 で

失火了！有濃黑的煙冒出來了。

14 ～め【目】 第～個

2つ目の 信号を 右へ 曲がって ください。
ふた め　　 しんごう　 みぎ　 ま

請在第二個紅綠燈右轉。

241

15 ～やすい　容易～ □□

この　魚は　骨が　少なくて　食べやすいです。

這條魚的骨頭很少容易吃。

ここは　滑りやすいので、気を　付けて　くださいね。

因為這裡很容易滑倒，請小心喔。

---

16 ～ゆき【行き】　往～、去～ □□

台北行きの　バスが　来ましたよ。

去台北的巴士來了喔。

---

17 ～よう【用】　～用 □□

これは　子供用の　椅子です。

這是小孩用的椅子。

---

18 ～ら　～們 □□

駅の　周りに　多くの　若者らが　集まって　いる。

車站周邊有很多年輕的人們聚集著。

練習問題

1. これは　ペット（　　　　）　ベッドです。

　　①製　　　　　　　②ら　　　　　　　③用　　　　　　　④家

2. 私は　3人　兄弟の　2番（　　　）です。

　　①位　　　　　　　②目　　　　　　　③個　　　　　　　④ずつ

3. 私の　学校では　英国（　　　　）の　笛を　使って　います。

　　①人　　　　　　　②家　　　　　　　③式　　　　　　　④語

4. 出張に　行く　時は、会社から　タクシー（　　　）が　出ます。

　　①行き　　　　　　②金　　　　　　　③料　　　　　　　④代

5. 私の　兄は　努力（　　　　）です。

①用　　　　　　②個　　　　　　③人　　　　　　④家

解答：1.③　2.②　3.③　4.④　5.④

問題解析

1. これはペット<ruby>用<rt>よう</rt></ruby>ベッドです。　這個是寵物用的床。

2. <ruby>私<rt>わたし</rt></ruby>は3<ruby>人兄弟<rt>にんきょうだい</rt></ruby>の2<ruby>番目<rt>ばん め</rt></ruby>です。　我在三兄弟中排行老二。

3. <ruby>私<rt>わたし</rt></ruby>の<ruby>学校<rt>がっこう</rt></ruby>では<ruby>英国式<rt>えいこくしき</rt></ruby>の<ruby>笛<rt>ふえ</rt></ruby>を<ruby>使<rt>つか</rt></ruby>っています。

我的學校是使用英國式的直笛。

4. <ruby>出張<rt>しゅっちょう</rt></ruby>に<ruby>行<rt>い</rt></ruby>く<ruby>時<rt>とき</rt></ruby>は、<ruby>会社<rt>かいしゃ</rt></ruby>からタクシー<ruby>代<rt>だい</rt></ruby>が<ruby>出<rt>で</rt></ruby>ます。

去出差時，計程車費由公司支付。

5. <ruby>私<rt>わたし</rt></ruby>の<ruby>兄<rt>あに</rt></ruby>は<ruby>努力家<rt>ど りょく か</rt></ruby>です。　我的哥哥是努力的人。

1-4-4 総合練習（總複習）

（左上の丸に「1-4-4」、ふりがな「そうごうれんしゅう」）

1. 明日までに　この　単語を　（　　　）　覚えて　ください。
　　①はっきり　　　②しっかり　　　③くっきり　　　④たしか

2. 薬を　飲みました。（　　　）　すぐに　熱が　下がりました。
　　①それとも　　　②それでは　　　③すると　　　④ところで

3. 大切な　手紙ですから、（　　　）　両親に　見せて　ください。
　　①かならず　　　②ぜひ　　　③よく　　　④とくに

4. 「ちょっと　コンビニに　行って　来るね。」

　　「（　　　）　ジュースを　買って　来て。」
　　①それから　　　②それに　　　③それでも　　　④それなら

5. 眼鏡を　かけると　字が　（　　　）　見えます。
　　①はっきり　　　②しっかり　　　③いろいろ　　　④いっぱい

6. 昨日は　残業だったので、9時（　　　）　帰って　来ました。
　　①から　　　②まで　　　③ごろ　　　④ぐらい

7. さっきは　ありがとう　ございました。（　　　）、駅前に　新しい
　　レストランが　できるそうですよ。
　　①それで　　　②たぶん　　　③ところで　　　④だけど

8. 母は　（　　　）　大きい　声で　怒った　ことが　ありません。
　　①いちども　　　②このあいだ　　　③なかなか　　　④そろそろ

9. できるか　どうか　分かりませんが、（　　　）　頑張って　みます。
　　①とうとう　　　②やっと　　　③できるだけ　　　④ちょくせつ

244

10. 母の　服は　私に　（　　　　）です。
　　①ずっと　　　　②ぴったり　　　③びっくり　　　④きちんと

11. 父は、やさしいし、ユーモアも　あるし、（　　　）、ハンサムです。
　　①それに　　　　②たまに　　　　③または　　　　④しかし

12. （　　　）　努力しても、できない　ことが　あります。
　　①まったく　　　②ぜったいに　　③もし　　　　④いくら

13. ちょっと　用事が　あるから、（　　　）　帰っても　いい？
　　①はじめて　　　②さきに　　　　③はじめに　　　④さっき

14. チケットは　カード　（　　　）　現金で　払えます。
　　①または　　　　②も　　　　　　③でも　　　　　④そのまま

15. （　　　）　あの　人は　陳さんの　お母さんの　ようですね。
　　顔が　とても　似て　います。
　　①かならず　　　②どうも　　　　③それとも　　　④ぜひ

解答：1.②　2.③　3.①　4.④　5.①　6.③　7.③　8.①　9.③　10.②
　　　11.①　12.④　13.②　14.①　15.②

245

1. 明日までにこの単語をしっかり覚えてください。

   明天之前，請好好地把這個單字背起來。

2. 薬を飲みました。するとすぐに熱が下がりました。

   吃了藥。於是馬上就退燒了。

3. 大切な手紙ですから、かならず両親に見せてください。

   因為是很重要的信，所以請務必讓爸媽看。

4. 「ちょっとコンビニに行って来るね。」

   「我去一下便利商店就回來唷。」

   「それならジュースを買って来て。」

   「那樣的話幫我買果汁回來。」

5. 眼鏡をかけると字がはっきり見えます。

   一戴上眼鏡，就可以清楚地看到字。

6. 昨日は残業だったので、9時ごろ帰って来ました。

   因為昨天加班，所以九點左右才回來。

7. さっきはありがとうございました。ところで、駅前に新しいレストランができるそうですよ。

   剛才謝謝您。對了，聽說車站前面開了新餐廳喔。

8. 母は一度も大きい声で怒ったことがありません。

   媽媽一次都沒有大聲發怒過。

9. できるかどうか分かりませんが、できるだけ頑張ってみます。

   雖然不知道是否做得到，但是盡可能地努力看看。

10. 母の服は私に<u>ぴったり</u>です。　媽媽的衣服很合我的身。

11. 父は、やさしいし、ユーモアもあるし、<u>それに</u>、ハンサムです。

爸爸很溫柔，又很幽默，而且，還很帥。

12. <u>いくら</u>努力しても、できないことがあります。

即使再努力，也有做不到的事情。

13. ちょっと用事があるから、<u>さきに</u>帰ってもいい？

因為有一點事，所以我可以先回去嗎？

14. チケットはカード<u>または</u>現金で払えます。

票可以用卡片或現金支付。

15. <u>どうも</u>あの人は陳さんのお母さんのようですね。顔がとても似ています。

那個人好像是陳先生的媽媽呢。臉非常相似。

MEMO

第二章

<ruby>漢字<rt>かんじ</rt></ruby>（漢字）

　　漢字往往也是考生最容易混淆的細節。本章「漢字讀音的讀法」中詳盡的漢字比較、説明，有效助您釐清盲點，建立最正確的觀念！

2-1 漢字の読み方（漢字讀音的讀法）

🔊 MP3-55　＊以「片假名」標示的為「音讀」；「平假名」標示的為「訓讀」。以下同。

1 明 ☐☐

メイ＊ ：日本人が　発明した　物が　たくさん　あります。

日本人發明的東西有很多。

ミョウ：明日　5時に　お伺いします。

明天五點會去拜訪。

あ＊ ：夜の　道に　明かりが　あると、安心します。

夜晚的道路有燈光的話，會比較安心。

あか ：電気を　取り替えて、明るく　なりました。

更換電燈，變明亮了。

あき ：早く　原因を　明らかに　したいです。

想快點查明原因。

注意：明日（明天）

- -

2 運 ☐☐

ウン：土曜日　息子の　学校の　運動会を　見に　行きます。

星期六要去看兒子學校的運動會。

はこ：これを　運ぶのを　手伝って　ください。

請幫我搬這個。

- -

3 遠 ☐☐

エン：遠足で　花蓮へ　行きました。

遠足去了花蓮。

とお：家から　バス停まで　遠いです。

從家裡到巴士站很遠。

4 屋　□□

オク：この　ビルの　屋上で　ビールが　飲めます。
_{おくじょう}　_の

　　　在這棟大樓的屋頂上可以喝啤酒。

や　：花屋に　寄ってから　帰ります。
_{はなや}　_よ　_{かえ}

　　　順道去花店再回家。

注意：部屋（房間）、八百屋（蔬菜店）
_{へや}　_{やおや}

5 下　□□

カ　：この　デパートの　地下に　ラーメン屋が　ありますよ。
_{ちか}　_や

　　　這個百貨公司的地下有拉麵店喔。

ゲ　：下品な　話し方は　直した　ほうが　いいですよ。
_{げひん}　_{はな}　_{かた}　_{なお}

　　　不雅的說話方式改一下會比較好喔。

した：新しい　下着を　買いたいです。
_{あたら}　_{したぎ}　_か

　　　想買新的內衣褲。

さ　：窓に　風鈴を　下げて　います。
_{まど}　_{ふうりん}　_さ

　　　窗戶上掛著風鈴。

くだ：山を　下るのは　楽です。
_{やま}　_{くだ}　_{らく}

　　　下山很輕鬆。

お　：階段で　１階まで　下ります。
_{かいだん}　_{いっかい}　_お

　　　走樓梯下到一樓。

注意：下手（不拿手）
_{へた}

第二章　漢字

251

6 物　□□

ブツ：動物園へ　子供を　連れて　行きます。

帯孩子去動物園。

モツ：娘は　食物アレルギーが　あります。

女兒有食物過敏。

もの：教室に　食べ物は　持って　来ては　いけません。

教室裡不能帶食物進來。

注意：果物（水果）

7 生　□□

セイ　：大学生活は　どうですか。

大學生活怎麼樣呢？

ショウ：試験に　合格できるように　一生懸命　頑張ります。

為了考試及格拚命努力。

い　：生き物を　飼うのは　大変ですが、ペットが　ほしいです。

雖然養動物很麻煩，但想要寵物。

う　：兄に　子供が　生まれました。

哥哥的小孩誕生了。

は　：庭に　雑草が　たくさん　生えて　います。

庭園裡雜草叢生著。

き　：この　服の　生地は　かわいいですね。

這件衣服的布料好可愛啊。

なま　：生ビールを　一つ　お願いします。

麻煩給我一杯生啤酒。

8 冷 ☐☐

レイ：<ruby>冷蔵庫<rt>れいぞうこ</rt></ruby>に　<ruby>何<rt>なに</rt></ruby>も　<ruby>入<rt>はい</rt></ruby>って　いません。

冰箱裡什麼都沒放。

つめ：<ruby>早<rt>はや</rt></ruby>く　<ruby>食<rt>た</rt></ruby>べないので、<ruby>料理<rt>りょうり</rt></ruby>が　<ruby>冷<rt>つめ</rt></ruby>たく　なって　しまいました。

由於沒有早點吃，所以料理冷掉了。

ひ　：ビールが　<ruby>冷<rt>ひ</rt></ruby>えて　いて　おいしいです。

啤酒冰冰的很好喝。

---

9 画 ☐☐

ガ　：コンピューターの　<ruby>画面<rt>がめん</rt></ruby>が　<ruby>映<rt>うつ</rt></ruby>りません。

電腦的畫面沒有顯現出來。

カク：<ruby>夏休<rt>なつやす</rt></ruby>みの　<ruby>計画<rt>けいかく</rt></ruby>を　<ruby>立<rt>た</rt></ruby>てようと　<ruby>思<rt>おも</rt></ruby>います。

想要訂定暑假的計畫。

---

10 回 ☐☐

カイ：この　<ruby>映画<rt>えいが</rt></ruby>を　<ruby>見<rt>み</rt></ruby>るのは　もう　<ruby>3回目<rt>さんかいめ</rt></ruby>です。

看這部電影已經是第三次了。

まわ：<ruby>茶道<rt>さどう</rt></ruby>では　お<ruby>茶<rt>ちゃ</rt></ruby>を　<ruby>飲<rt>の</rt></ruby>む　<ruby>時<rt>とき</rt></ruby>は　<ruby>茶碗<rt>ちゃわん</rt></ruby>を　<ruby>左<rt>ひだり</rt></ruby>に　<ruby>二回半<rt>にかいはん</rt></ruby>　<ruby>回<rt>まわ</rt></ruby>して　ください。

在茶道裡，要喝茶的時候，請把茶碗往左邊轉兩圈半。

🔊 MP3-56

11 開 ☐☐

カイ：<ruby>開会式<rt>かいかいしき</rt></ruby>が　<ruby>2時<rt>にじ</rt></ruby>から　<ruby>行<rt>おこな</rt></ruby>われます。

開幕式從兩點開始舉辦。

ひら：では、<ruby>50<rt>ごじゅう</rt></ruby>ページを　<ruby>開<rt>ひら</rt></ruby>いて　ください。

那麼，請打開五十頁。

あ　：<ruby>暑<rt>あつ</rt></ruby>いので、<ruby>少<rt>すこ</rt></ruby>し　<ruby>窓<rt>まど</rt></ruby>を　<ruby>開<rt>あ</rt></ruby>けても　いいですか。

因為很熱，可以打開窗戶嗎？

12 苦 ☐☐

ク ：コンピューターが　壊れて、苦労して　書いた　レポートが　消えて　しまいました。

電腦壞掉，辛苦寫的報告消失了。

くる：苦しい　時は　いつも　母に　相談します。

痛苦的時候都會跟媽媽討論。

にが：この　野菜は　苦いですが、体に　いいです。

這個蔬菜很苦，但對身體很好。

13 急 ☐☐

キュウ：京都まで　急行で　行くと、３０分しか　かかりません。

搭快車去京都的話，只要花三十分鐘。

いそ　：もうすぐ　コンサートが　始まりますから、急ぎましょう。

演奏會快要開始了，所以快點吧。

14 去 ☐☐

キョ：去年　初めて　アメリカへ　行きました。

去年第一次去了美國。

コ　：時々　過去に　戻りたいと　思う　ことが　あります。

有時候會想要回到過去。

さ　：やっと　台風が　去って　行きました。

颱風終於走了。

15 名　　　　　　　　　　　　　　□ □

メイ　：父は　有名な　音楽家です。

父親是有名的音樂家。

ミョウ：名字は　陳と　申します。

我姓陳。

な　　：名前は　ローマ字で　書いて　ください。

請用羅馬字寫名字。

注意：仮名（假名）

---

16 曲　　　　　　　　　　　　　　□ □

キョク：この　曲は　私が　一番　好きな　歌です。

這首歌是我最喜歡的歌。

ま　　：次の　角を　左へ　曲がって　ください。

請在下個轉角往左轉。

---

17 近　　　　　　　　　　　　　　□ □

キン：近所の　人たちに　助けられて　います。

被附近的鄰居們幫著忙。

ちか：近くに　スーパーが　あって、便利です。

附近有超市，很便利。

18 空

クウ：北海道は　空気が　きれいですね。

北海道空氣很乾淨呢。

そら：空が　青くて、気持ちが　いいです。

天空很藍，很舒服。

あ　：隣の　席、空いて　いますか。

旁邊的位置，空著嗎？

から：あれ？チョコレートの　箱が　空だ。誰か　食べた？

咦？巧克力的盒子空了。有誰吃掉了嗎？

19 係

ケイ：同僚との　関係が　いいと、仕事も　うまく　いきます。

跟同事關係好的話，工作也會順利進行。

かか：何か　問題が　あれば、係りの　人に　聞いて　ください。

如果有什麼問題的話，請問負責人。

20 計

ケイ：書類に　計算ミスが　多く　見つかって　上司に
叱られました。

文件發現很多計算錯誤，被上司罵了。

はか：熱を　計って　みると、３9度も　ありました。

量量看熱度，居然有三十九度。

注意：時計（時鐘）

21 健 ☐☐

ケン：健康に　気を　つけて　食事を　準備して　います。

為了健康著想，而準備著餐飲。

たて：あの　白い　建物が　病院です。

那個白色建築物就是醫院。

22 元 ☐☐

ゲン：いつまでも　元気で　いたいです。

希望永遠充滿朝氣。

ガン：元旦には　家族　皆　集まります。

元旦的時候全家會聚在一起。

もと：元々　彼は　日本の　会社で　働いて　いました。

他原本在是日本的公司工作。

23 言 ☐☐

ゲン：言語に　ついて　勉強して　います。

正就語言學習著。

ゴン：さっき　田中さんから　伝言が　ありましたよ。

剛剛田中先生那邊有留言喔。

い　：先生は　来週　試験を　行うと　言って　いましたよ。

老師説下週要進行考試喔。

こと：では、最後に　山田部長から　一言　お願いします。

那麼，最後請山田部長説一句話。

24 好　　　　　　　　　　　　　　　　□□

コウ：最近は　仕事が　好調です。

　　　最近工作很順利。

この：彼は　私の　好みの　タイプでは　ありません。

　　　他不是我喜歡的類型。

す　：ラーメンが　大好きで、週に　3回も　食べて　います。

　　　最喜歡拉麵，每週都吃三次。

- -

25 行　　　　　　　　　　　　　　　　□□

コウ　：蟻の　行動を　調べて　みると　とても　面白いです。

　　　試著調查螞蟻的行動，才發覺非常有趣。

ギョウ：忙しくて、子供の　学校行事には　あまり　参加できません。

　　　因為很忙，所以沒能經常參加小孩學校的活動。

い　：週末は　ピクニックに　行こうと　思います。

　　　週末打算去野餐。

ゆ　：この　電車は　台北行きでは　ありません。

　　　這輛電車不往台北。

おこな：オリンピックは　4年に　一度　行われます。

　　　奧林匹克四年舉辦一次。

- -

26 子　　　　　　　　　　　　　　　　□□

シ：女子と　男子に　分かれて　並んで　ください。

　　女生跟男生請分開排隊。

ス：今日の　彼は　いつもの　様子と　違います。

　　今天的他跟平時的樣子不一樣。

27 使 ☐ ☐

シ ：今 この トイレは 使用できません。

現在這個廁所無法使用。

つか：コンピューターを 使う 前に 先生に 知らせて ください。

要使用電腦前請通知老師。

---

28 始 ☐ ☐

シ ：では これから 試験を 開始します。

那麼，接下來開始考試。

はじ：社長が 来るまで 会議は 始められません。

社長還沒來之前沒辦法開會。

---

29 自 ☐ ☐

ジ ：自由な 時間と お金が あったら、何を したいですか。

有自由的時間跟金錢的話，你會想要做什麼？

シ ：子供は 自然に 言葉を 覚えます。

小孩會自然地記住語言。

みずから：娘は 自ら 家事を 手伝って くれます。

女兒會主動幫忙做家事。

---

30 首 ☐ ☐

シュ：タイの 首都は どこですか。

泰國的首都在哪裡呢？

くび：ケータイを 使いすぎて、首が 痛いです。

過度使用手機，脖子很痛。

31 終 ☐ ☐

シュウ：この　駅_{えき}は　最終_{さいしゅう}ですから、ここで　降_おりなければ
　　　　なりません。

　　　　這個車站是終點，必須在這裡下車。

お　　：何時_{なんじ}に　コンサートが　終_おわりますか。

　　　　演唱會什麼時候結束呢？

---

32 重 ☐ ☐

ジュウ：これは　重要_{じゅうよう}な　資料_{しりょう}ですから、なくさないで　ください。

　　　　因為這是很重要的資料，請不要遺失。

チョウ：皆_{みな}さん、貴重_{きちょう}な　ご意見_{いけん}を　ありがとう　ございました。

　　　　謝謝大家寶貴的意見。

おも　：スーツケースの　重_{おも}さを　計_{はか}ったら、３5キロも
　　　　ありました。

　　　　如果秤行李箱的重量的話，有三十五公斤。

かさ　：この　箱_{はこ}には　ガラスの　食器_{しょっき}が　入_{はい}って　いますから、
　　　　上_{うえ}に　箱_{はこ}を　重_{かさ}ねないで　ください。

　　　　因為這箱子裡裝著玻璃製餐具，所以上面請不要再疊箱子。

---

33 少 ☐ ☐

ショウ：少々_{しょうしょう}　お待_まち　ください。

　　　　請稍微等一下。

すく　：私_{わたし}の　仕事_{しごと}は　休_{やす}みが　少_{すく}なくて、ストレスを　感_{かん}じて
　　　　います。

　　　　因為我的工作休假很少，所以感到壓力。

すこ　：少_{すこ}し　体_{からだ}の　調子_{ちょうし}が　悪_{わる}いので、今日_{きょう}は　家_{いえ}で
　　　　ゆっくり　します。

　　　　因為身體有點不舒服，所以今天在家靜養。

34 消 □ □

ショウ：食後の　運動は　消化に　悪いです。
しょく ご　　　うんどう　　　しょう か　　　わる

飯後運動會消化不良。

き　　：いくら　壁を　拭いても　子供が　描いた　絵が
　　　　　　　　かべ　ふ　　　　こ ども　か　　　え

なかなか　消えません。
　　　　き

即使再怎麼擦牆壁，小孩畫的畫還是擦不掉。

け　　：テレビを　消すのを　忘れて、出かけて　しまいました。
　　　　　　　　け　　　　わす　　で

忘了關電視，就出門了。

35 場 □ □

ジョウ：会場は　アニメファンで　いっぱいです。
かいじょう

會場有很多動漫迷。

ば　　：地震の　場合は　火を　消して、窓を　開けて　ください。
　　　　じ しん　ば あい　ひ　　け　　まど　あ

地震的時候請關火，再開窗戶。

36 色 □ □

ショク：私の　通って　いる　大学は　とても　特色が　あります。
わたし　かよ　　　　だいがく　　　　とくしょく

我上的大學非常有特色。

いろ　：カーテンには　どの　色が　いいと　思いますか。
　　　　　　　　　いろ　　　　おも

覺得窗簾要什麼顏色好呢？

注意：景色（景色）
けしき

37 新 ☐☐

シン ：まだ　<u>新人</u>ですので、頑張ります。

　　　因為還是新人，所以要加油。

あたら：くつが　古く　なったので、<u>新しく</u>　しました。

　　　因為鞋子變舊了，所以換新的了。

あら ：人気の　ある　ケーキ屋が　<u>新たに</u>　台中にも　支店を
オープンしました。

　　　受歡迎的蛋糕店在台中也開分店了。

38 親 ☐☐

シン：台湾人は　<u>親切</u>な　人が　多いです。

　　　台灣人有很多親切的人。

おや：この　映画は　<u>親子</u>で　楽しめます。

　　　這部電影可親子同樂。

した：<u>親しく</u>　して　いる　叔母が　病気で　入院しました。

　　　很親密的阿姨因為生病住院了。

39 世 ☐☐

セイ：<u>中世</u>に　生きて　いたら、どのくらい　生きられたでしょうか。

　　　如果活在中世紀的話，能活多久呢？

セ ：日本に　いる　時は　大変　<u>お世話</u>に　なりました。

　　　在日本的時候，受到了非常多的照顧。

よ ：<u>世</u>の　中には　忍者が　いると　信じて　いる　人が
たくさん　います。

　　　在這個世界上有很多相信著忍者存在的人。

40 正

セイ ：<u>正解</u>を　（　）の　中に　書いて　ください。

請把正確答案寫在括弧中。

ショウ：今年の　<u>正月</u>は　ハワイで　過ごす　予定です。

今年新年預定在夏威夷過。

ただ ：<u>正しい</u>　答えを　一つ　選んで　ください。

請選出一個正確的答案。

まさ ：彼は　<u>正に</u>　私の　思って　いた　とおりの　人でした。

他正是我想的那樣的人。

🔊 MP3-59

41 青

セイ：安室奈美恵は　僕の　<u>青春</u>でした。

安室奈美恵是我的青春。

あお：<u>青</u>は　昔　緑と　呼ばれて　いました。

青色以前是被稱為綠色。

注意：真っ<u>青</u>（深藍色）

42 赤

セキ：シンガポールは　<u>赤道</u>に　近いので　一年中　暑いです。

因為新加坡在赤道附近，所以一整年都很熱。

あか：<u>赤</u>ちゃんが　顔を　<u>赤く</u>　して　泣いて　います。

小嬰兒臉漲紅地哭著。

注意：真っ<u>赤</u>（鮮紅）

43 足

ソク：明日の　遠足が　楽しみで、寝られません。

因為期待明天的遠足，所以睡不著。

あし：母は　足が　悪いので、速く　歩けません。

母親因為腳的狀況很差，所以不能走太快。

た　：お金が　足りなくて、欲しい　物が　買えませんでした。

因為錢不夠，所以不能買想要的東西。

44 大

ダイ：虫の　中で　ゴキブリが　大嫌いです。

昆蟲之中最討厭蟑螂。

タイ：これは　祖母から　もらった　大切な　指輪です。

這枚重要的戒指是從祖母那得到。

おお：酔っぱらって、外で　大声で　歌って　いる　人が　います。

有人喝醉酒，在外面大聲唱歌。

注意：大人（大人）

45 着

チャク：この　Tシャツは　同じ　物を　2着　持って　います。

我有兩件跟這件一模一樣的T恤。

き　：外は　寒いから、厚い　コートを　着て　行った　ほうが　いいと　思うよ。

因為外面很冷，所以我覺得穿厚的外套去比較好喔。

つ　：飛行機は　10分　遅れて　着く　予定です。

飛機預定晚十分鐘抵達。

46 通　□□

ツウ：<u>通学</u>に　片道　1時間も　かかるので、電車の　中で　本を
　　　読んで　います。

　　　因為上下學單程要花到一個小時，所以在電車裡讀書。

とお：家の　前の　道路が　工事中で、<u>通れません</u>。

　　　家前面的道路正在施工，所以不能通行。

かよ：独身の　時　料理学校に　<u>通って</u>　いました。

　　　單身時在料理學校上課。

....

47 都　□□

ト　：<u>都会</u>と　田舎と　どちらの　生活が　好きですか。

　　　比較喜歡城市還是鄉下的生活呢？

ツ　：急に　<u>都合</u>が　悪く　なって　行きたかった
　　　コンサートに　行けませんでした。

　　　突然有事情，所以不能去想去的演唱會。

みやこ：よく　「住めば　<u>都</u>」と　言いますが、台湾の　生活は
　　　最高です。

　　　雖然常常説「久居為安」，但還是台灣的生活最棒。

....

48 土　□□

ド　：<u>土曜日</u>も　残業で　会社へ　行かなければ　なりません。

　　　因為星期六也要加班，所以不得不去公司。

ト　：旅行に　行った　時は　その　<u>土地</u>の　食べ物を　楽しむように
　　　して　います。

　　　去旅行的時候，會享受當地的美食。

つち：ここは　<u>土</u>が　いいので、野菜や　果物が　よく　育ちます。

　　　這裡的土壤很好，所以青菜和水果長得好。

注意：土産（土產）

49 度

ド ：ずっと 頭_{あたま}が 痛_{いた}いなら、一度_{いちど} 大_{おお}きい 病院_{びょういん}へ 行_いった
ほうが いいですよ。

如果一直頭痛的話，去一次大醫院比較好喔。

タク：もう 出_でかける 支度_{したく}は 出来_{でき}て いますか。

出門的準備已經好了嗎？

---

50 動

ドウ：この 動物園_{どうぶつえん}では 珍_{めずら}しい 動物_{どうぶつ}が たくさん 見_みられます。

在這個動物園，可以看到很多稀有的動物。

うご：祖父_{そふ}の 車_{くるま}は 古_{ふる}いですが、まだまだ きちんと 動_{うご}きます。

雖然祖父的車很舊，但還是好好地行走。

🔊 MP3-60

51 品

ヒン：これは 飾_{かざ}り物_{もの}で、商品_{しょうひん}では ありません。

這個是裝飾品，不是商品。

しな：この スーパーは 品物_{しなもの}が 多_{おお}くて、便利_{べんり}です。

這個超市有很多物品，所以很方便。

52 分 ☐☐

ブン：昨日 姉は 飲みすぎて、今朝は 気分が 良く
ないようです。

姊姊昨天喝很多，今天早上好像不是很舒服。

フン：あと 5分で バスが 来ますよ。

再五分鐘，公車就會來了喔。

ブ ：新しい 生活にも 大分 慣れて 来ました。

新的生活也大致習慣了。

わ ：怒られた 人の 気持ちも 分かりますが、怒った 人の
気持ちも 分かります。

被罵的人的心情我懂，但是生氣的人的心情我也懂。

53 閉 ☐☐

ヘイ：よく 通って いた レストランが 閉店して しまいました。

常去的餐廳歇業了。

と ：これから 試験を 始めますので、教科書を 閉じて ください。

現在開始考試，所以請把課本闔上。

し ：窓を 閉めて いなかったので、虫が 入って 来ました。

窗戶沒關，所以蟲子跑進來了。

54 返 ☐☐

ヘン：自分の 名前が 呼ばれたら、返事を して ください。

自己的名字被叫到的話，請回答。

かえ：借りた お金は 必ず 返します。

借的錢一定會還。

55 便 ☐ ☐

ベン：便利な 世の 中に なりました。

變成了便利的時代了。

ビン：土曜日も 開いて いる 郵便局が あります。

有星期六還營業的郵局。

たよ：いつも お便り ありがとう ございます。

謝謝您常常來信。

56 無 ☐ ☐

ム：疲れたら 無理しないで 休んでも いいですよ。

累的話就不要勉強，休息一下也沒關係喔。

ブ：子供が 無事に 帰国して、安心して います。

小孩子安全地回國，所以放心了。

な：お金が 無くても 家族が いれば 幸せです。

就算沒錢，只要家人在，就是幸福。

57 過 ☐ ☐

カ：過去を 思い出して、悲しく なる ことが あります。

曾想到過去而悲從中來。

す：寝過ごして、遅刻して しまいました。

因為睡過頭而遲到了。

58 角 ☐ ☐

カク：三角の おにぎりの 作り方を 教えて ください。

請教我三角飯糰的做法。

かど：次の 角を 右へ 曲がって ください。

請在下一個轉角右轉。

59 形 □□

ケイ ：コンピューターで 図形（ずけい）を 描（か）きます。
　　　　用電腦描繪圖形。

ギョウ：子供（こども）の 時（とき）から 人形（にんぎょう）を 抱（だ）いて 寝（ね）て います。
　　　　從小時候開始，就都抱著娃娃睡覺。

かたち：雲（くも）には いろいろな 形（かたち）が あって 見（み）て いると
　　　　楽（たの）しいです。
　　　　雲有各種形狀，看的時候很開心。

60 現 □□

ゲン ：現在（げんざい）の 気温（きおん）は ３5度（さんじゅうごど）です。
　　　　現在的氣溫是三十五度。

あらわ：急（きゅう）に 大好（だいす）きな 人（ひと）が 現（あらわ）れたので びっくりして
　　　　泣（な）いて しまいました。
　　　　因為最喜歡的人突然現身，喜極而泣了。

🔊 MP3-61

61 合 □□

ゴウ ：Ｎ4（エヌよん）に 合格（ごうかく）できるように 頑張（がんば）ります。
　　　　為了能考上N4而努力。

あ ：くつが 足（あし）に 合（あ）わなくて、足（あし）が 痛（いた）く なりました。
　　　　因為鞋子不合腳，腳變得很痛。

62 残 □□

ザン ：今日（きょう）は クリスマスなのに 残業（ざんぎょう）しなければ なりません。
　　　　明明今天是聖誕節，但還是非加班不可。

のこ：お弁当（べんとう）を 残（のこ）さないで 全部（ぜんぶ） 食（た）べて もらうと 嬉（うれ）しいです。
　　　　便當一口不剩地全部吃完的話，我會很高興。

63 数 ☐ ☐

スウ：<u>数学</u>は　とても　苦手です。

我非常不擅長數學。

かず：だんだん　子供の　<u>数</u>が　減って　います。

小孩的數量正在逐漸地減少。

かぞ：韓国語で　数が　<u>数えられます</u>。

會用韓語算數。

---

64 選 ☐ ☐

セン：<u>選挙</u>の　車が　うるさくて　子供が　起きて　しまいました。

因為選舉的車子很吵，孩子醒了。

えら：箱の　中から　好きな　プレゼントを　<u>選んで</u>　ください。

請從箱子中選喜歡的禮物。

---

65 太 ☐ ☐

タイ：今日は　<u>太陽</u>が　出て　暖かく　なりました。

今天太陽出來了，所以變暖了。

ふと：試験の　時は　<u>太い</u>　ペンを　使って　ください。

考試時請用粗的筆。

---

66 池 ☐ ☐

チ　：<u>電池</u>が　なく　なって　時計が　止まって　いました。

因為電池沒電了，所以時鐘停了。

いけ：<u>池</u>の　周りに　桜の　木が　たくさん　植えられて　います。

池塘的周圍種著很多櫻花樹。

67 遅

チ ：遅刻して、授業に 間に 合いませんでした。

因為遲到，所以沒有趕上上課。

おく：これからは 遅れないように します。

今後會注意不遲到。

おそ：もし 今晩 帰りが 遅く なるなら 必ず 電話して
ください。

如果今天晚上會晚回家的話，請一定要打電話給我。

68 配

パイ：楽しく 生活して いますから、心配しなくても いいですよ。

現在開心地生活著，所以不用擔心也沒關係喔。

くば：これから 一人 2枚ずつ プリントを 配ります。

接下來一人各發兩張講義。

69 飛

ヒ：飛行機の チケットは もう 買って あります。

飛機票已經買好了。

と：蜂が 花壇の 周りを 飛んで います。

蜜蜂在花圃的周圍飛行著。

70 必

ヒツ ：水は 生きる ために 必要な 物です。

水是生存必要的物質。

かなら：毎朝 必ず 野菜ジュースを 飲むように して います。

每天早上一定會喝蔬菜汁。

71 表 ☐ ☐

ヒョウ：皆<ruby>(みな)</ruby>さん、この　表<ruby>(ひょう)</ruby>を　見<ruby>(み)</ruby>て　ください。

大家，請看這張表。

ピョウ：次<ruby>(つぎ)</ruby>は　私<ruby>(わたし)</ruby>の　発表<ruby>(はっぴょう)</ruby>なので、とても　緊張<ruby>(きんちょう)</ruby>して　います。

接下來是我發表，所以非常緊張。

おもて：封筒<ruby>(ふうとう)</ruby>の　表<ruby>(おもて)</ruby>に　切手<ruby>(きって)</ruby>を　貼<ruby>(は)</ruby>ります。

在信封的表面貼上郵票。

あらわ：この　グラフは　7月<ruby>(しちがつ)</ruby>の　雨<ruby>(あめ)</ruby>の　量<ruby>(りょう)</ruby>を　表<ruby>(あらわ)</ruby>して　います。

這個圖表顯示七月的降雨量。

72 夫 ☐ ☐

フ　　：私<ruby>(わたし)</ruby>の　夢<ruby>(ゆめ)</ruby>は　社長夫人<ruby>(しゃちょうふじん)</ruby>に　なる　ことです。

我的夢想是變成社長夫人。

フウ　：私達<ruby>(わたしたち)</ruby>、夫婦<ruby>(ふうふ)</ruby>は　結婚<ruby>(けっこん)</ruby>して　もう　50年<ruby>(ごじゅうねん)</ruby>に　なります。

我們，夫妻結婚已經五十年了。

おっと：夫<ruby>(おっと)</ruby>は　優<ruby>(やさ)</ruby>しくて　ユーモアが　ある　人<ruby>(ひと)</ruby>です。

丈夫是既溫柔又幽默的人。

例外：大丈夫<ruby>(だいじょうぶ)</ruby>（沒關係）

73 面 ☐ ☐

メン：ここが　この　映画<ruby>(えいが)</ruby>の　一番<ruby>(いちばん)</ruby>　感動的<ruby>(かんどうてき)</ruby>な　場面<ruby>(ばめん)</ruby>です。

這裡是這部電影最感動的場面。

おも：林先生<ruby>(りんせんせい)</ruby>の　授業<ruby>(じゅぎょう)</ruby>は　面白<ruby>(おもしろ)</ruby>いです。

林老師的課很有趣。

74 遊 ☐☐

ユウ：彼氏と 一緒に 遊園地へ 行きたいです。
かれ し　いっしょ　　　ゆうえんち　　　い

想跟男友一起去遊樂園。

あそ：昔は よく 山や 川で 遊んで いました。
むかし　　　　やま　　かわ　　あそ

以前常在山上或河川玩。

75 要 ☐☐

ヨウ：会社に 給料を 上げて くれるように 要求しました。
かいしゃ　きゅうりょう　あ　　　　　　　　　　ようきゅう

向公司要求加薪了。

い ：要らない 服は 全部 友達に あげました。
い　　　　　ふく　ぜんぶ　ともだち

不需要的衣服全都送給朋友了。

76 葉 ☐☐

ヨウ：秋には 紅葉を 見に 京都へ 行きたいです。
あき　　こうよう　み　　きょうと　　い

秋天想去京都賞楓。

は ：庭に 木の 葉が たくさん 落ちて います。
にわ　き　　は　　　　　　　お

庭院裡樹葉掉滿地。

注意：紅葉（楓葉）
　　もみじ

77 留 ☐☐

リュウ：私の 学校には 留学生が たくさん います。
わたし　がっこう　　りゅうがくせい

我的學校有很多留學生。

ル ：誰も 電話に 出ませんね。皆 留守のようです。
だれ　でんわ　で　　　　　みんな　るす

沒有人接電話呢。好像大家都不在。

と ：踊りが 上手な 女の 子が 目に 留まりました。
おど　　じょうず　おんな　こ　め　　と

視線停留在跳舞很厲害的女生。

78 例 ☐ ☐

レイ：ときどき　文法には　例外が　あるので、難しいです。

有時候文法有例外，所以很難。

たと：私は　酸っぱい　物、例えば　レモンや　梅が　好きです。

我喜歡酸的食物，例如檸檬和梅子。

---

79 覚 ☐ ☐

カク：冷たすぎて　手の　感覚が　ありません。

因為太冷，手沒感覺。

おぼ：単語が　多すぎて　覚えられません。

因為單字太多，記不起來。

ざ　：ベッドの　隣に　目覚まし時計を　3つ　置いて　います。

床的旁邊放著三個鬧鐘。

---

80 慣 ☐ ☐

カン：寝る　前に　本を　読む　習慣が　あります。

睡覺前有看書的習慣。

な　：子供は　新しい　環境に　慣れるのが　早いです。

小孩適應新環境很快。

81 嫌 ☐ ☐

ケン：言葉使いが　悪い　人に　嫌悪を　感じます。

對措辭惡劣的人感到厭惡。

ゲン：今日の　父は　機嫌が　悪そうです。

爸爸今天心情看起來不好。

きら：嫌いな　野菜も　健康の　ために　食べましょうね。

為了健康，討厭的蔬菜還是吃吧。

いや：昔は　小さい　子供が　嫌でしたが、今は　かわいいと　思います。

以前覺得很小的小孩很討厭，現在卻覺得很可愛。

82 参 ☐ ☐

サン：東京マラソン大会に　初めて　参加しました。

第一次參加了東京馬拉松大會。

まい：明日の　午後　3時に　参りますので、よろしく　お願いいたします。

明天下午三點拜訪，所以再麻煩您了。

83 守 ☐ ☐

シュ：集合の　時間は　厳守して　ください。

請嚴格遵守集合的時間。

ス　：今日は　主人に　留守番を　して　もらって　ちょっと　出かけて　来ます。

今天請丈夫看家，出門一下。

まも：道路の　ルールは　きちんと　守りましょう。

好好地遵守道路規則吧。

84 柔 ☐☐

ジュウ：日本には　強い　柔道の　選手が　たくさん　います。

日本很多柔道很強的選手。

やわ　：この　ステーキは　肉が　柔らかくて　おいしいです。

這個牛排的肉很柔軟很好吃。

85 祝 ☐☐

シュク：明日は　祝日で、学校は　休みです。

明天是國定假日，所以學校放假。

いわ　：母から　お祝いに　ネクタイを　もらいました。

從媽媽那裡收到了祝賀的領帶。

86 突 ☐☐

トツ：突然　大雨が　降って　来ました。

突然下起了大雨。

つ　：その　突き当りを　右へ　曲がって　まっすぐ　行って
ください。

請在那個盡頭右轉然後直走。

87 泊 ☐☐

ハク：今晩　宿泊する　場所は　どこですか。

今晚要住宿的地方在哪裡呢？

と　：北海道へ　旅行に　行った　時、友達の　家に　泊めて
もらいました。

去北海道旅行的時候，借住在朋友家了。

2-2 総合練習（總複習）
そうごうれんしゅう

問題 1 ：請寫出劃下線的漢字讀音。

1. その　ベッドに　寝て　目を　閉じて　ください。（　　　　）

2. 10円玉は　どっちが　表か　分かりますか。（　　　　）

3. 怖いので　電気を　消さないで　寝ます。（　　　　）

4. 息子は　まだ　1歳なのに、100まで　数えられます。（　　　　）

5. エレベーターで　1階まで　下りましょう。（　　　　）

6. 田舎から　親が　遊びに　来ます。（　　　　）

7. 道路の　真ん中で　車が　動かなく　なりました。（　　　　）

8. 子供は　無料です。お金は　要りません。（　　　　）

9. 海の　生き物に　興味が　あります。（　　　　）

10. 子供でも　食べられるように　柔らかく　作って　います。（　　　　）

解答：1. と　　2. おもて　3. け　4. かぞ　5. お

　　　6. おや　7. うご　　8. い　9. い　　10. やわ

問題解析 1

1. そのベッドに寝て目を閉じてください。
ね　め　と

請躺在那個床上，把眼睛閉起來。

2. 10円玉はどっちが表か分かりますか。
じゅうえんだま　おもて　わ

你知道十日圓硬幣的正面是哪一邊嗎？

3. 怖いので電気を消さないで寝ます。 因為害怕，所以不關燈睡覺。

4. 息子はまだ1歳なのに、100まで数えられます。

兒子明明才一歲，就會算到一百。

5. エレベーターで1階まで下りましょう。 搭電梯下到一樓吧。

6. 田舎から親が遊びに来ます。 父母從鄉下來玩。

7. 道路の真ん中で車が動かなくなりました。

車子在馬路正中間，變得動彈不得。

8. 子供は無料です。お金は要りません。 小孩免費。不需要錢。

9. 海の生き物に興味があります。 對海中的生物有興趣。

10. 子供でも食べられるように柔らかく作っています。

為了能讓小孩吃而做軟一點。

問題2

1. 靴を 2足 買いました。
　　①そく　　　　　②まい　　　　　③つ　　　　　　④あし

2. ここの 角度は 30度 あります。
　　①こんど　　　　②しつど　　　　③かくど　　　　④おんど

3. 台湾から 参りました、陳と 申します。
　　①とま　　　　　②こま　　　　　③かえ　　　　　④まい

4. 一生に 一度は アフリカへ 行って みたいです。
　　①いっしょう　　②いっせい　　　③いちせい　　　④いっしゅう

5. 朝　早く　起きて　子供の　遠足の　お弁当を　作りました。
　　①とおそく　　　②えんそく　　　③えんそぐ　　　④とおあし

6. 主人は　タバコを　吸ったり　お酒を　飲んだり　する　習慣が
　　ありません。
　　①しょうか　　　②しゅうかん　　③しゅかん　　　④しょうがん

7. 日本の　首都は　東京です。
　　①しゅっと　　　②じゅど　　　　③しゅうと　　　④しゅと

8. 大きく　なったら　野球の　選手に　なりたいです。
　　①しゅんそう　　②せんて　　　　③せんしゅ　　　④せんそう

9. 今晩は　ホテルが　見つからないので、車の　中で　宿泊しましょう。
　　①しゅくはく　　②しゅくばく　　③しょくぱく　　④しゅくはい

10. 冷めて　しまうと　おいしく　ないので、早く　食べて　ください。
　　①し　　　　　　②さ　　　　　　③や　　　　　　④つ

解答：1.①　2.③　3.④　4.①　5.②　6.②　7.④　8.③　9.①　10.②

問題解析 2

1. 靴を2足買いました。　買了兩雙鞋。
　　くつ　にそくか

2. ここの角度は３０度あります。　這裡的角度有三十度。
　　かくど　さんじゅうど

3. 台湾から参りました、陳と申します。　從台灣來，敝姓陳。
　　たいわん　まい　　　　　ちん　もう

4. 一生に一度はアフリカへ行ってみたいです。　一生想去非洲一次看看。
　　いっしょう　いちど　　　　　　　　い

5. 朝早く起きて子供の遠足のお弁当を作りました。
　　あさはや　お　　こども　えんそく　べんとう　つく

　　早上早起做了小孩遠足的便當。

6. 主人（しゅじん）はタバコを吸（す）ったりお酒（さけ）を飲（の）んだりする習慣（しゅうかん）がありません。

　丈夫沒有吸菸或是喝酒的習慣。

7. 日本（にほん）の首都（しゅと）は東京（とうきょう）です。　日本的首都是東京。

8. 大（おお）きくなったら野球（やきゅう）の選手（せんしゅ）になりたいです。　長大後想當棒球選手。

9. 今晩（こんばん）はホテルが見（み）つからないので、車（くるま）の中（なか）で宿泊（しゅくはく）しましょう。

　今晚找不到飯店，所以就睡在車裡吧。

10. 冷（さ）めてしまうとおいしくないので、早（はや）く食（た）べてください。

　一冷掉就不好吃了，所以請早點吃。

問題3

1. 駅に　ついたら　迎えに　行くので、電話を　くださいね。
　①届　　　　　　②着　　　　　　③到　　　　　　④付

2. 何か　つめたい　飲み物でも　いかがですか。
　①冷　　　　　　②氷　　　　　　③凍　　　　　　④冰

3. 最近　いやな　ことが　続いて　います。
　①謙　　　　　　②嫌　　　　　　③謙　　　　　　④鎌

4. この　中から　一番　好きな　花を　えらんで　ください。
　①選　　　　　　②撰　　　　　　③巽　　　　　　④遷

5. この　きょく、どこかで　聞いた　ことが　あります。
　①唄　　　　　　②音　　　　　　③歌　　　　　　④曲

6. 酔っぱらって　いたので、昨日の　事は　あまり　おぼえて　いません。
　①撹　　　　　　②覺　　　　　　③寬　　　　　　④覚

7. 家では　勉強できないので、図書館に　かよって　います。
　　①通　　　　　　②往　　　　　　③復　　　　　　④過

8. 明日　本を　かえして　ください。
　　①貸　　　　　　②借　　　　　　③返　　　　　　④戻

9. ダイエット中なので、砂糖は　すくなく　して　ください。
　　①薄　　　　　　②少　　　　　　③小　　　　　　④低

10. つまみを　右に　まわすと　音が　大きく　なります。
　　①回　　　　　　②周　　　　　　③廻　　　　　　④転

解答：1.②　2.①　3.②　4.①　5.④　6.④　7.①　8.③　9.②　10.①

問題解析 3

1. 駅
えき
に着
つ
いたら迎
むか
えに行
い
くので、電話
でん わ
をくださいね。

到車站的話我會去接你，所以請打電話給我喔。

2. 何
なに
か冷
つめ
たい飲
の
み物
もの
でもいかがですか。　喝些冰涼的飲料怎麼樣呢？

3. 最近嫌
さいきんいや
なことが続
つづ
いています。　最近討厭的事情接二連三。

4. この中
なか
から一番好
いちばん す
きな花
はな
を選
えら
んでください。

請從這裡面選出最喜歡的花。

5. この曲
きょく
、どこかで聞
き
いたことがあります。　這首曲子好像在哪裡聽過。

6. 酔
よ
っぱらっていたので、昨日
きのう
の事
こと
はあまり覚
おぼ
えていません。

因為喝醉了，所以昨天的事不太記得了。

7. 家^{いえ}では勉強^{べんきょう}できないので、図書館^{としょかん}に通^{かよ}っています。

因為在家無法讀書，所以去圖書館。

8. 明日本^{あしたほん}を返^{かえ}してください。　明天請歸還書籍。

9. ダイエット中^{ちゅう}なので、砂糖^{さとう}は少^{すく}なくしてください。

因為在減肥中，請幫我減糖。

10. つまみを右^{みぎ}に回^{まわ}すと音^{おと}が大^{おお}きくなります。

旋鈕一往右轉，聲音就會變大。

第三章

あいさつ
（招呼用語）

　　招呼用語的應答也是新日檢必考的一環。不論是與人交往還是拜託他人，此章節彙整各種情境下與人問候的用語，並清楚說明用語之間的使用時機、用法差異，讓您考試時不會覺得每句都模稜兩可，反而一眼就能選出最正確的應答。

3-1 あいさつ（招呼用語）

🔊 MP3-64

1. お願いします。 拜託了。

2. ちょっと、お願いが あるんですが。 有想要拜託你一下的事……。

3. これからも よろしく お願いします。 今後也請多多指教。

4. また 今度 お願いします。 下次再麻煩你。

5. お忙しいですか。 您忙嗎？

6. 今、いいですか。 現在，方便嗎？

7. 構いませんよ。 不用在意喔。

8. お先に 失礼します。 先告辭了。

9. そろそろ 失礼します。 差不多該告辭了。

10. 失礼いたします。 不好意思。（當要進入房間時使用）

11. お先に どうぞ。 您先請。

12. （どうも）お疲れさまでした。 您辛苦了。

   注意：下對上的立場時使用。

13. いらっしゃいませ。 歡迎光臨。

14. お待たせしました。 讓您久等了。

15. 少々 お待ち ください。 請稍微等一下。（請稍等。）

284

在這種情況時，要説什麼呢？請從 1 ～ 4 中選出適當的答案。

1. お客さんが　店に　来ました。お客さんが　来た　時　店員は　何と
   言いますか。
   ①いらっしゃいませ。
   ②ありがとう　ございました。
   ③お元気ですか。
   ④何に　しますか。

2. 部長が　帰ります。部長に　何と　言いますか。
   ①ゆっくり　帰って　ください。
   ②さようなら。
   ③じゃ、また。
   ④お疲れ様でした。

3. 他の　人より　早く　帰ります。何と　言いますか。
   ①お先に　構いませんか。
   ②お先に　お願いします。
   ③お先に　どうぞ。
   ④お先に　失礼します。

4. 先生に　話を　したいです。最初に　何と　言いますか。
   ①先生、お願いします。
   ②先生、今　いいですか。
   ③先生、構いませんよ。
   ④先生、お先に　どうぞ。

5. 先輩から　今晩　映画に　行こうと　誘われましたが、行けません。

　何と　言いますか。

　①今晩は　ちょっと。これからも　よろしく　お願いします。

　②今晩は　ちょっと　お願いできません。

　③今晩は　ちょっと　行きません。

　④今晩は　ちょっと。また　今度　お願いします。

....

解答：1.①　2.④　3.④　4.②　5.④

問題解析 1

1. お客さんが店に来ました。お客さんが来た時店員は何と言いますか。

　客人來了店裡。客人來時，店員會説什麼呢？

　①いらっしゃいませ。　歡迎光臨。

　②ありがとうございました。　謝謝您。

　③お元気ですか。　你好嗎？

　④何にしますか。　決定要什麼呢？

2. 部長が帰ります。部長に何と言いますか。

　部長回來了。要對部長説什麼呢？

　①ゆっくり帰ってください。　請慢走。

　②さようなら。　再見。

　③じゃ、また。　那麼，明天見。

　④お疲れ様でした。　您辛苦了。

3. 他^{ほか}の人^{ひと}より早^{はや}く帰^{かえ}ります。何^{なん}と言^いいますか。

比別人早回家。要説什麼呢？

① お先^{さき}に構^{かま}いませんか。　先走沒關係嗎？

② お先^{さき}にお願^{ねが}いします。　麻煩您先請。

③ お先^{さき}にどうぞ。　您先請。

④ お先^{さき}に失礼^{しつれい}します。　先告辭了。

4. 先生^{せんせい}に話^{はなし}をしたいです。最初^{さいしょ}に何^{なん}と言^いいますか。

想跟老師説話。一開始要説什麼呢？

① 先生^{せんせい}、お願^{ねが}いします。　老師，麻煩您了。

② 先生^{せんせい}、今^{いま}いいですか。　老師，現在方便嗎？

③ 先生^{せんせい}、構^{かま}いませんよ。　老師，不用在意喔。

④ 先生^{せんせい}、お先^{さき}にどうぞ。　老師，您先請。

5. 先輩^{せんぱい}から今晩映画^{こんばんえいが}に行^いこうと誘^{さそ}われましたが、行^いけません。何^{なん}と言^いいますか。

前輩邀約今晚去看電影，但不能去。要説什麼呢？

① 今晩^{こんばん}はちょっと。これからもよろしくお願^{ねが}いします。

今晚有點事。以後也請多多指教。

② 今晩^{こんばん}はちょっとお願^{ねが}いできません。　今晚有點不能拜託。

③ 今晩^{こんばん}はちょっと行^いきません。　今晚有點沒辦法去。

④ 今晩^{こんばん}はちょっと。また今度^{こんど}お願^{ねが}いします。　今晚有點事。下次再拜託你。

16. それは、大変ですね。　那還真是糟糕呢。

17. それは、いけませんね。　那可不行呢。

18. それは　残念ですね。　那還真是可惜呢。

19. 良かったですね。　真是太好了呢。

20. いいことですね。　真是件好事呢。

21. 楽しみですね。　真是期待呢。（對對方表達的事情表示期待）

22. 楽しみに　して　います。　我很期待。（對自己的事情表示很期待）

23. 頑張って　ください。　請加油。

24. どうぞ　お幸せに。　祝你們幸福。

25. よろしく　お伝え　ください。　拜託您傳達了。

26. お元気で　いらっしゃいますか。　您最近好嗎？

27. （〜に）　心から　感謝いたします。　（對〜）由衷地感謝你。

28. これで　終わりましょう。　就到此為止吧。

29. 以上です。　報告完畢。

在這種情況時，要說什麼呢？請從 1～4 中選出適當的答案。

1. スピーチが　終わりました。最後に　何と　言いますか。

　①以上です。

　②これで　終わりましょう。

　③もう　終わりました。

　④聞いて　くれて　ありがとう。

2. あなたは　日本へ　遊びに　行く　予定です。何と　言いますか。

　①旅行、楽しみですね。

　②旅行、楽しみに　して　います。

　③旅行、楽ですよ。

　④旅行、楽しいです。

3. 友達が　結婚しました。友達に　何と　言いますか。

　①どうぞ、お願いします。

　②どうぞ、お幸せに。

　③どうぞ、お大事に。

　④どうぞ、お元気で。

4. 同じ　会社の　人が　けがを　しました。何と　言いますか。

　①頑張って　ください。

　②それは　いけませんよ。

　③それは　残念ですね。

　④それは　大変でしたね。

第三章　招呼用語

289

5. 先生の　風邪が　直ったと　聞きました。何と　言いますか。

①もう　お元気で　いらっしゃいますか。

②よかったですね。

③いいことですね。

④もう　丈夫ですか。

解答：1.①　2.②　3.②　4.④　5.②

問題解析 2

1. スピーチが終わりました。最後に何と言いますか。

演講結束了。最後要説什麼呢？

①以上です。　報告完畢。

②これで終わりましょう。　就到此為止吧。

③もう終わりました。　已經結束了。

④聞いてくれてありがとう。　感謝聆聽。

2. あなたは日本へ遊びに行く予定です。何と言いますか。

你打算要去日本玩。要説什麼呢？

①旅行、楽しみですね。　旅行，很期待對吧。

②旅行、楽しみにしています。　旅行，非常期待。

③旅行、楽ですよ。　旅行，很輕鬆喔。

④旅行、楽しいです。　旅行，很開心。

3. 友_{ともだち}達が結_{けっこん}婚しました。友_{ともだち}達に何_{なん}と言_いいますか。

朋友結婚了。要對朋友説什麼呢？

①どうぞ、お願_{ねが}いします。　拜託你了。

②<u>どうぞ、お幸_{しあわ}せに。</u>　<u>祝你們幸福。</u>

③どうぞ、お大_{だいじ}事に。　請多多保重。

④どうぞ、お元_{げんき}気で。　請保持身體健康

4. 同_{おな}じ会_{かいしゃ}社の人_{ひと}がけがをしました。何_{なん}と言_いいますか。

同一個公司的人受傷了。要説什麼呢？

①頑_{がんば}張ってください。　請加油。

②それはいけませんよ。　那可不行喔。

③それは残_{ざんねん}念ですね。　那還真是可惜呢。

④<u>それは大_{たいへん}変でしたね。</u>　<u>那還真是糟糕呢。</u>

5. 先_{せんせい}生の風_{かぜ}邪が直_{なお}ったと聞_ききました。何_{なん}と言_いいますか。

聽到老師的感冒好了。要説什麼呢？

①もうお元_{げんき}気でいらっしゃいますか。　精神已經好些了嗎？

②<u>よかったですね。</u>　<u>真是太好了呢。</u>

③いいことですね。　真是件好事呢。

④もう丈_{じょうぶ}夫ですか。　已經堅固嗎？

30. 〜はちょっと……。　〜有點……。

31. ああ、よかった。　啊，太好了。

32. あ、いけない。　啊，不行。

33. 〜に　します。　我決定〜。

34. さあ。　這個嘛……。

35. 申_{もう}し訳_{わけ}　ありません。　非常抱歉。

36. いいえ、まだまだです。　沒有，還差得遠呢。

37. これで　いいですか・これで　よろしいでしょうか。

　這樣就可以了嗎？

38. いかがですか。　如何呢？

39. どうしたんですか。　怎麼了嗎？

40. どうでしょうか。　如何呢？

　注意：「どうですか」的禮貌語。

41. どういうふうに　なさいますか。　您想要怎麼樣的呢？

42. どう　なさいますか。　您要怎麼做呢？

43. 何_{なに}に　しますか。　決定要什麼呢？

44. どちら様_{さま}でしょうか。　請問是哪一位呢？

1. 会社の　人に　仕事が　終わった　あと、飲みに　行こうと
   誘われました。自分は　行きたく　ありません。何と　言いますか。
   ①今日は　なかなか　難しいですね。
   ②今日は　行きたく　ないんです。
   ③今日は　行きません。
   ④今日は　ちょっと……。

2. ホームステイの　お母さんに　日本語が　上手に　なったと
   言われました。何と　言いますか。
   ①いいえ、まだまだです。
   ②これで　よろしいです。
   ③ああ、よかった。
   ④そうですね。

3. お客さまに　違う　書類を　送って　しまいました。お客様に　何と
   言いますか。
   ①申し訳　ございます。
   ②申し訳　ありません。
   ③ごめんなさい。
   ④ごめんください。

4. レストランで　友達に　何を　食べたいか　聞きます。何と
   言いますか。
   ①何を　食べたいか。
   ②何に　なりますか。
   ③何に　しますか。
   ④何を　なさって　いますか。

5. 気分が　悪そうに　座って　いる　人が　います。何と　言いますか。

①どう　しましょうか。

②どう　したんですか。

③どう　なさいますか。

④どう　でしょうか。

解答：1.④　2.①　3.②　4.③　5.②

問題解析 3

1. 会社の人に仕事が終わったあと、飲みに行こうと誘われました。自分は行きたくありません。何と言いますか。

在工作結束之後，被公司的人邀約去喝酒。自己不想去。要説什麼呢？

①今日はなかなか難しいですね。　今天還真是困難呢。

②今日は行きたくないんです。　今天不想去。

③今日は行きません。　今天不去。

④今日はちょっと……。　今天有點……。

2. ホームステイのお母さんに日本語が上手になったと言われました。何と言いますか。

被寄宿家庭的媽媽稱讚日語拿手。要説什麼呢？

①いいえ、まだまだです。　沒有，還差得遠呢。

②これでよろしいです。　這樣就可以了。

③ああ、よかった。　啊，太好了。

④そうですね。　是沒錯啦。

294

3. お客さまに違う書類を送ってしまいました。お客様に何と言いますか。

送給客人錯誤的文件了。對客人要説什麼呢？

①申し訳ございます。 （無此用法）

②申し訳ありません。 非常抱歉。

③ごめんなさい。 對不起。

④ごめんください。 打擾了。

4. レストランで友達に何を食べたいか聞きます。何と言いますか。

在餐廳問朋友想吃什麼。要説什麼呢？

①何を食べたいか。 想吃什麼嗎？

②何になりますか。 會成為什麼嗎？

③何にしますか。 決定要什麼呢？

④何をなさっていますか。 您在做什麼呢？

5. 気分が悪そうに座っている人がいます。何と言いますか。

一位看起來不舒服的人坐著。要説什麼呢？

①どうしましょうか。 該怎麼辦呢？

②どうしたんですか。 怎麼了嗎？

③どうなさいますか。 請問要怎麼做呢？

④どうでしょうか。 如何呢？

3-2 総合練習（總複習）

そうごうれんしゅう

問題 ： 要如何回答對方説的話呢？請從 1 ～ 4 中選出適當的答案。

1.「お先に　失礼します。」
　①「いいえ、大丈夫ですよ。」
　②「お疲れ様です。」
　③「いって　らっしゃい。」
　④「気を　付けましょう。」

2.「明日から　日本へ　行くんです。」
　①「楽しいですね。」
　②「お楽しみに。」
　③「お元気で。」
　④「楽しみですね。」

3.「コーヒーと　紅茶と　どちらが　いいですか。」
　①「はい、いいですよ。」
　②「コーヒーに　なります。」
　③「じゃ、コーヒーに　します。」
　④「はい、ありがとう　ございます。」

4.「すみません、この　近くに　郵便局が　ありますか。」
　①「さあ。」
　②「申し訳　ありません。」
　③「それは　大変ですね。」
　④「いいえ、ありませんよ。」

5.「すみません、ここに　座っても　いいですか。」

　①「座っては　いけません。」

　②「ええ、構いませんよ。」

　③「それは、難しいですね。」

　④「これで　いいですよ。」

⋯⋯⋯⋯⋯⋯⋯⋯

解答：1. ②　2. ④　3. ③　4. ①　5. ②

問題解析

1.「お先_{さき}に失礼_{しつれい}します。」　「先告辭了。」

　①「いいえ、大丈夫_{だいじょうぶ}ですよ。」　「不會，沒關係喔。」

　②「お疲_{つか}れ様_{さま}です。」　「辛苦了。」

　③「いってらっしゃい。」　「請慢走。」

　④「気_きを付_つけましょう。」　「小心一點吧。」

2.「明日_{あした}から日本_{にほん}へ行_いくんです。」　「明天開始要去日本。」

　①「楽_{たの}しいですね。」　「很好玩對吧？」

　②「お楽_{たの}しみに。」　「敬請期待。」

　③「お元気_{げんき}で。」　「祝你健康。」

　④「楽_{たの}しみですね。」　「很期待吧。」

3.「コーヒーと紅茶_{こうちゃ}とどちらがいいですか。」　「咖啡和紅茶哪個好呢？」

　①「はい、いいですよ。」　「好的，可以喔。」

　②「コーヒーになります。」　「變成咖啡。」

　③「じゃ、コーヒーにします。」　「那麼，決定要咖啡。」

　④「はい、ありがとうございます。」　「好的，非常感謝。」

4.「すみません、この近くに郵便局がありますか。」

「不好意思，這附近有郵局嗎？」

①「さあ。」 「這個嘛……」

②「申し訳ありません。」 「非常抱歉。」

③「それは大変ですね。」 「那還真是糟糕呢。」

④「いいえ、ありませんよ。」 「不，沒有喔。」

5.「すみません、ここに座ってもいいですか。」

「不好意思，可以坐這裡嗎？」

①「座ってはいけません。」 「不可以坐。」

②「ええ、構いませんよ。」 「嗯，沒關係喔。」

③「それは、難しいですね。」 「那還真是困難呢。」

④「これでいいですよ。」 「這樣就可以了喔。」

第四章

模擬試題＋解析

實戰模擬不可少！最後一章節，完整模擬新日檢 N4 文字・

語彙題型，讓您上考場前實際演練，測試熟讀成效。

もんだい1　つぎの　ぶんの　＿＿＿＿＿の　ことばは　どう　よみますか。1・2・3・4から　いちばん　いい　ものを　えらんで　ください。

1 家の　外で　猫の　声が　します。

　　1. こえ　　　　2. におい　　　3. あじ　　　　4. おと

2 この　かばんは　向こうの　へやに　運んで　ください。

　　1. えらんで　　2. ならんで　　3. ころんで　　4. はこんで

3 これは　大事な　手紙ですから、忘れないで　出して　ください。

　　1. たいせつ　　2. だいごと　　3. だいじ　　　4. おおごと

4 飛行機は　夜　11時に　出発する　予定です。

　　1. しゅぱつ　　2. しゅばつ　　3. しはつ　　　4. しゅっぱつ

5 去年　始めて　日本へ　行きました。

　　1. きょうねん　2. きょねん　　3. きゅうねん　4. ぎゅねん

6 この　アパートは　安いですが、駅から　少し　遠いです。

　　1. ちかい　　　2. とおい　　　3. ふかい　　　4. ふとい

7 明日　都合が　よかったら、いっしょに　ハイキングに　行きませんか。

　　1. とあい　　　2. つあい　　　3. つごう　　　4. とごう

8 <u>弟</u>は　まだ　小学生です。

1. あに　　　　2. あね　　　　3. いもうと　　　4. おとうと

9 子供は　お金が　かかりませんが、<u>大人</u>は　400円　かかります。

1. おとな　　　2. だいじん　　3. おひと　　　4. おおにん

もんだい2 ＿＿＿＿＿の　ことばは　どう　かきますか。**1・2・3・4から　いちばん　いい　ものを　えらんで　ください。**

10 この　辞書、<u>かりても</u>　いいですか。

1. 貸りて　　　2. 返りて　　　3. 借りて　　　4. 代りて

11 <u>そら</u>が　暗く　なって　来ました。

1. 空　　　　　2. 雲　　　　　3. 外　　　　　4. 気

12 兄は　<u>からだ</u>が　強いです。

1. 身　　　　　2. 心　　　　　3. 力　　　　　4. 体

13 この　コンピューターは、今　<u>つかえません</u>。

1. 作えません　2. 動えません　3. 使えません　4. 用えません

14 何か　<u>しつもん</u>は　ありませんか。

1. 問題　　　　2. 仕事　　　　3. 用事　　　　4. 質問

15 <u>きゅうに</u>　予定が　変わりました。

1. 既に　　　　2. 今日に　　　3. 急に　　　　4. 忙に

もんだい3　　（　　　）に　なにを　いれますか。1・2・3・4から
　　　　　　いちばん　いい　ものを　えらんで　ください。

16 今日は　月曜日なので、レストランは　（　　　）　います。

　　1. あがって　　　　2. かよって　　　　3. しかって　　　　4. すいて

17 変な　（　　　）が　しますね。この　肉は　古いようです。

　　1. きぶん　　　　2. におい　　　　3. こえ　　　　4. おと

18 週末は　（　　　）　家に　います。

　　1. きっと　　　　2. ぜひ　　　　3. たいてい　　　　4. いつか

19 （　　　）は　いつも　この　ノートに　書いて　います。

　　1. ポスター　　　　2. スケジュール　3. チャイム　　　　4. ボーリング

20 先生に　（　　　）　説明して　もらったので、よく　分かりました。

　　1. くわしく　　　　2. くるしく　　　　3. すくなく　　　　4. はげしく

21 明日の　午後は　ビールの　工場を　（　　　）する　予定です。

　　1. けんぶつ　　　　2. かんこう　　　　3. おみまい　　　　4. けんがく

22 ここから　バスに　乗って、東京駅で　電車に　（　　　）。

　　1. のりかえます　2. おります　　　　3. つきます　　　　4. とりかえます

23 この　（　　　）を　まっすぐ　行くと、コンビニが　あります。

　　1. かど　　　　2. みち　　　　3. えき　　　　4. みぎ

302

24 私の　家では　くつは　（　　　）　いいですよ。

　　1. ぬるくなくても　2. ぬれなくても　　3. ぬがなくても　　4. ぬわなくても

25 運動会が　中止に　なって、（　　　）です。

　　1. にがて　　　　　2. とくべつ　　　　3. たしか　　　　　4. ざんねん

もんだい4　＿＿＿＿＿の　ぶんと　だいたい　おなじ　いみの　ぶん
　　　　　　が　あります。1・2・3・4から　いちばん　いい　もの
　　　　　　を　えらんで　ください。

26 さっき　地震が　ありました。

　　1. きのう　地震が　ありました。

　　2. 少し前に　地震が　ありました。

　　3. 3日前に　地震が　ありました。

　　4. 先週　地震が　ありました。

27 もう　宿題は　できましたか。

　　1. もう　宿題は　なおしましたか。

　　2. もう　宿題は　だしましたか。

　　3. もう　宿題は　しまいましたか。

　　4. もう　宿題は　おわりましたか。

28 日本語の　テストに　うかりました。

　　1. 日本語の　テストに　しっぱいしました。

　　2. 日本語の　テストに　ごうかくしました。

　　3. 日本語の　テストに　もうしこみました。

　　4. 日本語の　テストに　おちました。

29 皆さんで　めしあがって　ください。

1. 皆さんで　たのしんで　ください。

2. 皆さんで　来て　ください。

3. 皆さんで　たべて　ください。

4. 皆さんで　あつまって　ください。

30 日本人の　友達を　しょうかいして　もらいました。

1. 日本人の　友達から　プレゼントを　もらいました。

2. 日本人と　友達に　なりました。

3. 日本人の　友達に　招待されました。

4. 日本人の　友達は　日本に　ついて　説明して　くれました。

もんだい5　　つぎの　ことばの　つかいかたで　いちばん　いい　ものを　1・2・3・4から　ひとつ　えらんで　ください。

31 へた

1. 私は　数学が　へたです。

2. いつも　兄に　へたな　歌を　聞かされます。

3. 日本料理では　なっとうが　へたです。

4. あの　人は　とても　へたな　人なので、あまり　好きでは
ありません。

32 あいだ

1. かばんの　あいだに　ポケットが　ついて　います。

2. 今日と　明日の　あいだに　行きます。

3. 学校は　わたしの　アパートと　スーパーの　あいだに　あります。

4. 映画館の　あいだに　たくさん　人が　います。

33 わたします

1. 切手を　貼らないで、ポストに　手紙を　わたして　しまいました。

2. 夏休みに　国へ　わたす　つもりです。

3. この　手紙を　お母さんに　わたして　ください。

4. 皆さん、気を　つけて　この　橋を　わたして　くださいね。

34 おとなしい

1. 今日　学生たちは　皆　おとなしいですね。

2. 外は　とても　おとなしいです。

3. 鳥の　声は　とても　おとなしくて　気持ちが　いいです。

4. この　子は　まだ　5歳なのに、おとなしいです。

35 ぜひ

1. 明日は　ぜひ　雨が　降ると　思います。

2. こんど　ぜひ　いっしょに　食事でも　しましょうね。

3. あなたには　わたしの　気持ちは　ぜひ　分からないでしょう。

4. 初めて　行くので、ぜひ　場所が　見つからないかも　しれません。

4-2 解答＋問題解析

問題 1

1	1	2	4	3	3	4	4	5	2	6	2	7	3	8	4	9	1

問題 2

10	3	11	1	12	4	13	3	14	4	15	3

問題 3

16	4	17	2	18	3	19	2	20	1	21	4	22	1	23	2	24	3	25	4

問題 4

26	2	27	4	28	2	29	3	30	2

問題 5

31	2	32	3	33	3	34	1	35	2

問題 1　次の　文の　＿＿＿＿　の　言葉は　どう　読みますか。1・2・3・4から　一番　いい　ものを　選んで　ください。

問題 1　以下句子劃＿＿＿＿的語彙怎麼唸呢？請從 1.2.3.4 中選出最佳答案。

1　家の外で猫の声がします。　在房子的外面有貓的聲音。

2　このかばんは向こうの部屋に運んでください。

　　請把這個包包運到對面的房間。

3　これは大事な手紙ですから、忘れないで出してください。

　　因為這個是重要的信件，請不要忘記寄出去。

4　飛行機は夜１１時に出発する予定です。　飛機預定晚上十一點出發。

5　去年始めて日本へ行きました。　去年第一次去了日本。

6　このアパートは安いですが、駅から少し遠いです。

　　雖然這個公寓很便宜，但是離車站有點遠。

7　明日都合がよかったら、一緒にハイキングに行きませんか。

　　明天如果有空，要不要一起去健行呢？

8　弟はまだ小学生です。　弟弟還是小學生。

9　子供はお金がかかりませんが、大人は４００円かかります。

　　雖然小孩不用花錢，但是大人要花四百日圓。

問題2 ＿＿＿＿の 言葉は どう 書きますか。**1・2・3・4から 一番 いい ものを 選んで ください。**

問題2 ＿＿＿＿的語彙怎麼寫呢？請從 1.2.3.4 中選出最佳答案。

10 この辞書、借りてもいいですか。 這本辭典，可以借給我嗎？

11 空が暗くなって来ました。 天色變暗了起來。

12 兄は体が強いです。 哥哥身體很強壯。

13 このコンピューターは、今使えません。 這台電腦，現在不能使用。

14 何か質問はありませんか。 有什麼提問嗎？

15 急に予定が変わりました。 預定的計畫突然改變了。

問題3　（　　）に　何を　入れますか。1・2・3・4から　一番
　　　　　　いい　ものを　選んで　ください。

問題3　（　　　　）裡要放入什麼呢？請從 1.2.3.4 中選出最佳答案。

16 今日は月曜日なので、レストランは空いています。

今天因為是星期一，餐廳有空位。

17 変なにおいがしますね。この肉は古いようです。

有奇怪的味道耶。這塊肉好像不新鮮了。

18 週末はたいてい家にいます。　週末大致上都在家裡。

19 スケジュールはいつもこのノートに書いています。

行程一直都寫在這本筆記本上。

20 先生に詳しく説明してもらったので、よく分かりました。

因為獲得老師詳細的説明，充分地了解了。

21 明日の午後はビールの工場を見学する予定です。

明天下午預計要去啤酒工廠觀摩。

22 ここからバスに乗って、東京駅で電車に乗り換えます。

從這裡搭公車，然後在東京車站改搭電車。

23 この道をまっすぐ行くと、コンビニがあります。

這條路直走，就有便利商店。

24 私の家ではくつは脱がなくてもいいですよ。

在我家裡不脱鞋也沒關係喔。

25 運動会が中止になって、残念です。　運動會中止了，很可惜。

問題4 _____の 文と 大体 同じ 意味の 文が あります。
1・2・3・4から 一番 いい ものを 選んで ください。

問題 4　有與劃_____的句子大致相同意思的句子。請從 1. 2. 3. 4 中選出最佳
　　　　答案。

26　さっき地震がありました。　剛剛有地震。

1.昨日地震がありました。　昨天有地震。

2.少し前に地震がありました。　不久前有地震。

3.3日前に地震がありました。　三天前有地震。

4.先週地震がありました。　上週有地震。

27　もう宿題はできましたか。　作業已經完成了嗎？

1.もう宿題は直しましたか。　作業已經訂正了嗎？

2.もう宿題は出しましたか。　作業已經交了嗎？

3.もう宿題はしまいましたか。　作業已經收拾了嗎？

4.もう宿題は終わりましたか。　作業已經做完了嗎？

28　日本語のテストに受かりました。　日語考試合格了。

1.日本語のテストに失敗しました。　日語考試失敗了。

2.日本語のテストに合格しました。　日語考試合格了。

3.日本語のテストに申し込みました。　報名了日語考試。

4.日本語のテストに落ちました。　日語考試落榜了。

29 皆さんで召し上がってください。 請大家享用。

1. 皆さんで楽しんでください。 請大家享受。

2. 皆さんで来てください。 請大家來。

3. 皆さんで食べてください。 請大家吃。

4. 皆さんで集まってください。 請大家集合。

30 日本人の友達を紹介してもらいました。 被介紹了日本人的朋友。

1. 日本人の友達からプレゼントをもらいました。

   從日本人的朋友那裡收到了禮物。

2. 日本人と友達になりました。 和日本人成為了朋友。

3. 日本人の友達に招待されました。 被日本人的朋友邀請了。

4. 日本人の友達は日本について説明してくれました。

   日本人的朋友向我説明了日本。

問題5　次の　言葉の　使い方で　一番　いい　ものを　1・2・3・4　から　1つ　選んで　ください。

問題 5　請從 1. 2. 3. 4 中選出一個以下語彙用法的最佳答案。

31 下手　不擅長

1.私は数学が下手です。

→正確：私は数学が苦手です。　我不擅長數學。

2.いつも兄に下手な歌を聞かされます。

　　哥哥一直唱不擅長的歌給我聽。

3.日本料理では納豆が下手です。

→正確：日本料理では納豆が苦手です。日本料理中，我對納豆沒辦法。

4.あの人はとても下手な人なので、あまり好きではありません。

→正確：あの人はとても役に立たない人なので、あまり好きではあ

　　りません。　那個人非常靠不住，所以我不是很喜歡他。

32 間　之間

1.かばんの間にポケットがついています。

→正確：かばんの中にポケットがついています。　包包裡附有口袋。

2.今日と明日の間に行きます。

→正確：今日明日中に行きます。　今天明天之內回去。

3.学校は私のアパートとスーパーの間にあります。

　　學校在我的公寓和超市之間。

4.映画館の間にたくさん人がいます。

→正確：映画館の中にたくさん人がいます。　電影院裡很多人。

33 渡します 過 / 交

1.切手を貼らないで、ポストに手紙を渡してしまいました。

→正確：切手を貼らないで、ポストに手紙を出してしまいました。

　　　沒貼郵票，就信投到信箱裡面了。

2.夏休みに国へ渡すつもりです。

→正確：夏休みに国へ帰るつもりです。　打算暑假歸國。

3.この手紙をお母さんに渡してください。　請把這封信交給媽媽。

4.皆さん、気をつけてこの橋を渡してくださいね。

→正確：皆さん、気をつけてこの橋を渡ってくださいね。

　　　各位，請小心過這座橋喔。

34 大人しい 老實、溫馴

1.今日学生たちは皆大人しいですね。　今天學生們大家都很乖呢。

2.外はとても大人しいです。

→正確：外はとても静かです。　外面非常安靜。

3.鳥の声はとても大人しくて気持ちがいいです。

→正確：鳥の声はとても穏やかで、気持ちがいいです。

　　　鳥聲非常沉靜，感覺很舒服。

4.この子はまだ5歳なのに、大人しいです。

→正確：この子はまだ5歳なのに、落ち着いています。

　　　這孩子明明才五歲，卻很沉穩。

1.明日はぜひ雨が降ると思います。

→正確：明日はきっと雨が降ると思います。　我覺得明天一定會下雨。

2.今度ぜひ一緒に食事でもしましょうね。　下次務必要一起吃飯喔。

3.あなたには私の気持ちはぜひ分からないでしょう。

→正確：あなたには私の気持ちは絶対分からないでしょう。

　　　　你絕對無法理解我的心情吧。

4.初めて行くので、ぜひ場所が見つからないかもしれません。

→正確：初めて行くので、もしかしたら場所が見つからないかもし

　　　れません。　因為是第一次去，説不定會找不到地方。

MEMO

國家圖書館出版品預行編目資料

必考！新日檢N4文字・語彙 / 本間岐理著
-- 初版 -- 臺北市：瑞蘭國際, 2020.10
320面；17×23公分 --（檢定攻略系列；67）
ISBN：978-957-9138-91-8（平裝）
1.日語 2.詞彙 3.能力測驗

803.189   109010948

檢定攻略系列 67

必考！新日檢N4文字・語彙

作者｜本間岐理・責任編輯｜葉仲芸、王愿琦
校對｜本間岐理、葉仲芸、王愿琦

日語錄音｜本間岐理・錄音室｜純粹錄音後製有限公司
封面設計｜余佳憓、陳如琪・版型設計｜余佳憓、陳如琪・內文排版｜陳品妤、陳如琪

瑞蘭國際出版

董事長｜張暖彗・社長兼總編輯｜王愿琦
編輯部
副總編輯｜葉仲芸・副主編｜潘治婷・文字編輯｜鄧元婷
美術編輯｜陳如琪
業務部
副理｜楊米琪・組長｜林湲洵・專員｜張毓庭

出版社｜瑞蘭國際有限公司・地址｜台北市大安區安和路一段104號7樓之1
電話｜(02)2700-4625・傳真｜(02)2700-4622・訂購專線｜(02)2700-4625
劃撥帳號｜19914152 瑞蘭國際有限公司・瑞蘭國際網路書城｜www.genki-japan.com.tw

法律顧問｜海灣國際法律事務所　呂錦峯律師

總經銷｜聯合發行股份有限公司・電話｜(02)2917-8022、2917-8042
傳真｜(02)2915-6275、2915-7212・印刷｜科億印刷股份有限公司
出版日期｜2020年10月初版1刷・定價｜380元・ISBN｜978-957-9138-91-8